千载有余情（下）

——周汝昌赏会古典诗词

周汝昌——著

湖南文艺出版社
HUNAN LITERATURE AND ART PUBLISHING HOUSE
博集天卷
CS-BOOKY

目录

Contents

目录 Contents

子

对于这样宝贵的文学艺术财富，每一代人都有他的新贡献。正因此故，我们中华民族传统诗词的生命力才非常旺盛，并没有死亡，甚至于连衰老、僵化都还不能说。它还在我们的日常生活中、文化生活中生存、生长，而且还有发展。

关于古典诗词的鉴赏

一

我们要谈的这个问题是一个牵涉面很广的问题，确实不好谈。大家都晓得，讲到我们的古典诗词，常常有这样的话说：可意会而不可言传。如果这样，那咱们在这儿干吗呢？咱们都意会吧，一言不发，都去参禅。当然，你会说这怎么行呢？是不行。但是，完全用语言文字来表达，有的地方的确也不行。所以我只能讲粗的一面，精微的地方更多地要靠各人自己去体会、理解。

首先谈一谈名称。现在习惯的称呼叫“古典诗歌”“旧体诗词”。又古又旧，这东西大概应该进博物馆了。万物都要发展、创新，为什么还要保留这么一套东西，还要学习鉴赏？是不是有人会有这种“先入为主”的感觉？

“古典”这个名词，本来是指一种艺术流派。如果把它理解为一顶“帽子”，恐怕有的同志往往一提到“古”“旧”就跟“新”对立起来。这样的认识对吗？其实我们的古人作诗填词最讲新，老杜就说“诗清立意新”“清新庾开府”。可是他又说“诗学阴何苦用心”（学阴铿、何逊）、“不薄今人爱古人”。可见，他们的创新并不是要把老的一齐打倒、丢掉。不是一提创新就跟传统对立起来，说那个都不该要了，完全另搞一套。这样来理解创新难免不发生种种弊病，这是一个认识问题。

我们来看看古人又是如何看待、认识新和旧、传统和创新的关系的。清代有位诗人叫赵翼，他在《论诗五绝》中说了两句话：“预支五百年新意，到了千年又觉陈。”又可见，那个时候的人不是不注意而是非常注意新，才会发出这样的感慨。他那里说的是，要做到“新”，可用的体格、语言、文辞，仍然是我们中华民族传统的，他并不抛弃这个，而是要在笔法、意法、表现法、表达方式方面寻求一个新的路子。所以说，要新，首先要意新，不是什么别的新。赵翼对新和旧的关系说得是很辩证的：把新意像从银行开支票一样把五百年后的都预支出来，够新了吧！可是到了千年以后再回顾这个新意，又觉得陈旧了。

在我们历史文化的长河中，数不清的文学艺术大师，每天都在那里创造、积累，那经验之丰富，水平之高超，真是无以为喻，提起来我总是佩服得“五体投地”。对于这样宝贵的文学艺术财富，每一代人都有他的新贡献。正因此故，我们中华民族传统诗词的生命力才非常旺盛，并没有死亡，甚至于连衰老、僵化都还不能说。它还在我们的日常生活中、文化生活中生存、生长，而且还有发展。所以不能用“古”“旧”二字就把他们制住、否定掉了。因为我们的民族传统，实际上原本就是无数层次的创新的积累的总和。把传统和创新机械地对立起来，甚至盲目地崇新排旧，不问实质，只看现象表皮，就会把似新而实旧的东西奉为奇珍异宝了。

二

接下来，我想提出的是：写诗需要表达什么东西，怎样表达？

诗人为什么会是诗人，这在于他的眼，他的头脑，他的心灵，他的观察能力、理解能力、感受能力、欣赏审美能力都与我们常人有所不同。比如，我们常人一般看见每天日常生活里边无数的现象，认为可以视而不见，不值得看，不值得谈，也不去想，可是到了诗人眼里就不同了，他从最平凡最普遍的事物中，发现一个点，一个方面，觉得有新的体会、感受，新的见解，他发生了“新意”，把这种新意传达给我们，而我们一看：是这个样子呀！我也曾这样感受过，可没有好好想就丢下了。就是想了一下，你要我表达，我也不会，而诗人好像是替我说出来了，而且说得那么好，使我产生共鸣，得到一种文学艺术上的享受。因此，我们会觉得诗人很不简单，他是真有神奇本领。这个本领其实就叫作会表达，会传达。一件事情，如果用我们一般人的普通的话来说，可能毫无意味，但他用了另一种方式说出来后，特别好，听听，悦耳，唤起我们很丰富的艺术上的想象。所以我说诗人是属于最会讲话这样一种类型的人。北方有句俗话叫“一样子话，百样子说”，就是这个意思。

举个最普通的例子来作为“会说话”的说明，小山词人晏几道的《鹧鸪天》是一首小令，除了开头两句是点明主题“天将离恨恼疏狂”之外，接着款款地写来，说道是：“……年年陌上生秋草，日日楼中到夕阳。云渺渺，水茫茫，行人征路许多长！相思本是无凭语，莫对花笺费泪行。”“相思”在此表示有某先生和某女士有互相倾慕和思念的感情，“相思”二字是我们中华民族的传统词语，高雅，有意味，有情致。今天，什么叫“相思”呀？这个话几乎已经绝迹了。学中国文学，特别是诗，要对汉语下苦功夫，比如这个“相思”，要懂，要领受，要体会。这一关过不去，什么都不要谈，后边还要具体些讲讲这一点。我们从整体上来看，这说的是一位女士接到了她心上人的信，读罢，感情上那个波澜，那个曲折。古时的交通不像现在，两人分隔远地，投个航空信或打个电报，很快就可以知道对方的情况。那时经年累月才盼得一纸来书，接到打开一看，噢，是花笺写就的（花笺是古代的薛涛纸，带彩色，带花纹，美极了），上面写着相思怀念的种种情怀。我们完全可推想出是写得非常真挚热切的。她起先看时很高兴，再一想，又怀疑起来。感情到了真处，反会生出许多疑念：他纸上写的那么多思念的话，有凭据吗？什么都不能说明，“相思”本来就是无凭之话。那么自从打开信，我对着它反复地读，一直流着泪，我这样激动，是对还是不对呢？我不要再对着这些无凭之语枉费我的泪行吧——你真的相信这个看信人是彻底怀疑不再相信心上人不是真正思念她吗？她看透了，因而说我不再啼哭，我要欢乐，等等。你若如此理解领会，你就成了世界上头脑最简单的人了！怎么能学文学，怎么能鉴赏我们的“古”诗词呢？这是一种表达方式，是作者超妙的手法。你应该看到的是：这写的是一种至深至切的真感情，即分隔两地，不胜思慕的情怀。这结尾两句，哪里是什么“看透了”“想开了”的“悟语”，这分明是一种千回百转、千锤百炼的痛苦感情的曲折传达或表现！

我举这两句，只为说明表达手法。若讲更高级的境界，则又不可忘掉“年年陌上生秋草，日日楼中到夕阳”十四个字。这写的是日日盼，年年盼，日日从早盼到日下西山，年年盼到路荒秋草（不见车辙人迹到来）。两地远离之情，长年渴念之意，只用了十四个字，写尽了这种情景和心境。

所以，谈鉴赏，要懂古人的笔法，也要懂古代的情况。比如上面说的通信难，你认为那算什么，八分邮票一贴搁在邮筒里不就得了！连这么一些基本的都不知道，要去“鉴赏”，能“鉴赏”出什么呢？

古人常用情致、意趣、韵味、境界这四个词来谈诗词，这些都是我们自己的“东西”，用西方的文艺名词和概念来套是用处不大的。你读罢一首诗或词，往往给你的是多方面的享受，一、二、三、四……在美学上可以数出几点。但对四个词要想每个给它下一个具体简切的定义，恐怕就大是困难。

宋代诗人梅尧臣，“总结”好的优秀的诗词的长处，说了两句话：“状难写之景，如在目前；含不尽之意，见之言外。”这里说的景不仅仅是自然的山、水，一张桌子，一个凳子，不限于这么具体，但总是有迹可循，可捉摸的。“状”，今天的话叫“形容”“描写”，很难“状”的东西，高手诗人能够写得“如在目前”，这不是“自然主义”复印机式地“再现”于眼皮底下，我们的祖宗丝毫没有这个意思，他是说对那个精神意态，对那个景象的领会、感受。然而，只有“如在目前”还不够，如果仅仅如此，我干吗要来读你的诗词呀，去看真东西，比你这个直接，也会有自己的领会、感受，是吧？所以，这只是事物的一面，还有一面就是“含不尽之意，见于言外”。好的诗词内容都很丰厚，一首七言绝句，四七二十八个字，叫你体味半天也许还没体味尽。作家不把话都说出来，做“解释”，都说出来，都解释，那叫一篇“论文”，不叫诗。“含不尽之意，见于言外”，所以才发生情致、意趣、韵味、境界这样一些我们中华民族诗词上特殊的光辉的美学特色。

三

古典诗词的语言（当然主要指的是汉语文，尽管我们是多民族国家，但几千年来文学史上是以汉语为主）有许多独特的地方，要多下功夫去学，去领会，去运用。

比如，上面提到的晏几道词里的“相思”二字，现在不用这样的话了，是“爱”“恋爱”了，这东西从哪儿来？大概是西方的“进口货”，与“相思”的意味有所不同，西方的文化传统不同，民族特点不同，历史背景不同，因而他们对事物的看法不同，表现方法也不同。记得好像鲁迅先生在谈小说时说过一种意思："现在叫'爱'，过去不叫'爱'叫'倾慕'。"我们的祖宗将爱说成"倾慕"，"倾慕"可以是单方面的，你看见了一位女士，或许就会"倾慕"。大家都熟悉的《红楼梦》，曹雪芹在宝黛感情上是用了"相思"还是"倾慕"？都不用，"爱"更不用了。所以今天西方很多人看完译过去的《红楼梦》，说真不懂宝黛为什么要费这么大的事，你就直截了当表示说"我爱你"得了，万事大吉。在他们的感觉里，这个事天经地义，简单无比，你干吗要这么曲曲折折，千回百转？他们不能理解。

举例而言，汉语里有许多两个字的联绵形容词。比如"苍茫"，天快黑了，好像空间慢慢地生出一种似烟似雾的暮霭，自远而近，缓缓弥漫到眼前，事物越来越看不清，夜色越来越浓，是吧？这"苍茫"好像都懂，我国唐代最伟大的诗人杜甫写了两句诗："此身饮罢无归处，独立苍茫自咏诗。"这里的"苍茫"是什么意思？不能说仅仅就是暮霭吧？这个意境，你在最好的词典中找来的定义，能适合吗？我们得用脑子、心灵，还得用相当深厚的语言、文化背景等等知识上的基本功，才能够体味像杜甫的"苍茫"这样的辞意。汉英辞典与"苍茫"对应的英文是"indistinct"，意思是不清楚，看不清。这原不算错，但汉语里类似"不清楚"的，不仅仅是"苍茫"，还有"迷离""朦胧""缥缈""依稀""隐约""仿佛""微茫""恍惚""杳冥"……多着哩，你去查汉英或汉什么辞典，解释统统都是"不清楚"。在西方只能用一个"不清楚"来对应我们中国那么多词语，这可不是个小问题。这说明我们这个民族对客观世界的观察与体会、领受，与西方大不相同，精微得多。我们的语言创造是不是最伟大的智慧创造之一？在我们的语言运用中，每一个都不能代替另一个，因为各自的意味，唤起你美学上的感受完全不同，也就是情致、意趣、韵味都不同。我国一位第一流的自然科学家在一篇还未发表的文章里说："汉语是世界上最高最先进的语言。"如果认为汉语是老掉牙陈旧了的东西，将来都是要改造的，那么还是再进行一些考察研究，然后再作结论。上面举的例子就说明，中文的那么多"不清楚"，在西方语言里就没有能够完全对应得上的词。几何学上，两个圆直径相同，往一起一套，完全吻合，变成了一个，英文是"Co-incidence"。中国的词语和西方的词语，有很多都是不能"Co-incide"的。文学的"工具"就是语言，对它并无深知，怎么讲"文学"欣赏呢?

四

跟诗联系在一起的汉语还有第二个特色，我称之为"汉语词语组联法"，我不懂语言学，就杜撰出这个名词。

每一个汉字都是一个独立体，当它们两个或几个连在一起就成了一个词语，然后由若干词语再连在一起就成了话，就成了句。这就是语言的构成。现在教古汉语要教语法，我觉得这里边可能也借鉴了外语语法的分析办法和一些名词概念。比如，主谓宾语连在一起，这才叫一句完整的语言，不合这个组合就是“非法”“不通”的。如果是散文、白话，用这个规律来要求大部分还是可以的，但对于诗，就不一定行。我曾接到过一位中学同学的来信，上边说：“我学了汉语语法，就按照这个规律去分析诗。可是常常搞不懂哪是主语，哪是宾语，哪是谓语，我用语法分析来分析去，就是搞不懂。”他提的问题令人深思。这是个什么问题？我们还是用个实际例子来看看。

唐人崔涂写了一首《除夜有怀》，这首五言律诗有这样两句：“乱山残雪夜，孤烛异乡人。”古人旅行极其不方便，况且我们中国人乡土观念很浓，历史造成的，往往一辈子都不离乡土，没有出过家门一步。但为了谋求生路，而必须出门在外，抛家背井，骨肉离异，那就很可能有像这两句诗所写的感情。千里之外，孤身一人，历尽了风霜、辛苦、种种困难和危险，极其思念家乡、亲人。你看，这个游子独自一人，也不知是在哪里，正赶上“除夕”这一个应该是全家团圆的夜晚，本来千里万里也要千方百计赶回去，大家吃一顿团圆饭，但他赶不回去，自个儿蹲在一个地方，四周围一看，骤然入眼的是“乱山”，下了一个“乱”字，已经就不太是味了，接着还来个“残雪”，这完全是心里极其难过时的一种反映。有这么一句常被引用的诗，“文似看山不喜平”，从这句诗我们看出，人在常态时，心情愉快时，山越乱，越是峰峦起伏，有着种种势态，看的时候就越有味越有兴趣：哎呀！这山真奇，真不一般！的确也是，平平的山有什么看头？但同样的奇山，心里难过时看上去的感觉就完全不一样。意思讲明了，再看语句。“乱山残雪夜”，一句话，这里边找得到主、谓语吗？下一句“孤烛异乡人”，五个字，主、谓在哪里？本来，点着许多蜡烛，灯火辉煌下全家聚在一起，这是除夕夜的一大特色，但在异地的游子只能一个人和一盏孤灯做伴，非常凄凉孤独地熬着这一夜。这样的感情境界，五个字，分不出什么主谓宾语，却表达得异常精彩。

“乱”“残”“孤”“异”四个形容词，“山”“雪”“夜”“烛”“乡”“人”六个名词，被诗人巧妙地一排列，组成两句话，表现了十分丰富、言而不尽的内容。这，就是我们中华民族传统诗词词语组联法的一大特色。多么富于表现力！如果你要用语法的知识来分析这种表现法，永远分析不出道理来。语法上我们借鉴西方的，未必就证明西方语言比我们的先进。西方语言也有它死的一面，一点不灵活。我早年写过一篇序文，笑话式地谈到这个问题。我说“英文先生”是个瘸子，他离开“介词”“转折词”“连接词”等等这些“拐杖”就寸步难行。英文词和词之间必须有一个表示二者之间关系的词，没有，这前后两个词就互不相干。比如说：“我在街上正在看着橱窗。”“I am looking into a shop window on the street.”“看，look”当中必须有一个“into”你才“看得进去”，不然，英文先生就说这不是话。汉语就可以没有这样一些“拐杖”。这里再举两句为例，是唐人温庭筠《商山早行》中的“鸡声茅店月，人迹板桥霜”。跟崔涂那两句比较比较，内容上有同也有不同的地方，这个不去说它，要说的是两人在“词语组联法”上也有同与不同的地方。相同的地方在于，他们的每一句的每一个词都好像是一节火车厢，前有钩后有钩，本来毫无联系的车厢在轨道上一走，轻轻一撞就连接在一起了。汉字浑身都有好些无形的钩，诗人让它们“走在轨道上”，一碰，就连在一起，发生了极特异的艺术效果，根本不要什么介词之类。这是诗人的功劳，他做了极巧妙的组联。所不同的是，温庭筠的十个字都是名词，或许你会说那个“鸡”“茅”“人”“板”不是形容词吗？不，它们不是像崔涂诗里的“残”“乱”“孤”“异”一样本身就是描述一种感受的形容词，而是经过组联之后，才能够形容后边那个词。你不能脑子里先有“只有形容词才能形容名词”的死条文，汉语没有这种清规戒律，汉语的“词性”，随组联的不同，可以是变化万端的。

“汉语词语组联法”在诗歌中的运用时时都有所见，遇到这种情况，我们要细细体味诗人是怎样运用我们汉语词语的，体味为什么这样一组联后就会产生那么好的艺术效果。

五

谈古诗词，不能不牵涉到音节问题。

谈到音节，当然首先就会碰到“断句”，也就是打标点符号的问题。传统的诗好像标点比较容易，要是五言、七言诗就更容易，不要什么高深的修养，数数就行，五或七个字，然后点一点或撇一撇，这个事情太简单了，会算术就行。所以，现在有些选本，五言七言诗断句大概错不了，然而一遇到词、曲，问题就出来了。原因就在于他往往是以现代的标点使用法和语法观念为前提来给我们古人的音乐文学断句。

音乐文学有它很强的节奏性，断句跟文意的停顿可以说大部分相合；词，本来是指的给固定的曲调作新词，所以叫填词，填好了马上就能唱。你设想设想看，你填好了新词，旁边有人吹笛弹琶什么的，立刻就唱给你听，这是多大的享受啊！音乐的节奏和诗词的节奏结合在一起的时候，音乐美是最重要的。如果你用散文的句法给音乐文学点句子，往往会读都读不通，比如赵翼那句，你该读成“预支——五百——年新——意”，听的人很可能会被你搞糊涂，丈二金刚摸不着头脑，然而那样才是诗的节奏，即“抑扬顿挫”。

唐人郑吉《淮口与友别》头两句，“扬子江头杨柳春，杨花愁杀渡江人”，这本是明白如话的诗，如果你用语法知识来分析，说哪是名词哪是动词呀，噢，有名词：“扬子江”就是长江，地理的基本知识嘛！有了这个概念在先，或许你读给别人听就会是这样：“扬子江——头——杨柳春”，毫不客气地破坏了这首诗的音节，也就破坏了这首诗的韵律和味道，别人也就难欣赏它的美了。古代读诗要吟咏，那本身就是很美的曲调旋律。吟咏与朗诵给人的审美享受就不一样。

还有平仄，也要简单说说。平仄组织，就是四声在诗词中的变换规律。你要是会读，并且有音乐的耳朵，那就能够欣赏它的美。我们学习古典诗词，还得要训练自己有音乐的耳朵，体味汉语音韵上独特的美。西方的诗也有音节、音律，但很简单，通常是凭着轻读与重读的交替构成诗的格律。

正是由于四声交换规则，所以读诗词的时候，我们会看到许许多多“莫明（名）其妙”的字法与句法，其实就是随音节变化规律而被诗人选用、变化的。比如要说“天空”，在该用平声字的时候，他可以用“青空”，但是遇到格律应当用仄声的地方怎么办？他不能违反规律破坏音乐美，他要找一个仄声字来代替，于是就说成“碧落”。白居易《长恨歌》句“上穷碧落下黄泉”，这里“碧落”与“黄泉”还构成一种对仗关系，颜色的对仗，音节的对仗，方位的对仗。如果他写成“上穷太空下地层”就不是味了。一切都不对，也就不是诗了。诗人很善于用丰富的词汇“代字”去变换，以构成诗的节律。比如“地”字是仄声，却须用平声表述，就换用平川（这个川不是水）、平芜、平沙。芜的本意是草，这地方重点不在草，它指的是一望平地，无边碧草；沙，不要以为是沙漠，小石头粒的堆积，完全不是。再比如说一个“红”，关于这颜色有多少字？红、朱、橘、绛、绯、茜、彤、丹、赤等等，你用的时候这么多中选一个，要适合你的情景、境界，主观上要创造的艺术效果，选了以后还得同别的汉字配合融为一体，不然的话这个字就根本站不住脚，不但不美，反而很怪。“代字”法具体运用的情况又是复杂的。“绛帐”，这是古代先生讲授时所设的帐子。这时你不能说“赤帐”或别的什么帐。《红楼梦》里有“茜纱公子”“茜纱窗”，如果你说“红纱公子”“朱纱公子”，就完全成了笑话。这个道理要好好想一想，有的字能代，有的字又不能代，代了后就发生完全相反的效果。所以诗人善于选用“代字”，但也不是随心所欲任意性的，以为只要合韵律就行了。

也许你会说，我说了这么些琐琐细细的“规矩”，不都是人为的吗？为什么要给艺术制造这么多枷锁？不是，这不是枷锁，而是古代艺术家们经过千百年的思索、研求、实践才获得的。比如音节，六朝时对音节的运用还没有达到极高的完美程度，六朝末期已经相当完美了，到了唐初，这种音律艺术才达到顶峰，从此以后没有变化，因为那时已经把这个道理吃透了，运用到最好的地步了。而这个东西是由于我们汉语本身的特色而发生的，不是人为的。汉语本身没有这个特色，你“人为”也“人为”不了的。

末后，我还想着重指出一点：中国诗词最讲究神韵、韵味，这毕竟是个什么“东西”？它的构成很复杂，但很多人不知道原来那“神秘”的韵味，有相当大的一部分因素是汉语音律的特色和它的高超的运用。这个问题极值得深入探讨，不过今天我们时间有限，不可能有详细的解说了。

总起来说，如果能在很多学识之外，再多多注意一下上面所讲的几个方面的事情，相信在诗词的欣赏上，定会有更丰富的享受。

一九八五年，全国《红楼梦》研究学术讨论会在贵阳举行，群贤毕至，少长咸集。为了通风透气，开阔眼界，活跃我院的学术空气，推动我系师生的学术研究工作，我们请了几位老年和中年专家来做学术讲演。他们讲的都不是“红学”，其中周汝昌先生讲的是《关于古典诗词的鉴赏》。周先生早年攻读英语，以其馀力，精研唐宋诗和词学。将近四十年前，先生在张伯驹《〈丛碧词〉跋》中说：“余维自舞象之年，耽于是事，披寻饾饤，粗以有知。”由于先生在创作上有许多甘苦，所以在鉴赏方面，就提出了许多不同泛论的见解。为了使更多的人受益，我们征得《贵州民族学院学报》编辑部的同意，将周先生这篇讲演的记录稿整理发表。周先生来信说，“盼你能加个‘按’，说明这篇东西的原委”，以不埋没同志们记录整理所花的“精力时力”。现遵嘱说明如下：这个演讲由保亚东同志录音，由李家祥老师按录音一字不差地转为文字，然后由我校阅一遍，交给谭毅老师，压缩为一万字左右的整理稿，交周先生审阅，最后由朱德魁老师清抄付梓。对于乡前辈又是学术前辈的讲辞，不敢佛头著粪，故不加“按”而作跋。

一九八七年十二月津沽李华年记

（《贵州民族学院学报》〔哲社版〕1988年第2期）

《千字文》之话

旧时儿童、少年识字读书，“开蒙”的教材有四本小册子，有人戏称为“三百千千”，就是《三字经》《百家姓》《千字文》《千家诗》。这四本书，影响极大，在历史上发挥的作用，实在未可低估，更不宜一笔抹杀，认为都是可弃之陈言旧语。《三字经》已有“新编”的了，暂不多谈；如今且就《千字文》略叙其梗概，评短道长——也不无意味。

《千字文》是怎么回事？

凡是中国人，都该知道：我们的晋代大书法家王羲之（书坛习称为“王右军”），人们尊为“书圣”。他生前已享盛名，而身后的第一位重要“知音”却是梁武帝萧衍，每得右军一字真迹，亦视同珍宝。梁内府（即王室的仓库）收藏的右军墨迹之富不待言了，整卷大轴之外，竟然还集得了单个的“零字”，数一数，恰好一千个！他舍不得任其散佚，可又很难保存——于是想出一个妙法来：命官员中有大才的人将这一千个墨宝单字编成“文章”。经过一番考察，便选中了散骑侍郎周兴嗣，让他来完成此一奇特“任务”。

周兴嗣，真真了不起——他将这一千字编为每句四字的韵文，整整齐齐，平仄流畅，而且每句自成文义，连读起来，简直就是一部“中华文化史”！你看：“天地玄黄，宇宙洪荒”，从这儿开始，次第写到日月星宿，四季雨露，“寒来暑往，秋收冬藏”，“云腾致雨，露结为霜”，……一直写到“始制文字，乃服衣裳”，文明进化之史识十分精当。

再下去，“金生丽水，玉出昆冈”，“果珍李柰，菜重芥姜”……百般事物，无所不包。

都编完了，还有语尾常用“虚字”（语助词），成不了文义，又该如何处置？很妙，他结了两句：“谓语助者，焉哉乎也。”此种大才，真堪称绝，令人惊佩。

从此，这个“集王书”的《千字文》，成了宝物，隋唐之际，人人临习，而以高僧智永临写本为最好（西安碑林有石刻，日本有墨迹影印本）。现存还有欧阳询（唐初四大书家之首）一部墨迹本传世，也早有影印本，俱极宝贵。

《千字文》的故事，讲起来值得深思：这里面包含着丰富而重要的中华文史哲和古代自然科学的内容，把它看得太简单了，轻蔑我们祖先的文化积累与成就，以为早先“开蒙”村塾“陋物”，今日已不值分文……这种眼光，怕未必妥当吧？

清新睿王题《红》诗解

我在一九五九年上巳节前，曾移居于无量大人胡同，其地属北京东城，听说梅兰芳先生曾居此巷。从这条胡同往南，只隔另一条东堂子胡同，便是石大人胡同。我知道清代的新睿亲王的府邸就在这里，而且那是明代最有名的一处大宅第，我便去访观，真是一见可惊——就只那已然残败的高大而绵延的府垣墙，也便令人引起无限的“历史沉思”了，自愧言辞不善，只会说一句“留下了深刻的印象”的乏味常语而已。

随后，我在东安市场旧书摊上买到了一部《虚白亭诗钞》一函，薄薄的两册，木刻大字，粉纸，这就是新睿亲王的诗集子。我读了之后，强烈地感觉到这位新睿王的诗笔之清超，哪里是什么“王爷”，简直就是高人逸士，“不食人间烟火”，真有这么一种气质存在于历史现实中，绝不是“艺术夸张”。每读这种八旗、满洲、宗室、觉罗的清代遗诗，便使我想起一大串的“问题”，诸如——

（一）满人“入主中原”后，“汉化”程度的令人难以置信——“比汉文人还汉文人”！

（二）这些诗人的形成，烙着极深的“莫谈国事”的“戒记”，他们的思想境界、精神状态，都不与其他时代的诗人相同，有极大的特色。这实际是政治经历教训的一种反映。

（三）这种诗人的作品，搜集、运用、研究，乃是我国文学史上的一大课题，而可怜的是时至今日，一些文学史家在“清代”一章中，仍然只会提一下“纳兰成德”“饮水词”。别的，“没听说过”。

（四）这些诗人的一切，文学家们置之而不理，也则罢了；可是历史学家和思想史家们，也是不理而置之。我们的学术界，对“填补空白”的毫无兴趣，漠然恬然，实在让“外行人”为之担心纳闷。

这些话，都因“新睿王”引起。新睿王者，名叫淳颖，血统上是豫亲王多铎之后，是早先过继到多尔衮系下来的。多尔衮老府在南池子普度寺，豫王府就是后来的协和医院，都在东面——因为属正白旗辖区。多尔衮身后获“罪”削爵，直到乾隆四十三年这才复爵，即令淳颖袭。故此我杜撰名词曰“新睿王”。

淳颖自幼丧父，赖母夫人教养，其母佟佳氏，能文，以诗学课子。淳颖天资高秀，萧然如世外人。其诗集所收，皆景物闲咏之类，一首“实质性”的题目也不敢阑入，大似凛凛然有临深履薄之虞者。不想，新近发现了他的手写稿本《读石头记偶成》七律一首（胡小伟同志有文，见《光明日报》1986年7月15日3版）。这对我来说，自然是“如逢故人”了。因而想要一抒鄙见。

诗篇全文如下：

满纸喁喁语不休，英雄血泪几难收。
痴情尽处灰同冷，幻境传来石也愁。
怕见春归人易老，岂知花落水仍流。
红颜黄土梦凄切，麦饭啼鹃认故邱。

平生所见题《红》诗不少，像这种风调规格的却少，堪称上乘，手笔高绝。

我解此诗，头四句属作者雪芹，后四句属书中宝玉（两者之间有相互关系，自不待言）。何以言此？请聆拙意。

这头四句，分明是就雪芹开卷五言绝句（标题诗）而按次分写的，试看：

满纸荒唐言——满纸……语不休；
一把辛酸泪——……血泪几难收；
都云作者痴——痴情尽处………；
谁解其中味——…………石也愁。

这比什么都清楚的，不用再作烦词赘语了。

当然，诗人又于唱叹中注入了自己的感受和联想。比如，第一句，增加了“喁喁”一词，给“荒唐言”添上了一层意味。按“喁喁”，形容众口，又为状声词。扬雄《太玄·饰》：“蛁鸣喁喁，血出其口。”司马光注云：“犹谆谆也。”在此有语重心长之义，此已值得注意了。

更可“骇异”者，次句明由“辛酸泪”化出，却掩去“辛酸”，别出“英雄”二字，真令俗人瞠目不知所自！我不禁想要请教当世的专家们：可有几个曾把“英雄”二字与《红楼梦》做过联系？这是一种了不起的见解，并非是无缘无故，胡乱填配字眼的事情。

我们在“戚序本”里找得见“滴泪为墨，研血成字”二语，如今大家也时常引用了。脂批也屡言“血泪”二字，也不烦细引。要紧却是谁曾把曹雪芹当作英雄来看待，来称呼？说《红楼梦》写的不是“儿女情”吗？怎么会扯上“英雄泪”呢？这诚然显得奇怪，也诚然大宜讨究。

愚见以为，想解决这个问题，须向“蒙古王府本”“戚蓼生序本”中去寻求线索。如第五十七回回后总评云：

> 写宝钗、岫烟相叙一段，真英雄失路之悲，真知己相逢之乐！时方午夜，读书至此，掩卷出户，见星月依稀，寒风微起，默立阶除良久。

我们在《石头记鉴真》第二三九页上，引了一连串十来条“蒙府本”侧批，其中再三再四地说出“天下英雄，同声一哭”“千古英雄，同一感慨”或相类似的话。此为何意？岂不可思。由此可见雪芹的书，当时读者的感受亲切，不和二百几十年以后的今天的我们这些人的体会一样。就连书中湘云给葵官取名“韦大英”，所为何故，今人也是“无动于衷”的。所以我看见淳颖这第二句诗，不禁也有“掩卷出户……默立阶除”之感。我记得，我在拙著中似乎说过，雪芹其实也是一位英雄人物。

下面三句，解起来略须多费几句言辞。

第一，“痴情尽处”，就是至诚之情到了极处的意思，“尽”并非“没了”“完了”“断了”之义。第二，“灰同冷”，是说情到极处，无可奈何之时，转生化灰化烟之想——此乃痴之至，情之至，转似无情的一段大道理。

这须参看《石头记》抄本第三十二回回前，批者引来了汤显祖的一首绝句（禅偈式韵语）：

> 无情无尽却情多，情到无多得尽么？
> 解到多情情尽处，月中无影水无波。

此诗之解，可略参拙著《献芹集》（山西人民版）页一九九以次。它是说，情到极处，转化为无情；无情无到极处，又转化为多情（批语中“有情情处特无情”，就是此意）——正好也是“情不情”的一种注脚。要注意的是汤诗四句三用“尽”字。也就是批语中曾说的“尽情文字”的那个“尽”字，不可错会。如今因解淳颖诗，必须一辨，否则今天的人可能不懂得“痴情尽处”就是情痴“痴到极点”之意。

至于“灰同冷”，离开雪芹原书正文，也容易为人误解。我引两段《石头记》原文在此：

> ……（宝玉听了）“一朝春尽红颜老，花落人亡两不知”等句，不觉恸倒山坡之上，怀里兜的落花撒了一地。试想：林黛

玉的花颜月貌，将来亦到无可寻觅之时，宁不心碎肠断！既黛玉终归无可寻觅之时，推之于他人，如宝钗、香菱、袭人等，亦可以到无可寻觅之时矣。宝钗等终归无可寻觅之时，则自己又安在哉？且自身尚不知何在何往，则斯处、斯园、斯花、斯柳，又不知当属谁姓矣！——因此一而二，二而三，反复推求了去，真不知此时此际欲为何等蠢物，杳无所知，逃大造，出尘网，便可解释这段悲伤。

——第二十八回

……只求你们同看着我，守着我，等我有一日化成了飞灰，——飞灰还不好，还有形有迹，还有知识。——等我化成一股轻烟，风一吹便散了的时候，你们也管不得我，我也顾不得你们了。那时凭我去，我也凭你们爱那里去就去了。

——第十九回

这就是痴情尽处，这就是“灰同冷”的语意真源。也就是说，情痴至于极处，觉万万无可开解，便转而欲无此身，欲“杳无所知”。灰“还有知识”，语至奇而情至痛，非一般常言所能表达。

懂了“灰”之所指，还得懂那个“同”字。这句诗并不是说“人”和“灰”一样地冷，而是说，情至极处，愿化灰化烟。请看雪芹让宝玉写《芙蓉诔》时，其中一联即云：

槥棺被焚，惭违共穴之盟；

石梓成灾，愧逮同灰之诮。

这是“补笔”——雪芹暗指：宝玉的自怀化灰之思，为众人所笑，惟有晴雯，愿与他一同化灰而尽。此语后为袭人等所知，故群诮之，以为话柄。淳颖所写，分明指此而言。（但我仍然强调说明：此系举其意，而非拘其事。如果把这一点加上“红颜黄土”之语，就认定只是写晴雯的事，那么，她是火化了的，又哪里去寻认“故邱”〔邱，坟墓〕呢？所以讲此诗须贴切芹书之旨，又不可拘个别情节之迹。）

然后第四句才是从“谁解其中味”接下来说，莫言无人解领其味，就连石头听了，也要为之悲感愤恨呢！“幻境”，虽出芹书本文，但也必须知道“蒙”“戚”二本中批语，喜用此词此义，如：

阴阳交结变无伦，幻境生时即是真。

出口神奇，幻中不幻；文势跳跃，情里生情。借幻说法，而幻中更自多情；因情捉笔，而情里偏成痴幻。

先自写幸遇之情于前，而叙借口谈幻境之情于后；世上不平事，道路口如碑；虽作者之苦心，亦人情之必有。

君子爱人以道，不能减牵恋之情；小人图谋以霸，何可逃侮慢之辱。幻境幻情，又造出一番晓妆新样。

幻景无端换境生，玉楼春暖述乖情。……

懂得了这些意思，便懂得了淳颖用“幻境”一词的丰富含蕴。“传来”，犹言“写来”，因诗律要求此处用平声字，故以“传”代“写”。关于“情”“幻”的关系，请参看《献芹集·曹雪芹所谓的“空”和“情”》。“旷典传来空好听”，语式亦见“蒙”“戚”批语。

下面腹联两句，出句即上文已引的那种因听葬花诗句而引起的“一而二、二而三”的推求之心，悲感之理，亦即宝玉的那种只愿厮守欢聚、生怕盛筵有散的“刻意伤春复伤别”的心性。杏子阴下的“痴情真理”，也是一样，他一见杏花零落，栖乌悲啼，便推想邢岫烟的出嫁以至红颜枯槁……因而无限伤感。这就是“生怕春归人易老”的内涵，是总论人之性情，不指某一情节场景。

“岂知花落水仍流”，推进一层，更出痛语，重申胜义。“花落水流红”，不但是大观园中所正式叙写的第一个场面，也是全书中的重要象征语句。“沁芳”就是“流红”的另一措语。“水”是“葬花”的重要关目之一，是大观园群芳的“归源”（脂批用语）之所。淳颖似乎见过芹书全本，知道“花”的命运不只是凋落飘零而已，水还要把她们漂向更是悲惨的“境界”里去，——而这在宝玉是未能预先领解的。这里有强烈的悲剧命运感在，不是辞章的“笔法”上的“虚文”泛设。

如芹书所写，千红一哭，有的是水漂，有的是土掩，有的是先漂后掩。红颜黄土，落花成“冢”，“一抔净土”，是书中女儿们的共同“归结”。宝玉似乎并未先诸女儿而化灰化烟，他终于落到一个境地：

有一天，要为这些女儿上坟扫墓，——淳颖的结句分明道出了此情此景。麦饭一盂，啼鹃在耳，清明时节，他独自到郊坰去祭扫[1]，去寻看梦中相念之人。

淳颖所写，应有实感，而非纯出揣想所能到。实感的依据尚不可得而详。如果不妨运用一点“推求”之法，那么我似乎看到了一幅图画：

清明佳节，贫至乞儿的宝玉，想去上坟，苦无祭品，于是走向一家村农门上去讨一点吃的东西。门开了，一个女子递与他一碗麦粥……他抬头一看，忽然认出这是当年在为可卿送殡时路遇的那一农家的村姑二丫头！他向她询问坟头的坐落和路径，二丫头自愿领路，走向坟园。将至时，却见已有二女也来祭扫，惊认时，却是曾在怡红院的茜雪和小红。这时，大家跪在坟前，一同哭出声来……

此时，春末的杜鹃也在悲啼。人即鹃，鹃即人，已不可分。

这完全是我的想象，未必是淳颖的诗句之所写的实际。但因这是由淳颖的诗句而引起的想象，故觉不妨附叙于此，虽有蛇足之嫌，倘亦蝶梦之助欤。

末后，我想再加说明的是，淳颖写的是总的感受，而非个别的“故事”，不宜多作比附。再就是我很疑心他所看的《石头记》，本子应与现今所谓“蒙”“戚”一系的抄本有关。这种本子的形成年代，正好是淳颖袭爵前后的那一段时期。淳颖的外家是佟佳氏，极可能与

---

[1] 麦饭，农家粗食，颜师古注《急就篇》云：“磨麦合皮而炊之……麦饭豆羹，皆野人农夫之食耳。”但又常与清明寒食、扫墓祭亡有关，如刘克庄《寒食清明》诗：“汉寝唐陵无麦饭，山蹊野径有梨花。”又《哭孙季蕃》诗：“自有菊泉供祭享，不消麦饭作清明。”郑元祐《吴桓王墓》诗：“寒地无人洒麦饭，东风满地飘榆钱。”皆古人清明以麦饭祭扫之证。杜鹃啼时，正暮春时节，其声凄苦，故有啼血之喻，上冢人闻之尤难为怀也。

“蒙”“戚”系统祖本的评者“立松轩”有密切关系（说评另文，此难备及）。所以我认为解淳颖此诗，须明此一来龙去脉，方能解得更为贴切些。

多年前，我们第一次考知多尔衮、多铎是曹家的旗主，雪芹是他们的“家生子”世代奴隶的后人，作了一部书，却得到了他的“老旗主”后代的这样一首题咏之句。这是他们两家人都难以预想的事。历史常常有情——使得世间出现雪芹写的一部有情的书来；历史又常常无情——它出其不意地开人们一个小玩笑，让贵贱尊卑在文学艺术之神面前颠倒位次，至少是平等起来，让人们像饮醇酒佳酿一样地细品它的醰醰之味。

丙寅六月末伏写讫于北京之棠絮轩

（《河北师范大学学报》〔哲社版〕1987年第2期）

诵杜微音

少陵诗篇富有，人人知重。千年传写，不知经历了几多人的移录。正因如此，其传世之本，异文的多夥，在唐贤诸集，似乎特为突出。愚以为，诗之精微，往往在于一字之间，毫厘之际，于此而审辨不详，诿诸仁智，正恐既失古人，又误自己，实在不是一件小事细节可以漫忽置之。我每诵诗圣遗编，便生怅惘，常想安得高明之士师，一一为后学斠定之，嘉惠来修，真大幸也！

今之传本，如仇氏《详注》等清人所编，以《游龙门奉先寺》为首题（《全唐诗》则以《奉赠韦左丞丈二十二韵》为开卷第一篇）。如此五言八句，共得四十字，即有正文下所列异文有五字之多，且仇氏于此篇后特加附考。今以浅见，不揣简陋，试与学人一议其得失。

仇注之意，以为此第五句当作“天阙象纬逼”，引旧籍《东都记》《石阙铭》《水经注》及韦应物诗句，力主“天阙”二字为正。而其最重要的两句话却透露了他们的理据有欠精审。仇氏又云："况此本古体诗，何必拘拘于偶对耶？"这正是讨论此诗的关键之点。

汝昌按：少陵此体，貌似古诗，实乃仄韵五言律，开卷此篇与相连的《望岳》均是同一规制，不可与"古体"相混。

此种仄韵的五言律，亦如平韵，起联与结联不必对句外，中间颈腹，偶对精切，不独字对，音亦相对，若昧此义，便误认为"古体诗"了。

所谓音对，须议每句之第二字为平为仄。即俗谓"平起句"与"仄起句"之分。如本篇"阴壑"仄起，"月林"即平起，此即出句对句的相互格律。推之首联，"已从"平起，"更宿"仄起，故下接仄起"阴壑"。尾联上句"欲觉"仄起，下句"令人"平起，故其以上之第六句为"云卧"仄起。此不易之法则，即律诗的定格。"古体"未有"拘拘"如此者。由"云卧"仄起而推，其出句必须为平起句，因知"天阙"之仄起，实为违律的讹文而已（而且一平领四仄了）。

复以《望岳》一首印证之，其格律如下：

第一句"岱宗"平起，

第二句"齐鲁"仄起。

第三句"造化"仄起，

第四句"阴阳"平起。

第五句"荡胸"平起，

第六句"决眦"仄起。

第七句"会当"平起，

第八句"一览"仄起。

试看每联的出句对句，平仄互起，而除尾联外，联与联之间，亦复前之平起落句，必与下之平起出句相衔，一丝不走，这正是律诗的格制。所谓“古体”如何会有这等严整的句律？

明晓此义之后，则《奉先寺》篇之第五句绝不会是仄起句，即可判定“阙”为误字了。

“阙”字为误，可知“开”“关”“阋”平声之为合调字，而三者之中，“开”“关”俱于诗意无当，况此皆常用字，笔画分明，抄传之际，亦断无可讹之理，故意知杜老此处，必为一较“僻”之字体，写手不明，方至形混。

于此，又须了解抄写习俗，古人除写经籍正楷之外，诗文最常用者为小行书——不够“草”而笔多勾连，又时时出现异体，俗谓之“帖写”（今之所谓“不规范”也）。是以“阋”字中之“见”行书与“欠”，极易因形似而误混，而“屰”“夫”的行草书又正相差不远，亦即“”与“”之小异而已，于是原文之“阋”遂为误者写成“阙”字。

既然某本已写作“天阙”，注者适见此与“龙门”“伊阙”对景合榫，于是即遍求之古籍，搜得“天阙”字样以为理据，乃定“天阙”为正字矣。

殊不知，诗不同于文，不识诗者往往参死句，寻典故，以“坐实”诗人之活法灵笔。坐实了一个“天阙”，事极容易，然而坐实之后，诗味索然大减了——老杜此时是写“境”，而不是作“地理志”，焉有必须塞入一个“天阙”的诗理？

判为“天阙”有三失：一、变活为死；二、走失格律；三、破坏对仗——“天阙”找着“出处”了，然则“云卧”又当何据何解，哪处地名？

注家无以自圆，所以方有“何必拘拘于偶对”的强辩。

“天阙”与“云卧”实皆倒装字法，明人杨升庵早已点破此秘了，而世人未悟。这也是学诗者的一个很大的关捩。

“阙”即“窥”的异体字，“窥天”自庄子创语，直到唐太宗作《三藏圣教序》，还是说“窥天鉴地”。老杜因为诗句要求脱俗而警拔，故此特用倒装字法，窥天卧云，正是招提夜境之迥异人寰也。此时此境，何必拘拘于一个实名“天阙”？

复次，注者甚至不悟句法变换之理：如一首律诗，颈腹二联不但意转，句亦避似——似者，如上联“阴壑”“月林”，皆是名物实词了，下联即必换以非名非实——此正老杜将“窥天”“卧云”的天与云特易其位的诗意匠心，岂有再出“天阙”等名物实词以领句的做法？

这些事，注诗者的考虑都必须深细，不能因为坐实了一个名物而忽略了很多的文心诗趣。

至于仄韵律诗，某句小拗，使音节峭宕，亦如平韵律句，所在多见，原不足异，然遂为人误判为“古体诗”。如本篇“月林散清影”末三字作仄平仄（正格为平仄仄）者，即同于“开轩面场圃”“清新庾开府”，如此句法者不可胜数，并非诗人之失粘违律，更与“古体”毫不相侔。岂可执此以为之辞乎。

【注】

律诗格律和形成与完善定型，在六朝后期，隋唐之际，但仍偶有通篇精整中忽串一二字失律者，此例甚多。再则首尾二联又往往小变，出以拗句。如本篇首二句重复“招提”即是变例。又如《望岳》之“岱宗夫如何，齐鲁青未了”，即因“鲁”“未”皆仄，故上句以“如”字救之（若不然，当用“若何”“奈何”了）。在平韵五律中，寻例亦正不难，如“八月湖水平”，“月”“水”皆仄，然则可执此判为“古体诗”乎?

（《杜甫研究学刊》1994年第4期）

李杜文章嗟谤伤

钟树梁先生函示锦里复将举行少陵学会之一九九六年年会，嘱我缄寄研究杜诗之文。欣然命笔，而以时间甚迫，不及撰写论文，遂改辙塞责，简叙一段鲜为人知的“评杜”之经过，以告学人，亦保护诗圣之应为者也。

“文革”中，余被关进“牛棚”，隔离幽禁；至一九六九年之中秋佳节正日，随大队下湖北咸宁“干校”。居咸宁十有一月，是为一九七〇年之八月末，干校头头忽召见，云：“因工作需要，调你回北京。”当时聆之几不敢信以为真。（盖下放者方在源源而遣往之际，断无还京之望，故如在梦寐中闻神话也。）

其后方知：周总理特电湖北军区司令，指名专调回京工作。遂于一九七〇年九月五日良辰，还归首都，人皆以为大奇事。

到京后持公函诣文化部报到，部之留守人员亦大表惊讶，而不知如何安插，只得暂在原单位人民文学出版社托身。

历若干时，临时社长王君（今已作古）召开小会，具言郭沫若夫人于女士嘱他为郭先生出一新书，题目为《李白与杜甫》，责成我与戴鸿森君任此稿编辑，另有二君（彼时留社专事出版“样板戏”的留京人员）参助商讨。

稍后，我与戴君阅之，皆不胜骇异——不特论点不能服人（毫无理据），抑且文字亦时失体统。至于引书，竟将“正字”（文官名称）与所随之人名割裂，分属上下句。又如为某某“立道观”，本谓为此人建造道观也，而竟解“立道观”三字为“观”之专名。如此不一而足。

我与戴君认真从事，不稍苟假，将一部不大之书稿贴满意见签条，纷披如牛毛焉。

送社长王君复审，王君顾虑，不敢如此送呈著者，连夜开会——彼时“革命精神” 一日三班，无分昼夜。此一夜中，每读一意见签，王君之决断是“撕去”，“撕掉”，“不必提了”……以至最后所剩签条只有数则不关痛痒之“意见”了。

尚忆拙荆因见我后半夜尚未归家，不放心，跑到社里去“探问”……

如此，书是出来了，而读者（文教界）大哗！——然亦不敢公开评议——以为此乃“文革”稍为“平静”后所出之第一名著，必有“来头”，且不可冒昧雌黄也。

然而，有人却以为：此书经周某之手而出版，必与之大有“关系”。而余亦不得而昌言以辩白。平生忍辱负垢之事不少，而此亦“大端”也。

这段内幕经过，世人难知，我亦只能隐忍而不便披露实情。然念唐贤韩退之之名句“堪笑群儿愚，那用故谤伤”，杜老有灵，亦可一笑置之乎？

丙子中元节草讫

（《杜甫研究学刊》1996年第4期）

中国文论（艺论）三昧篇

一

《北京大学学报》一九九六年第三期发表了两篇论文：黄维梁教授（香港中文大学）之论"六观"与兴膳宏教授（日本京都大学）之论《隐秀》篇，二文皆研治"龙学"（《文心雕龙》）之新作，各有千秋。因少时于此亦曾略有窥测，故至今犹存积习，不禁见猎心喜。爰贡此篇，以为桴鼓之应。

首先一义，即黄教授致慨于二十世纪西方学者对于文论可列二十馀种名目（流派、主义），而其间并无中国之音，故建议应将《文心雕龙》伟著介绍于西方以及全世界之学苑文林，方令天下皆知中华之人早在齐梁（六世纪）已臻如此高度成就，而且光焰不磨，完全可以应用于现代文学之赏析评估。

此议极是。因忆四十年代我方肄业于燕京大学西语系，即怀斯深愿，彼时之本科毕业论文主题是：陆机《文赋》之英译与研介。盖其计议之下一步，即是英译《文心雕龙》——机、云昆弟之赋篇，不过作为整个“规划”之先声或引序而已。

今日看来，我固才非其选，力不胜任，然其意向志趣并未大谬，盖彼时英译中国文学篇什小说者早已不乏，而文论精华，尚少措意用功之例。我之《文赋》论文答辩时，西语系全体外籍教授在座，听取我所做英语报告、解答后，全体师辈报以极热烈之长时间掌声——此在燕大，向无先例；博晨光教授（Dr. Porter）语余云：“This is too good for a master thesis.It is good enough for a doctor thesis! ”他说时，喜形于色。我叙此旧事，并非为了表说拙论文如何“优秀”，而是以为那些对我的鼓舞主要是他们领会了我所选定的此一主题的重要意义和价值[1]。

拙英译赋篇本身的成果，赵萝蕤先生读后表示还待加力——这固然由于我外文功力不够，但译《文赋》为西语，为译一般“文件”书册大为不同，我是有意地不迁就西方读者可以普遍“接受”的“可读性（Readability）”，而且尽可能地“保存”原汉文的特点特色——这对西方学人研究者却十分重要、有用——帮助他们“接触本源”，而不宜一概“迁就”外文的模式和“习惯”，那样将把汉文原本弄得不伦不类，“面目”全非。

---

[1] 这种意义价值，一九八〇年在斯坦福大学晤及刘若愚教授时，曾晚夕深谈，其时他已致力于研治《文心雕龙》。可惜他不幸早逝，此事遂少共语者。

这番拙意未必可取可行，但也可以容许探讨，多听西方学人的反应。

以上是说对赋文本身，有不同看法。但对我所附加的说解性的引论，无论内容或文字都得到了肯定，包括赵萝蕤先生。当时美国研究生林阿释（Arthur Link）从我学读汤用彤先生的佛教史，他见了“引论”，主动给了Studia Serica学志，发表了，他评价这种介绍工作很重要。

提此“引论”，还可以顺带说明其中有值得一叙的几点创见：

（一）纠正了通常以为《文赋》是“陆士衡少作”的误解。盖由不知杜少陵所咏“陆机二十作文赋”是说年方弱冠即已能文善赋——汉魏六朝时人的文学集，还不似后世称“诗文集”，都叫作“文赋若干卷”，彼时史籍的“艺文志”类，例子最显明不过了（“诗文”代替“文赋”为称，是唐代以后的文例了）。杜诗“文赋”也还是泛词，非指《文赋》专称。

（二）根据机、云兄弟二人书札，弟云每对兄机的新作赋篇加之评赏；从这些书札中所引赋名与其撰作时间先后综互而推，便可考明《文赋》之作约当陆机四十岁时，亦即他不幸早亡的前一年。这是一篇成熟的名赋杰构，绝非“少作”。

（三）我所见到的，最早英译《文赋》这个题目的是钱锺书先生，他译为A Fu-poem on Literature，见于林方庆英译《离骚》的钱先生英文序言。愚意则译为A Fu-poem on Writing，以为更合陆士衡原旨，盖他着重的是写作（为文）的经验、体会，如构思、灵感、评论等等微妙之音，而非泛讲“文学”[1]。

（四）文本校订，改正了千年沿误的要紧字义。此例即临近幅末的“故亦非筆（笔）说之所能精”句中之“筆”，一向讹为“華”字，盖六朝隋唐人书写“筆”字皆作“莘”，从艸不从竹。此种例举不胜举，即后世俗谓之“帖写体”者是也，故形似“華”而误写[2]。其上句为“轮扁”作喻，赋句皆为对仗，“笔”“轮”实物相偶；岂有“华说”之词义能混？一检《文选》善注，则“笔”字分明不爽，是为确证。（此种原非难知之奥义秘文，但世俗刊本沿误已久，即传为唐人陆柬之写本，亦作“華说”，则知由来已久矣。）

（五）考释了“缘情绮靡”的正解，破除了旧来的误会，其后扩展此题写为专文，刊于《文史哲》，后又收于拙著《诗词赏会》（广东人民版），今不复述。

---

[1] 拙见以为，literature本义甚泛，举凡一切着于文字者皆可称之以此字，且只言literature亦不能显示“为文”体验之本旨，故不如用writing，似更贴近陆氏原旨。当然拙见也未必恰当，可请专家议之。

[2] 现有一例：因我自幼习书法，遂喜“帖写体”，故至今写“筆”字仍作“莘”式；前岁作小诗赠作家刘心武先生，有“莘”字即仍循旧习，而后来他收入排印书中，此字恰好也误成“華”字了。此例虽古今悬远，而其理可悟也。

二

对于《文心雕龙》，昔时投入很多心力，亦粗有所获，而书之于文字者有限。例如成篇而刊发的只有《河北大学学报》上的两份论文，从内容看，也还值得一提。最有关系的两个主题就是：刘彦和是否著书主旨乃在文章之极致为“归于自然”？《隐秀》篇自纪昀力言其伪而诸家和之（如范文澜注本径将所谓“伪文”删而弗录，最为无复馀地），毕竟真相如何？

此二说也，流行普遍，影响牢固，而此二端几乎就是《雕龙》之命脉所在，所关岂是琐末细节？故“余非好辩也”，真是究心此业之人的一种不得已的要费争鸣之大事。

认为刘彦和是“文贵自然”的，实际是把《原道》篇中的“自然之道也”一句话从全书大整体中割离孤立起来，而又作了错解。彦和原意是说：无心之物如草木云霞，尚且有文采表现，而人为万物之灵，“天地之心”者，岂独反无文采乎？是故人之有文，一如草木贲华、云雾布彩，皆自然之道理也。原不过是为了人之有文寻求理据，盖人文乃天经地义之事也。此意并不难晓，何容误说？而况，《文心雕龙》之结穴定名“总术”，是讲为文的规矩、法度、构思、谋篇、炼字……种种层次“技法”，并从反面指摘瑕疵病害；以至修养、涵育，皆在所论——如此而谓之为文贵在一任“自然”，岂不完全违反？

其实，不必烦词，即看书名特标“雕龙”二字，也就思过半矣。夫雕龙者，正喻“人工”之可夺“天巧”。通常所谓文如“天成”“行云流水”，那实际是功力纯熟深厚所臻之境地而已，那种貌似“自然”，无非是大匠之能泯其“斧凿痕”罢了。

至于《隐秀》“伪托”一说，除纪昀等“名流”之言易中俗耳者外，还有一个“力证”，即张戒之《岁寒堂诗话》中曾“引”所谓《隐秀》“原文”者，乃不见于今传世本《文心雕龙》此篇之内；以此“证明”其今本出于明人伪托，云云，此说几成“定案”。

尤可异者，当世“龙学”家，亦有主张《隐秀》非伪者，然对黄侃先生之此一“力证”，亦不敢生疑问之心，当然更无动摇之议。

但不能不为指出：主伪与反主伪之双方，却都为“岁寒堂”所愚蔽了。原来，张戒所“引”《文心雕龙》之“文例”，皆非今世严格quotation的性质，只系以意“撮述”。此点综互核验，真相即显。是故此一“力证”，并无分毫之真力量，而《隐秀》今传文本，并非“明人伪托”，乃得重新考论。

此义我曾撰专文，亦载《河北大学学报》，其后收入《名家论学》，题为《〈文心雕龙·隐秀〉篇旧疑新议》（复旦大学出版社）。检阅尚不甚难。

其他札记，与全书五十篇之“关系”图表（不同于范注本卷前所列者），因经“文革”浩劫，俱已不知存亡痕影，而我之“龙学”遂告中断。

三

研论《文心雕龙》精义，学界大抵重《风骨》篇而致力专论者居多。愚见以为，欲明“风骨”之真谛，最须探其源流，而不可如黄侃、刘永济诸先生之囿于本书本篇之内。如黄、刘皆以为“风”即指“情”，“骨”即指“辞”。如此则只不过是“意内词外”一层常言而已。然则此篇又何以足重乎？由其推理识事，止于刘舍人本篇之内，不稍“外窥”，不知参会，此则治学方法之大不足也。

所谓“外窥”，不必泛滥，无务枝蔓，只需于同时代艺苑名言求其印证，即可触绪旁通，循缘交悟。比如刘勰身为由齐入梁之人也，其时略先有谢赫，已著《古画品录》，稍后则又有由梁入陈之姚最，著《续画品》，皆约略同世之才彦，观其所论，足启性灵，正如姚氏之言：“若方之体物，则伯仁龙马之颂；比之书翰，则长胤狸骨之方：虽复语迹异途，而妙理同归一致。”此谓诗文书画，迹不同而理无别，贵得三昧，信是明通之见也。

即以“风骨”一词命题而言，如《画品》已先《文心雕龙》而立，盖谢家之言曰：

> （曹）不兴之迹，殆莫得传；唯秘阁之内，一龙而已。观其风骨，名岂虚成。

此殆文艺论中“风骨”一词之首先标举。

然则“风骨”何指？观其自序，已有相应之语义：

六法者何？一气韵生动是也；二骨法用笔是也；……

可知“风骨”者，实即六法之首二目之变辞，最极重要之艺术准则是也。推之文苑，理自融通，了无违隔——何以谓气韵、骨法即“风骨”之变辞？

盖“风”即气韵，“骨”即笔法。气韵无形之精灵，用笔有迹之体段：两者表里倚辅，合为一“全”。

此即中华一切文艺之根本理论认识。是故谢、刘二家，皆采此词以概万言而标三昧。两家用语，对照互参，“风”即是气，“骨”即是笔，一虚一实，一阳一阴，一动一静，一行一止，一刚一柔，一清一浊，一浮一沉——虽万变而不离其宗者在此一语。

气也可以说成“风趣”；笔也可以说成“体法”。如谢评戴逵：

情韵连绵，风趣巧拔。

此“风趣”，即刘舍人《体性》篇中所谓之“风趣刚柔，宁或改其气”——是以“风”即言气，气可称“风”，二者一也。

庄子曰：“大块噫气，其名曰风。”风者，气之流动而成者也。故“风气”连文习用。又惟其流动，故有“流向”，是谓之“趣”，趣者，趋向也（志趣，即志向；旨趣，即旨趋——所归也）。从之亦可知，“风流”一语，实指气韵之表现也。是则刘舍人论文重风，犹如曹子桓《典论·论文》之重气，其源可讨，其故可思。

气居万有之首，是乃中华一切文化文艺之核心理论，亦即人类灵智之最高认识。

即如谢赫品画六法，六非平列，除第六为另分一项（传摹题材）外，五法乃依其重要性而序次之，是以气韵第一，用笔第二，象形居第三，赋彩又次之，而位置（布局）居末。此最清晰，亦最“科学”。

因此，对“气”的意义即须稍稍深以求之。

四

我们所讲的这个“气”是指什么？从文字训诂学、词语实用学上去检看，并不难释义解文；但我们此刻的主题乃是气与文艺的关系又是怎么建立而联系不可分的。这才是中华文论（艺论）上的最为“吃紧”一题，而亟待做出明白易晓的解说阐发。

“气”在我们文化上，既是一个科学命题，又是一个哲学命题。前者，指的是大自然的一种物质存在的体态（气体、液体、固体等“型式”），它非一般视、触所易感知，无形而有力，它的最大特性即是“流、行、运、动”；它与固体定型之“死物”对立，乃是“活”的。（“尚有气息”，指“活”。“没气啦”，指“死”。可见“气”与

"活"之关系。)

按中华的宇宙观，最极原始阶段叫作"太易"，此际一无所有；然后阶段名为"太初"，此际始有"气"生；再次名为"太始"，此际"形"生；再次名为"太素"，此际"质"生。此为从"无极""混沌"而至"开天辟地"的宇宙生成发展论，见于《列子·天瑞》，叙列最清。

此"太初"之气，名曰"大（太）乙"，又名"太极"。《礼·礼运》疏，明言"大一者，谓天地未分混沌之元气也"。因此，我们讨论的"气"，不是一般常识中的"空气""大气"等自然科学概念的狭义的气体，而是一种无以名称、形容的宇宙生命力，大自然的运动力，它的微妙而巨大的"存在"或者"能量"。此义亦不难知。

但这种神妙的元气，与文艺又有何相干呢?

原来，中华哲学认为，人是宇宙自然的一"部分"，具体而微，人之生命即来自宇宙元气，为其所秉（禀）赋。而且，人乃秉气而生之灵物——这一层毋庸繁引详述，因为已是哲学常识。但此刻我所务欲倡论强调的，乃在于"第二层次"。

所谓"第二层次"即如下式：

宇宙赋气而生人——第一层次。

人又赋气而生文（艺）——第二层次。

这种认识论，根由亦即伟大的"天人合一"论的卓识与大智慧领悟的终极道理。

正因此故，这才又存在着一个人们尚未尽晓（畅言晰说）的重大原理，即：

中国美学之最大的特点特色，就是把文艺品也当作一个“活人”来看待，来要求，来衡量，来评品！

只因为这一关键要害之点不明，遂致文论（艺论）上产生了许多误解错说，至少也是浮光掠影，隔靴搔痒，距离核心真际，甚远甚远。

何以说我们中华美学之对于文艺作品，视同活人一般？证明即在：我们认为作品有其生命内涵，而不只是“文字”“语言”“线条”“色彩”的堆垛组构的事情——那都是外貌或“载体”的形色，载体之内，方是“真物”。所以中国讲诗文书画，向来是说它有骨、有肉、有血脉、有气韵、有形体、有丰致、有神采，以至有灵魂。它是活泼泼的有生命的“灵物”，与人无异。把它只当一个死“器物”来观察认识，就差之毫厘，什么也弄不清说不对了。

这就是中华文艺要讲“骨肉匀停”，要讲“气韵生动”，要讲“神采飘逸”的大道至理。

这才是刘舍人论文与谢赫论画皆特重“风骨”的根本缘由、妙胜含义。

五

“气”的最早提出，文苑上应推魏文曹丕。哲理上似以老子为先，老子并不以“文”为事，而他的“道”却贯于一切天、人、万态，当然也通于文。上节说到“大一”“元气”，可看王充《论衡·超奇》篇所云：“天禀元气，人受元精。”元气实万有之源，亦即生命之本。因此人的生命首在元气，医家养生家无不以善保元气为最要原则；是以中医谓人参功能在于“大补元气”，以为西医手术之开刀破腹为“大伤元气”。对此，西医则了不理会。盖元气者，生命的“能源”与“动力”，比如一人五脏器官无损，但机能不良，疾患时显，此为何故？原因即在元气亏损不足，不能“推动”器官，于是血脉脏腑皆不能正常“运作”。故中医所谓之“阳虚”，即元气已伤之症候；“阳”者气，“阳”者血肉实体也。所以“元气”方是运载生命活动的根本能力，元气充足则人物之精神面貌、容色丰韵皆现佳致而令人喜悦，否则相反，以致元气耗尽而归于命终。

中国生理医学是如此阐释“人”之本身，而中国文论正是又视文艺作品一如具有生理生命之“活人”，是故衡文评艺，首先看的不在那些表层的迹象，而是单单先“抓”它的“根本”“要害”——气。

是以魏文之《论文》开宗明义：“文以气为主。”刘舍人于《风骨》篇特引此言，可知舍人之“风”，亦即魏文之“气”。此点原甚显明。而此与谢赫之“气韵”居六法之首，又属完全一致。

讨论中华文论而不识此义，以为先贤“习气”“病痛”，皆不务实际，专嗜“玄言”，盖即昧于中华文化之高层次卓识大慧而必欲“拉”之趋于俗见浅识而后已也。

六

既明斯旨，又须进而体察古人所重之气，以何为贵。盖“气有清浊”，魏文之言也；“气有刚柔”，舍人之论也；推而至于清代曹雪芹，犹以“正邪两赋”之气察（禀）论而月旦人物。是则气亦不齐，宜识其“佳气”，而不可流于庸陋俗恶之“气”。

“佳气”方有韵味、风采。谢赫言“气韵生动”，韵由气生。常言“气味相投”，味由气定——可见一斑。但本文想要着重论述的，除了韵致神采容后再及之外，首先是以下几个字眼词义：

一是生动，二是遒举，三是俊拔，四是骏利。

此四者，在中华文艺上，最极紧要，但近世文艺评论，多效西方观念识解，对此要义，除“生动”尚有引用外（但已成为俗语常套），久已不复见于言辞之间了。

今对四者只能作一粗解，因为倘若深研，皆须专篇细说，方可尽其精蕴。

（一）生动义：今世文艺赏论中，“生动”一词多见使用，既属“常言”，人即不思其本：诗文书画，迹象已“定”于纸上，则其“生”其“动”又从何来？俗常以为是“用笔活泼”“不死板”而已；而不悟谢赫之言“气韵生动”，即谓艺品之具有生命一如“活人”也。此并非“技法”浅层之事义。

（二）遒举义：此义最极重要，而今人早已不能理解，亦几乎绝迹于文字之间了，良可叹惜。按谢赫之论陆绥，其言有云：

体韵遒举，风彩飘然。

这八个字中，六字今人能知大意；若问“遒举”，则未必尽明。唐人评书圣右军，谓之“遒媚”，注者论者皆以为“遒”即“劲健”——此实毫厘千里之俗见谬说也。旧年有拙著《说遒媚》，对“遒”首次释义，今不详及；其要点即此字本义涵有流动与紧密二者相兼之妙谛，岂可错会为“劲健”之同义词语。即如刘舍人，恰在《风骨》篇中有言：

……索莫乏气，则无风之验也……相如赋仙，气号凌云，蔚为辞宗，乃其风力遒也。能鉴斯要，可以定文。

此最明晰：遒是“风力”之事，“风力”即“气”的代称或气之表现是也。遒是“气”的运行流动的速度、密度——亦即“高”度的事情，并非只是什么“劲健”俗义（因劲健通常是指筋肉肌力的浅义）。

惟其气遒，韵方能“举”。中国评文忌平板，更忌缓、迂、滞、阘——就是萎靡松垮而难于“鼓立”起来，好像一个软东西塌在地上而“提”之不能起立——这就是遒的反面。诗文书画，风力贵遒，端在于此。

“遒举”一词，不特六朝人用之，至唐宋犹知其义，如元人汤垕《画鉴》评陆探微云：“此卷行笔紧细，无纤毫遗恨；望之神采动人，真希世之宝也！……”张彦远谓“风神遒举，画力顿挫……非虚言也”

可为证明。须看汤言“行”“紧”二字，张言“力”字，皆是“遒举”之良注解。（力，气行所生也，非指筋肉蛮力。俗每以为以笔用死力于纸上硬拉墨道为“有笔力”，可谓毫厘千里。）

遒举，乃行文运笔之精气内流（生、动、韵、神之源），不知此义者则患钝、滞、松、塌、垮之病，于是气韵不生，神采无现矣。故此义最为中华文论艺论所特重。

（三）俊拔义：气韵“遒举”，则表现为俊拔。谢赫评姚昙度云“画有逸方，巧变锋出……莫不俊拔，出人意表”是也。

（四）骏利义：其实这也含蕴在“遒”义之内了，在书论中，王僧虔评其先贤大师，标准特重“骏利”（参看拙文《聿学》，载《中国文化》第2期），即不贵迂缓、拘滞、拙痴。此义于诗文书画之运笔，十分紧要，古人无不讲求，然今日之“文”，往往只是“堆话”，已不再懂得“气”的事情，当然更无从讲什么遒举、骏利，只剩下一片“乏气”的死板索寞文字了。

七

重“气”之义虽明，今世之人犹不能尽解中华之诗文书画何以皆用“写”字以表述其“艺术活动”。例如作字（书法）曰“写字”，曰“书写”；作画曰“写山写水”“写真”“写意”；撰文曰“写作”“写文章”；叙人物曰“写人”；状环境曰“写景”；抒情怀曰“写心”……此皆何也？时时口道此语者，以为自然无奇，以为“天经地义”，而不思其本义何在。我们文化上的事情，往往就是如此半明半暗，似懂非懂，无人加以覃思深悟。

按之古籍训诂，“写”即倾注，“写”为本字，其后加水旁为“泻”，其实一也。惟是倾注，故又有“尽”义，有由此器移彼器“传移”之义；涉及内心与言辞，即有“表达”“表现”之义。凡此，可悟“写”乃一个“关系词”，其所表者常系“双方”“两重”“表里”“彼此”之间的微妙联络、交流、融会、贯通之义。

此字此义，至为重要，不识此字，即不明中华文化文艺的精义真谛之缘由与价值何似。但时世之人久已习于外国词语观念，不复理会汉字华文之深厚超妙。如言写人，则概曰“塑造人物形象”；言写景，则概曰“描绘环境氛围”，而绝不肯一用本来的“写”字了。何以至此？因为慕洋追新，因为昧本拘时，甚至以“写”不如“塑造”“描绘”那么“科学”——即使还用“描写”二字，也不知其“写”为何事了。此种“迷途”，应予解释晓喻，俾之“知返”“归根”。

按《说文解字》，释“写”字曰：“置物也。”这乍看起来，很不易领会，更与我们主题“无关”。实则这是中华文艺理论的一大关键，深义正在于其间。盖“置物”者，是说将一件物品从某处搬换到另一位置处所，故徐氏笺云：“古谓置物于屋下曰写，盖从他处传置于此室也。”这领会先民造字之本义，可谓精极！古人入室前，必脱履置于户外，至需将履（舄，足下所著鞋类）收放，即须自其原置处移放“室”（即“宀”）内，是谓之“写”。

这一种含义，今人早已不知，亦且不信，需要再寻印证，方能信服徐笺的正确。印证何在？即在《礼记》一书，其卷二《曲礼》上篇有文云：“御食于君，君赐馀。器之溉者不写，其馀皆写。”这是什么话呢？原是古时的“白话”，今世却难晓了。今检辞书所引注解之言曰：

> 写者，传己器中乃食之也。（《辞源》引）
>
> 传写他器而食之。（《康熙字典》引）

这就表明：“写”是指把所赐食品从原器倾入自己的食器而后再吃，方合礼仪。用今日“白话”说，就是将赐食“倒”在自己“碗”里才能吃。但这个“倒”，也可以在古书中寻着的，如《十三经注疏》本《礼记正义》，此文下之《疏》云：

> “写”，谓倒传之也。

这就找着了今日犹云的“倒”，由此器倒在彼器，是以为“传”。《辞源》注为“以此注彼”，亦简而明。如诗圣杜少陵咏樱桃“数回细写愁仍破”，正是佳例。这可重要极了！我自谓也算个“读书人”，但并不真识字，虚度七十八岁，至此方认得了这个“写”字。

写，古又训“倾也”“尽也”“除也”，则俱是“移置”的衍变义、引申义。既倾注，必然把它倒干净了，所以为“尽”为“除”。转而涉及情绪感思，则“写”即为“抒发”义，如《诗》之“以写我忧”“我心写兮”，皆是其例。这亦可悟：立言作文，抒发内心，亦曰“写”者，正因那也是一种由此内心倾入彼言彼文之中，也是一种“移置”明矣。

这就是“写”字关系中华文艺创作的一大妙胜要义。

八

上文已然表明，为何撰文也叫“写”的根本实义。那么，古人对于“文”外的艺术，也有用“写”之例吗？答曰：有的。最佳之例，即字书已引，《越语》中有云：

> 王令以良金写范蠡之状而朝礼之。
>
> 注云：谓以善金铸其形也。

这个注者就把事情“具体化”而扣“死”了字义，盖良金（精铜）造像，当然是“铸”了；假如当日非以铜为，而是石、木，那注者就会把“写”注成“雕”了。此已由生活、礼仪之事完全进入艺术范畴了。

再一例：《史记·秦始皇本纪》云：

> 秦每破诸侯，写其宫室，作之咸阳。
>
> 注云：写，放（仿）效也。

这又是关系到建筑艺术的“写”例，实在耐人寻味得很。关系到绘画艺术的“写”例，则更多：

苏东坡有诗云：“边鸾雀写生，赵昌花传神。”北齐《颜氏家训·杂艺》：“武烈太子偏能写真，坐上宾客，随宜点染，即成数人，以问童孺，皆知姓名矣。”又，我中国绘画的一种画法，以精练的笔墨画出人物、花鸟之神韵风采，曰“写意”。

由此断然无复疑义的一点即是：中华文艺之最根本的认识、理论，由“写”表明，都是一种“以此注彼”“倒传”“移置”的精神活动。

讲到这里，再看谢赫“六法”，他早已说得清楚：“六，传移摹写是也。”此一句话，已将“写”即“传移”一义，确定无讹了。

“传移”，可专指人物肖像一门专艺，但其精义实通于一切艺术，如上引宫殿一例。又如唐人朱景玄《圣朝名画录》记吴道子画嘉陵江水，亦是“写”其状势。由此乃悟顾恺之首标“传神写照”之伟大创义。

九

“传移”之理，会有人以为，这岂不即与西方的“摹仿论”并无分别，是一回事？此表皮看事也。深层内蕴，观念认识，却有极大差异。盖“摹仿论”的认识只是将客观对象与艺术作品的关系看成一真一仿，一实一伪，一主一从，仿者的一切努力是追求形貌的“逼真”，纤毫不失，不止“须眉毕现”，对最微琐的“细节”亦感兴趣。而“传移论”则将客观对象与艺术作品看作“同一”的活生生的人、物、境，不是“仿造”，而是“移置”——将对象“搬家”搬到纸上（或别处）。这是“传移”与“摹仿”的最大的、根本的区分。

“摹仿”就极易陷于只求外形，而遗其精爽神明、风采气韵。“传移”正相反，形神之间，如难兼善，则宁可传神，而不大肖貌。是以谢家“六法”，列“气韵”为首，这是“灵魂”。至于“应物象形”，已居第三——“摹仿论”者同样追求的“随类赋彩”与“经营位置”，都更在末位！

什么道理？岂能是一种偶然的“不科学”的序次？

形、彩（色）、位都是有眼能见、有手能“摹”；惟至“气韵”，却非“眼”见的实体与具象，那么又如何去“摹仿”呢！？此问必须切实答卷，不许回避模棱。

用一个具体的实事为例，做一次生动有趣的说明与“证明”。仍举朱景玄所记一段故事：

> 又郭令公婿赵纵侍郎，尝令韩幹写真，众称其善。后又请周昉长史写之。二人皆有能名。令公尝列二真，置于坐侧，未能定其优劣。因赵夫人归省，令公问云：“所画何人？”对曰：“赵郎也。”又云：“何者最似？”对曰：“两画皆似，后画尤佳。”又云：“何以言之？”云：“前画者空得赵郎状貌。后画者兼移其神气——得赵郎情性笑言之姿。”令公问曰：“后画者何人？”乃云：“长史周昉。”是日遂定二画之优劣。

这个故事，充分说明：在我中华，凡“空得状貌”（外表皮毛）的，并不能成为艺术上品，那即是因为它只不过是个貌似的“死形骸”，而不够一个“活物”。这证明了我所说的：中国文艺作品，向来是当作为与人一样具有生命神采的“活人”看待、评议的一条原则标准。而西方训练学画，专重静物状貌，如杯、瓶、石膏人、兽像等“死”东西，一味摹其外形——长短比例、明暗光照、人体解剖（骨头、筋肉的“构造”）……比如动植物的标本画图，无不“须眉毕现”，十分“逼真”，但就是索然无一点“生机”“生气”。

郭令公身非“艺术鉴赏家”，故不能审辨优劣，而其令嫒赵夫人却一针见血地指出了一个“移其神气”！这个“移”，正就是那个“写”的注脚与正义！

韩幹被周昉比败了，但朱景玄评他，也还能在画马时“写渥洼之状，若在水中；移腰褭之形，出于图上”，也还是一个“写”与一个“移”的对词互义。这一根本文艺理论至此已足够分明，不再多述了。

十

为何要讲“写”讲“移”？还是为了讲解刘舍人论文的“风骨”之“风”，究应如何理会，是否简单如黄、刘等前人所认为的“气即指情”？——那“情”又只不过相当于今之所谓“思想内容”之类罢了。

不是那样的。懂了“传移”“写照”（传神写照，比谢赫更早的晋顾恺之之语也），懂了中华人之观念是把文艺作品视为“活人”，始能晓悟：文之以气为主，是因为作者赋予了文以生命之故，气乃“活”的本质与精灵（古曰“精爽”“神明”者是也）。

讲气，为何又讲韵？所谓“气韵生动”何也？盖只言“生命”，那是“野兽”——野蛮残酷，弱肉强食，你死我活，那成不了文化艺术。必须是有了文化的人类产生的艺术，才会谈得到“气韵”“神采”。

是以生命以“气”而生“神”，文化生“韵”而焕采。合在一起，方是人类精神世界里最高层次的艺术活动的内蕴与外仪之大美。

是以魏文论文，首先标“气”。

气有“逸气”“齐气”。逸与遒同伦。朱景玄评吴道子画为“磊落逸势”，杜子美说“俊逸鲍参军”者是也。

魏文所评的“齐气”，被注者解为“齐地的文风迂缓”云云。这是可疑的——没听说古来评文有什么“燕气”“吴气”“楚气”……说，如何独有一个“齐（地）气”？其实，寻“齐”字本义，亦有迅速之义，如《荀子·修身》：“齐给（捷）便利，即节之以动止。”《尔雅·释言》：“疾齐壮也。”注：“谓速也。”（《史记》亦有例，不具引）可知“齐气”不会是“迂缓”之气。汉字从“齐”之文，如济、跻、挤、剂……皆无“迂缓”义在内，亦正可证明相反（以力争到达为义也）[1]。

---

[1] 如《古代散文选》，人民教育出版社，一九六二年版，第二九〇页即云“……齐地文体舒缓，徐陵也有这种缺点”，即是一例。尤可异者，此书评论《论文》竟云：“（文以气为主，气之清浊有体，不可力强而致）这些话过多地强调创作天才而忽视锻炼，显然是不够妥当的。”这真是牛头马嘴——既不真懂重“气”之真谛，又把“锻炼”搅在一起而加评，这就使学子更加糊涂了。“锻炼”完全属于另一层次，相去悬远了。

我们的讨论，是从解释“风骨”开始的，但也连带涉及了若干别的、有所关联的中国文论（艺论）的带有根本性的问题。拙见以为，若能从“风骨”一例获得启牖而不为已有之常言所拘蔽，则循此以治“龙学”，庶几可望出现一个新的阶段与境界。比如，“风”既不能简单地等同于“情”，则“骨”自然也不会只是“辞”的代名。风之与骨，其关系应为一阴一阳，一虚一实，一隐一现，一明一暗，一动一静，一行一止，一神一质，二者倚伏表里，互相融通变化，气与韵行，骨同格立，有合有分，亦分亦合，总非死规硬矩、机械割裂所能尽其意义度理趣之极致。

十一

总结上文，略可窥见六朝时代才彦辈出，于文于艺，所造极深，而始有超迈以往的评论痕迹留与后人咀含玩索。谢赫论曹不兴，谓“观其风骨，名岂虚成”，是与刘勰论文同重风骨之证。谢氏的用语，如评张墨云：“风范气候，极妙参神；但承精灵，遗其骨法……”如评毛惠远：“纵横逸笔，力遒韵雅（雅，粗野俗陋之反）……其挥霍也必极妙。至于定质，块然未尽其善；神鬼及马，泥滞于体，颇有拙也。”如评江僧宝：“用笔骨梗，颇有师法（用笔，指法度亦不只是实迹之谓）。”至评刘瑱：“画体纤细，而笔迹困弱。”评丁光：

“……而笔迹轻羸，非不精谨，乏于生气。”这些词义，详慎参会，于“风”“骨”分合之理，思过半矣。

是故我谓欲研“龙学”，宜稍稍扩延眼界科区，应结合彼时艺论而互为印证，一也。绘事最重“传”“移”“写”，明其本真，方悟文之重气，其一源，二也。（画家之能赋予生命于其作品，故得有气韵生动之妙；文家能赋予生命于其作品，亦能显风骨遒举之奇——是即皆由“移”“写”之理而致之也。）理解中华文论艺论，必归结于自己民族的文化传统高层灵智，而不可盲目搬弄外国观念，三也。惟拙见未必尽当，聊备方家参考、指正可耳。

丙子中元节间草讫

（《北京大学学报》〔哲社版〕1998年第1期）

“思无邪”辨义

《论语》引孔子的话：“《诗》三百，一言以蔽之，曰：思无邪。”

这是文学诗学常识。其“新式标点”的办法大多如上所示。如此，读来似甚顺畅，意旨分明——孔圣是以“无邪”二字来解《诗》，来训徒，亦即孔门“诗教”的由来与依据。

翻成今日“白话”，大约就是：《诗经》共计三百首之多，但可以用一句话来概括，就是“内容思想要纯正，不许走歪路，胡思乱想，想入非非”。

大致如此，向来的文学史论等等，也无大异议。就连戏文，也有好例证，试听《牡丹亭·闹学》这出戏里老塾师陈最良唱的一支〔油葫芦〕，曲子道是：

论六经，《诗经》最葩。不忌妒，后妃贤达。更有那咏鸡鸣，伤燕羽，泣江皋，思汉广，洗净铅华。没多些，只这“无邪”二字，付与儿家！

老师把“一言”明白地改成“二字”，用以教导女学生杜丽娘和小丫鬟春香。语义很委婉，却又严格，就是你们读《诗》不可思入淫邪。

至于“窈窕淑女，君子好逑”呢，那不属于“邪”，又淑又贤又君子，都“正”得很呀。如此等等。

是这样子吗？我怀疑。因何有疑？请听拙议。

第一，孔圣明言是“一言”可蔽全旨，而“思无邪”实为“三言”。何也？

第二，人人皆知“桑间濮上”“郑风淫”皆在“三百”之内，笺诗者直言不讳，如何可谓之“无邪”？

第三，孔圣教训己子鲤儿，说：孩子，你为何不去学《诗》？学《诗》可以兴，可以观，可以群，可以怨，还顺带着可以多识草木鸟兽之名。何乐而不为？

他列举了四大作用，四之末就是怨。人们习知：《诗经》的笺注家自古对诗篇的意旨、解说就有“美也”（赞颂、感念）和“刺也”（批评、讽谏）之分；那么怨，岂不就与解《诗》者所指的“美也”“刺也”的“刺”相连？这怨刺难道都合乎“正”吗？孔圣在另一场合说：“唯女子与小人为难养也；近之则不逊，远之则怨。”他这能会是赞成“怨”？能会是以“怨”为正吗？肯定在他的礼教中“怨”属于“邪”思，如何又说“可以怨”，而又“思无邪”？

第四，也是尽人皆知的，古训讲诗是"诗言志"，是"诗者志之所之也"。"志"既是思之所向所趋，故曰"志向""志趣（趋）"。夫既"士各有志"，"匹夫不可夺志"，"志"乃各人自怀自定而不受外势所屈者也。那么，又为何只说"诗言志""志之所之"而不言"志无邪"？志有万趋，各随其思，岂能都合乎儒门之"正"？

以上是我所疑，我以为讲之不通。然则，若依拙见，又当怎样去确解那原文本义呢？关键是在于两个字上：一是"言"，二是"邪"。

原来，我们祖先之所谓"言"，本有以一句为一言和以一字为一言的两种用法。据清道光时名学者王引之所校正重刊本《康熙字典》，所引《左传》"赵简子曰夫子语我九言"为例，九言指"九句"话。引《战国策》"臣请三言而已矣，曰：海大鱼"；《汉书·东方朔传》"凡臣朔固已诵四十四万言"。此二例之"言"，皆即多少字的字数，正如四言诗、五言绝句、七言律诗之用法，也同于现今还说的著作有数十万言的"言"。

那么"一言以蔽之"的言，究当何者呢？

《康熙字典》恰好也举了它，可是归于《左传》"九言"（九句）之下，意即解为"一句"，亦即指"思无邪"为一个整句了，是遵循相沿的传统解法。

但以"思无邪"三字为"一言"，可疑诸点已见上述，不可通也。

那么，极通的一个解义就落到了一点上：那"一言"是指"一个字"。这一个字是什么？就是"思"。

如此，孔子原话是："《诗》三百，一言以蔽之，曰思——无邪。"这不是"诗言志"的同一语义，本无异旨。

至此，人必来问：那“无邪”又如何？虽然将“思”与“无邪”分开读了，实际又有何异？还不是教训人“别走歪路”“勿兴邪思”吗？

我说，非也。

邪与耶，古为同字。耶即后来的“爺”（今简作爷）字，古乐府有《上邪》篇，邪是对天的尊称。宝剑名铸师有莫邪，溪有若邪，郡有琅邪，皆无“不正”“淫邪”义。

“邪”不但无坏义，而且有“喜庆有馀”的“馀”义，证据是：

《史民·历书》“归邪于终”，注云：邪，馀分也；终，闰月也。故《集韵》邪字下异读音“余”义为“馀也”（还有“蛇”音、“宜”音等异读）。

准此，乃悟孔子原话是说：《诗经》虽富有三百篇，但可用一个字而总括之，即“思”——除此而外没有馀义——勿妄作别解也。

“三百”与“一言”紧对，“诗”与“思”也紧对。思才是“一言”的真正所指。“无邪”是附加着重语，而一向误会为“防止”或“告诫”语了。

至此亦可悟知，陆机《文赋》名句“诗缘情而绮靡”，其所谓“情”，亦即“言志”的“志”，亦即“一言”的“思”——皆指人的内心、感情、精神上的感发抒写，而下语的目的只在说清诗的“本质”而已——这儿并不赘连着一个什么“教训”的尾巴。

（在古代天文学上管瑞星叫“归邪”。说如星非星，如云非云，名曰归邪，即今所谓之“星云”了。汉代匈奴王名叫呼韩邪——大约正如后世“张爷”“李爷”之义，绝非一见“邪”字就想起“邪魔外道”“淫乱奸邪”。此虽似题外之义，但也能消除一些牢固难破的沿讹袭误，附说于此。）

戊寅新秋偶记于燕京岳雷轩

涵养，修养，也可说作『陶冶性情』。陶、冶是中华文化与科技发明创造的两大『阶段』，极为重要。烧制陶器，冶炼铜器，是中华文化、文明对人类的最巨大的贡献。陶和冶的『工序』，都是积累式的『慢工』，即需要『功夫』，而不是一下子作成，更不是轻忽草率可以『塞责』的事情。

中华诗义

中国人作诗，所作成的应该是中国诗，而不同于外国诗的中译本。怎样才不致成为“中译本”？——了解一点中华诗论。诗论，可以包括先秦诸子的语录记载，史家的艺文评议，六朝的《文心》《诗品》，唐宋以来的诗话，也包括经典性选集、名家诗集的序跋，以及近世的诗学论文一类。

这样，对中国自己民族诗的观念、理论、准则、要求、理想……有一个基本领会，定有很大“悟处”——也有“享受”。

中国诗（绝大部分）是汉字语文的结晶，而汉语文有其极大特点特色。由此决定（产生）了汉诗的极大特点特色。

“诗”，原始汉字即是“寺”字，“言”字偏旁乃后加的“义符”。寺，古篆文还很清楚：是右手“持”着一个“㞢”形饰物（乐器上也有之）。“持”的手旁同样是后加之义符，是故，诗、持二者，同祖分宗，含义不同。

持，白话讲就是拿住不放下。这是“持续”“持久”“维持”“护持”“执持”等词义的真源。

所以，“诗者，持也”。持，则“引而不发，跃如也”，不是一泻无馀。持，故久而不竭——韵味绵长、无尽，这也就是“咏”的本义。所以中国诗是吟咏的，不是“念”的。

汉字与西文不同，必讲四声，不然没法懂。汉字四声（本有多声之分，四是最少的分法），诗学上概括为平仄两大类声调，因为汉字必讲抑扬亢坠——可以听听京戏道白即可觉悟。于是，中国诗律以平仄二声交替组成为根本大律，是为汉语文声律之大美、之妙韵。

平仄音组的更替交互的构成法，亦即中华哲思中的“一阴一阳谓之道”的规律的自然体现，而非“人为”的假“规定”。

不少人要“打破”汉诗音律，以平仄为“枷锁”“桎梏”，就是昧于汉字语文本身的特定规律，而误以为可与西文不分彼此了。

汉语文在诗中表示出的另一极大特点，乃是它的既灵活又紧凑的组构法则——西文的字词之间若无特定的“介词”“联词”等等则绝不能成“语”，遑论成“诗”？汉语诗正相反，什么“介”“联”也不必要，就能“神奇地挂钩”而成妙文美句。

“鸡声茅店月，人迹板桥霜。”

“乱山残雪夜，孤烛异乡人。”

请问：哪个是“动词”？何处有“介词”？然而十字之间，境丰而韵厚，令人吟味无尽，如身在境中，神与韵远。

何也？何也？

深思而赏会其道理，离开汉字语文自身的最大特点特色，是什么也讲不清的。

汉诗与音乐血肉之亲，听京戏、曲艺，其声腔永远是按字行腔，千古不易之理。“五四”新文化运动，历史功绩巨大，但崇“白”废“文”，后果也很有多问题——问题之一即文人连四声平仄汉字音律也不懂了。今日报刊多有“七言仿诗”的标题法可见，而百分之九十几的例中是不懂汉字音律而平仄错乱的。这种文化现象很少人予以提出，是可忧的事，也并非细节琐故，所关至大。汉语文没有了四声韵律，音乐文学、诗词歌咏、为词配曲，皆无规律可言，一切照西洋语文“办事”，恐怕难说是不足忧虑的小事一段。

中华诗，中华语文，汉字声律，是不可以“置而不论”，以至“可以废除”的。

宜回顾，宜反思，宜回归自己。

学诗

中国的传统，凡是读书识字之人，没有不会作诗的（作得是否“及格”，那是另一问题）。孔子这位大思想家、教育家，生有一子名唤孔鲤。有一天，他见鲤儿在院子里跑，就叫住了这个“趋（小跑，疾行）而过庭”的鲤儿，说：“孩子，你为何不去学《诗》？”随后讲了学《诗》的很多益处。这个故事就成为佳话和典故，后世常常提及，遂有“鲤庭”“过庭之训”等成语。唐代杰出书法理论家孙过庭，取名也就来源于此。

孔子讲的“诗”，本指《诗经》（这是后起的定名，古代只名曰《诗》），但其理论教导之言，也适用泛义的一切优美的诗词，亦即可以引申为广义的诗歌。

最近上海专家研究的新成果，一批战国竹简（即最早的书籍的形式）中，竟有三十枚记载孔子讲诗授诗的内容，全是崭新的发现。其中有三句话，最为重要："诗毋离志，乐（音乐）毋离情，文毋离言。"

但在中华文化上溯源，我们的诗本来都是音乐文学，即有谱可唱的"歌词儿"，不是为了读的（那时也不存在现代的"朗诵"方式）。所以，诗、乐是涵养情志的"必修课"。

涵养，修养，也可说作"陶冶性情"。陶、冶是中华文化与科技发明创造的两大"阶段"，极为重要。烧制陶器，冶炼铜器，是中华文化、文明对人类的最巨大的贡献。陶和冶的"工序"，都是积累式的"慢工"，即需要"功夫"，而不是一下子作成，更不是轻忽草率可以"塞责"的事情。而我们自古以陶以冶来比喻修养性情，使之逐步"提炼"而"修成正果"，展现精华光彩——这就是学诗的好处。

可见，我们作为中华文化教养之下的中国赤子，必须继承优秀的教育传统，要认识学诗的深刻意义。

历代诗人，大抵皆是高流硕学，至性过人，爱民爱国，扬善贬恶，他们的心灵与文笔都极其优美高尚；所遗名篇佳句，给我们以无限的审美享受与心弦震动。这是中国文学史上的瑰宝。我们从中可以获得的感受教益，会使我们成为精神世界优美高尚的人——也只有这样，才够得上一个真正的有教养的中国青年和后起之秀。

二〇〇〇年九月十八日庚辰中秋后
应《中国校园文学》而作

汉字的声调美

永远不要忘记，诗词是我们中华民族汉字文学的高级形式，它们的一切特点特色，都必须溯源于汉语文的极大的特点特色。忘记了这一要点，诗词的很多艺术欣赏问题都将无法理解，也无从谈起。

汉语文有很多特点，首先就是它具有四声（姑不论及。如再加深求，汉字语音还有更细的分声法，如四声又各有阴阳清浊之分）。四声（平、上、去、入）归纳成为平声（阴平、阳平）和仄声（上、去、入）两大声类，而这就是构成诗文学的最基本的音调声律的重要因子。

汉语本身从来具有的四声平仄这一“内在特质”，经过了长期的文学大师们的运用实践，加上了六朝时代佛经翻译工作的盛行，梵文的声调（韵？）之学的启示，使得汉文的声韵有了长足的发展，于是诗人们开始自觉地、有意识地将诗的格律安排，逐步达到了一个高度的进展阶段——格律诗（五七言绝句、律诗）。格律诗的真正臻于完美，是齐梁以至隋唐之间的事情。这完全是一种学术和艺术的历史发展的结果，极为重要。把它看成人为的“形式主义”，是一种反科学的错觉。

至唐末期，诗的音（韵？）律美的发展既达到最高点，再要发展，若仍在五七言句法以内去寻索新境地，已不可能，于是借助于音乐曲调艺术的繁荣，便生发开扩而产生出“词”这一新的诗文学体裁。我们历史上的无数语言音律艺术大师们，从此得到了一个崭新的天地，于中可以驰骋他们的才华智慧。这就可以理解，词乃是汉语文诗文学发展的最高形式。（元曲与宋词，其实都是“曲子词”，不过宋以“词”为名，元以“曲”为名，本质原是一个；所不同者，元曲发展了衬字法，将原来宋词调中个别的平仄韵合押法普遍化，采用了联套法和代言体，因而趋向“散文化”，铺叙成分加重，将宋之雅词体变为俗曲体，俗语俚谚，大量运用，谐笑调谑，亦所包容，是其特色。但从汉语诗文学格律美的发展上讲，元曲并没有超越宋词的高度精度，或者说，曲对词并未有像词对诗那样的格律发展。）

明了了上述脉络，就会懂得要讲词的欣赏，首先要从格律美的角度去领略赏会。离开这一点而侈谈词的艺术，很容易流为肤辞泛语。

众多词调的格律，千变万化，一字不能随意增减，不能错用四声平仄，因为它是歌唱文学，按谱制词，所以叫作“填词”。填好了立付乐手歌喉，寻声按拍。假使一字错填，音律有乖，那么立见“荒腔倒字”。倒字就是唱出来那字音听起来是另外的字了，比如“春红”唱出来却像是“蠢哄”，“兰音”唱出来却成了“滥饮”……这个问题今天唱京戏、鼓书、弹词……也仍然是一个重要问题。名艺人有学识的，就不让自己发生这种错误，因为那是闹笑话呢。

即此可见，格律的规定十分严格，词人作家第一就要精于审音辨字。这就决定了他每一句每一字的遣词选字的运筹，正是在这种精严的规定下，见出了他的驾驭语文音律的真实功夫。

正因此故，“青山”“碧峰”“翠峦”“黛岫”这些变换的词语才被词人们创组和选用。不懂这一道理，见了“落日”“夕曛”“晚照”“斜阳”“馀晖”，也会觉得奇怪，以为这不过是墨客骚人的“习气”，天生好“玩弄”文字。王国维曾批评词人喜用“代字”，对周美成写元宵节景，不直说月照房宇，却说“桂华流瓦”，颇有不取之辞，大约就是忘记了词人铸词选字之际，要考虑许多艺术要求，而所谓“代字”原本是由字音、乐律的精微配合关系所产生的汉字文学艺术中的一大特色。

然后，还要懂得，由音定字，变化组联，又生无穷奇致妙趣。“春霄”“碧落”，意味不同；“征雁”“飞鸿”，神情自异。“落英”缤纷，并非等同于“断红”狼藉；“霜娥”幽独，绝不相似乎“桂魄”高寒。如此类推，专编可勒。汉字的含义渊繁，联想丰富，使得我们的诗词极具变化多姿之能事。我们要讲欣赏，应该细心玩味其间的极为精微的分合同异。“含英咀华”与“咬文嚼字”，虽然造语雅俗有分，却是道着了赏会汉字文学的最为关键的精神命脉。

中华美学的民族特色

中华文化中处处讲审美，事事有美学——但本无“美学”其名，也未为之立一专学特科。“西学”东渐之后，始有“美学”之概念与名目。因此，讲论美学的人士，往往以欧美的美学理论为师，从启蒙到归属，总不离西方色彩。这也是历史的形成，自然的理数。

但是，以西方理念为本的“美学”搬来硬“套”中华的文化精神活动，从内容质素到形态表现，都会发生多层次的问题和误解。中华美学应是民族的，不能“向西方看齐”，拉向人家的特点而强求附会。所以，我们应当特别重视中华民族文化的特点特色，注意寻求我们传统上的无其名而有其实的“美学”遗产，异样的珍宝财富。

笔者以为，讲中华的美学，应从自己的汉字语文的理解认识开始，汉字语文中所包涵达到种种美学理念与形态，丰富之至，重要无比。为此，我主张学术教育文化各界，必须“补课”——补古来十分重视的

“小学”课，即文字学、训诂学。多年来这桩大事被忽视甚至废掉了。“读书”与“识字”断了血脉联系，这本身是个“笑话”，可惜历久而习以为“常”了，久忘“读书必先识字”的真理要义。

比如，“文章”一词，目今好像只在“……写篇文章（其实也不是‘文章’本义，只指非文艺性的通常叙记文字了）”还在用它，古之所谓“文章”，却只说成“文学作品”了——那是洋话literary works的译语，中华人本不那样说话。然则，我们原先的“文章”又是何义呢？难道这可以完全不讲不懂，就能撰出高水平的“中国文艺美学”的大作来吗？

从训诂上讲，事情并不“麻烦”，倒很明白：文，是五色所组构；章，是五音所配合。

这意味着什么？就十分耐人作深长思了。

五色，赤黑青黄白。五音，宫商角徵（zhǐ）羽。一方面是视觉的，一方面是听觉的。它们的巧妙组配，构成了“文学作品”的大美。

五色的美，后来用“文采”这一文艺标准代表而进化了。五音，又即是后来诗词讲究“韵味”的根本源头。

中华文学的美学，应由此而研究讨论之——然后再议其他。

又比如，中国画叫作“绘画”。

中华诗圣杜少陵《丹青引》赠画家曹将军（霸）首次提出：曹姓氏族文化，如从魏武来看，他的政治事业虽已成为历史，但“文采风流今尚存”（曹霸为之艺证）。是则“文采风流”四字即是中华美学的一个典型命题。

在此，“采”属于文的事情，如不晓文字训诂学，不知“文”本五色，遂觉奇异难以索解，甚至“批评”古人“不科学”了。

杜诗《冬至》云“刺绣五纹添弱线”，何为“五纹”？正是文包五色的一个义类佐证。中华文事，要讲“有文采”，“文采斐然”，“斐不离文”。

在此，就会有质疑者，问：“文”一经用“字”写成，就只剩了“白纸黑字”，怎么还会有什么“五色”可言呢?

要知道，中国书画也讲“墨彩”。墨不但不可黯滞而无光泽，而且还讲“墨分五色”。难道这都是无谓的胡云吗?

在中华大艺术家目中看来，“字”不只有声有义，还更有色有韵。

例如，东坡咏海棠云：

东风袅袅泛崇光，香雾霏微月转廊。

这儿并无色彩字眼。然而“崇光”之中正含有很美的色质在。正因如此，中华伟大作家曹雪芹才由东坡句中“开发”出“崇光泛彩”这一美学名句。

至于“风流”又是何说?

这就触及了中华美学上的一层超越“视听之娱”（王右军书圣《兰亭序》中语）的、无有形迹可资“捉摸”的“风骨”“气韵”的重大课题。

对此，仍然需要从文字训诂讲起。

* * * * * * * *

“风骨”，六朝刘勰的《文心雕龙》以之命篇——也是学者讨论最为集中热烈的一处核心问题。

“气韵”，则又正是同时代中华绘画理论之祖谢赫的《六法》论中的居首之法。这儿，一个“风”，一个“气”，都不再是视官与听官所能为力的了——文学艺术家须具备的“第六官”：“感官”，只有它方能感受与感悟到这种“无形美感”，夐乎不落于一般“生理官能”的限度之内。

这个“关”过不了，是无法也不必来讲什么中华美学的。

“气质”一词，说明了我们民族对于审辨“虚”“实”的特高天赋能力。是故魏文帝曹子桓（丕）首先提出“文以气为主”的根本性命题。

还要举杜少陵，他题赠李白的名句云：

白也诗无敌，飘然思不群；

清新庾开府，俊逸鲍参军。

所谓“不群”，所云“清新”“俊逸”，是什么？不是别的，就是气质，就是风骨。

关于“气”“风”的关系，可参阅拙文《中国文论（艺论）三昧篇》一文（载《北京大学学报》1998年第1期），为节省篇幅，暂且将“气”的含义略说一二。

“气”的表面“字义”不难懂，文化内涵却极其复杂深邃。西方科技界的“气”，大抵指氢、氧、氮等等“元素”和“空气”“天然气”等几个分类。“西学”入华后有了“电气”一词，可知这一类的“气”

是指“能源”的“动力”。

中华的“气”则不尽然。中医讲“元气”和“气血”。天文讲“气候”“气象”（气象一词今日预报气候还叫“气象台”），就是农民也知道“二十四节气”。占卜家讲“气数”“气运”，俗话还说“运气”。养生家讲“气功”，即道家的“导引”法。……如此举之未易罄尽。归到此刻本题，中华为何绘画也要“气韵”？文赋也要“以气为主”？——这里的“气”又是什么？

原来，要理解中华文艺美学，必须先懂得一个大前提，即：“活”字当头。

活，是“死”的对面，在中国审美的心目中，一切诗文书画艺术品，都与其作者同样是一个“活人”，而非一件“死物”。每件经“活人”创造出来的艺品，都是一个“活物”。或许可以说：真正的不朽之艺品，就是因为由那作者将他的精神生命“分给”（赋予）了它！

因此，那艺品也有生命、生机、生趣（性情意态）。它也有气质、气味、气象、气度……我们的审美，不只是“线条”“光线”“位置”等等一套“死法”。

气，是生命的运行，器官“运作”的动力。不只是“肺活量”能吸多少“氧”的问题。医家讲阳虚是气亏，即机能动力不足（阴虚是精血亏损之症）。

所以，中华文艺美学把“气”放在第一位，并非什么“玄虚”“神秘”“不科学”。它比“皮相”“以貌取人”要深刻、科学得多。

* * * * * * * *

可是，“气”虽略能说解，还又剩下一个“气韵”的“韵”。这又是什么“东西”呢?

这儿有几层意义可表——

第一，“韵”是“均”的后起“会意”字。韵、均都是音乐学（包括汉字学）上至关重要的一大关目。

据专家考定释明：均是中华古乐的一种定音的标准器，一切乐器制作的发音（高低合律）都以“均”为定规。所以无论丝竹管弦百人千人大合奏，均能达到一个“和”的美妙效果，成为“乐”的无上高境界。

【附说】

和，本字作龢。右为音符，左为乐器的象形：屋梁上悬者是一组（以“三”代表）编钟或编磬；下边是一件排箫。二者代表了金石丝竹诸般乐器的主脑。

* * * * * * * *

至此即可晓悟：由“均”达“和”，众乐既谐，其音乃悠扬而长，而馀音袅袅不绝。

此种效果，即是“韵”的本质与效应。

由于汉字语文本身一大特点是它的音声带有“乐律性”（最粗的分类是“四声平仄”），所以诗文一经诵读，即生音韵之美。韵律一生，则又发现了“韵味”的味字这一课题。

文学史上的常识还有一个“神韵”，这又如何理解？难道是说“鬼神大合奏”吗？

这儿，又要转到先讲“神”。

* * * * * * * *

神，是中华本土受到崇信供奉的“三类”（神、仙、佛）之一。佛是古天竺传入，修持“阿耨多罗三藐三菩提”（无上正等正觉）者。仙，是修炼以期于“长生不老”而常以“法术”著称者。后二者俱与本文主题无涉。而神，则大有关系。

中华的神，可分两类：一，大自然山川万物之神，二，人之神。

何谓人之神？历史上的真实人物，庸常者“与草木同腐”，谁也不记得；其有立大功德事业而造福于民族国家百姓者，其品格精神，不随人之躯体消逝，永垂不朽，万民历代总还怀思奉养者，方是我们常说的“神”。例如，民间的武圣“关公”，药王华佗、孙思邈……，以至上古圣帝“三皇”——伏羲、神农、黄帝，皆是神位。治水定土的大禹，也称“神禹”。不必多举，其义已明了。

总而言之，佛、仙、神，都是有成有就的特点超常的人物——与怪异妖魔之类了不相干。

至于天、地、山、川……万物皆有神以为之司掌，这种“多神论”，俟后文专节另论之。

综以上所粗述，已然可知：

一、韵——众音和谐而达到的美，名之曰韵。韵则“三日绕梁”——正是形容馀音袅袅不尽之义。

二、神——形死而精气不灭者，皆有其“神”圣性，故列之于神位。

——结论：中华诗，特讲“神韵”，是说真诗之作，必能具有不灭与无尽两层超越“视听”的审美体性。

这个重要的中华美学理念，到了宋代高人，乃以创“新”而实述“旧”的方式重加表述，其词曰：

状难写之景如在目前，含无尽之意见于言外。

这实在好极了！——然而一核实际：上句即言“精神不灭”——唯其是重“神”而轻“貌”，所以才发生“难写”之问题。景而难写即不在具体形貌色相，而在神情意态，是无法“言传”的精微所在了。下句谓须有超乎言辞以外的意致，这正是“不尽”之韵的又一效应。

所以，要讲中华美学，不先弄清这些基本道理是不行的，而这些道理，入手处不能离开中华汉语文的文字学、训诂学、音韵学、声律学。这是一条原则真理，它产生于民族语文的本身，而非“外加”“移用”（故只用西方美学概念条例来“解”中华美学，是非科学的思维与实践）。

* * * * * * * *

说到“难写之景”，需要略加申解。

苏东坡有一首小诗，人所习闻：

湖（水）光潋滟晴方好，山色空濛雨亦奇。

欲把西湖比西子，淡妆浓抹总相宜。

别的且慢讲，只这“潋滟”形容晴波，“空濛”形容雨岚，便有了“状难写之景如在目前”的神理——令人正像置身于晴湖、雨岭之间。

这个“神”，是靠什么传达的呢？原来就是那两个汉字连（联）绵词。

只看这“潋滟”——不要说“外文”里查不到“对应词”，就在“汉语词典”里也只这一个！

这就又引出了“中华美学来自汉字特点特色”这个命题的根本性的探讨工程。

中华的这种“形容词”，绝无仅有，正因为它本身就是民族审美的感受与表现，而不是“大家（各民族）都差不多”“放诸四海而皆准”的事情。

比如，杨柳何以“依依”？孟夏何以“滔滔”？春寒何以“料峭”？东风何以“骀荡”？……这种感受度与表现法，你能在别处发现一二吗？太多了：我总爱举“迷离”“苍茫”“依稀”“飘渺”……外文只有一个“不清晰”。烟雨凄迷，霜风凄紧。庭院萧条，山川寂历……你用外文译译看，这都怎么办？

至此可悟：这一切，归根结穴，要理解我们这个伟大民族的“诗心”和“诗语”。她观照宇宙万物，感受是皆有生命精神、性情灵慧——而且是与“人”皆有交通交感的。

这也就是“天人合一”的另一诠释。懂了这一要义，同时也就再次明白为何中华的文家艺匠都把他们的“作品”看作“活人”而非“死物”一件了。

中华美学的一切来龙去脉，原始要终，咸在于此。

* * * * * * * *

我在燕京大学研究院，到清华大学去拜访钱锺书先生，谈文论艺是唯一话题。一次，说到“神韵”，钱先生说：“有人认为神韵不存在，太玄虚。其实不是不存在，而是有人感受不到——比如我的servant就不知道什么是神韵，这不能就是没有神韵的证明。”

当时还只是因诗而论神韵一“案”，今日想来，钱先生一席话已然说到一个根本问题，即：他的servant（仆役服务者）是由于没有足够的文化教养修养，所以他无法领受神韵的存在，这不等于神韵本身是“无”的，是人为的假说和想象的。

所以，讲神韵，不但是要明白“不灭”“不尽”之本义的事情，还必须认识这是一种中华大文化上的高层灵慧和感受能力的根本问题。

上文讲的“韵”是音乐之事，而音乐和奏乐、聆乐者则必须是文化水平造诣至高至深之义，所以才发生“曲高和寡”的交感共鸣上的冲突矛盾。要想到：一则“高山流水”的佳话，又一则“手挥目送”的美谈，却恰恰都是古琴奏赏的典故，那些相涉的人士都是中华文化史上一流的高人——他们本人就具有人格和品德素养的神韵。

所以，问题的根本又不在、不限于音乐之事之理。因此，“韵”在实际上早已不只是“谐和”“押韵”悦耳的狭义概念，已经早就延伸到人物和艺术的广义涵量上来了。“俗不可耐”，问题何在？无神少韵、粗蠢野犷、言语乏味、面目可憎……这是品人的贬词，也正是审美评艺的反面镜鉴。

* * * * * * * *

呼唤一部《中华美学大辞典》。

这部宝典，应结合文献学、文字学、训诂学、笺注学、音韵学、乐律学、《雕龙》学、古今诗词话学……汇为一座艺术殿堂。

第一步，摘录“四部”书海中所有有关的词语。从先秦到清代，几千年相承习用的传统汉语华言。

第二步，加之训诂笺疏。训诂不只是一味“考古”，是“通古今之变”。正如以大师段玉裁之注《说文》那样的研究注疏法所示之良例，即可悟出一种今之辞典又当如何继承发展的体例做法，应当注重哪些方面。

第三步，搜罗近、现、当代有关学者的有价值的研论文章，作为“词条”释义以下的“附说”。不同见解，可以并列，以供采择。

第四步，如果可能（而非强求附会），可以附加“比较”项的简注，内容是沟通中外，或理论相似，或义类相从，或会心不远，或悬殊大异，或似是而非，或宜加审辨……

我想，如能初步做到这四层工作，纂成一帙，勒为善编，那么我们中华美学的真面貌真精神，方可望得到一个较为清晰的概况——外仪内美，丰神命脉，灿若列眉。

有了这个总基，为学人提供继续探研的便利，实在功德无量！

必如此，方可望中华美学的研究能以较大步伐向前推进。

若能这样，也就可以避免一种倾向：不懂自己，只将双目盯住“外来品”的美学研究兴趣与做法。

在这部辞典里，我们将能查到诸如下列的词条——

高华、韶秀、跌宕、潇洒、闲雅、悲壮、俊逸、遒媚、铿锵、顿挫、舒卷、收放、擒纵、巨丽、娟净、哀艳、婉约、豪放、朗润、清畅、茂密、沉郁、苍劲、峻厉、沉着……无数的中华美学概念、艺术标品。

这座里程碑，是否就由南京师大的学术力量承担起来？有关方面应为此提供协助、创造条件。

* * * * * * * *

近来，文艺报刊上的论文标题最常出现的是“生命的××”。这原非不好，但也要说明提醒：“生命”在大自然中是十分残酷野蛮的（弱肉强食，生死搏斗……）。一味强调生命就容易忘掉同样重要的一面，即必须伴以文化。有文化的生命才是造化的赐予、宇宙的奇迹，而文学艺术的美学并不是“单纯生命学”的事情。

到此方知：中华美学讲“神韵”，其体会感受最为深刻而高明。“韵”是高文化的水到渠成之境界。

在“比较文学”研究中，不只是比较“人物性格”“描写手法”等等技能问题，要比较的还是美学观念概念的异同深浅。舍此而事它，即难望探骊而得珠——却易流于刻舟以求剑、胶柱而鼓瑟了吧。

前文粗举，如“高华”“韶秀”……以至“沉着”“痛快”……皆当于“词条”著录，这并非说只限此种二字联词方入辞典。凡二字以上，或脍炙人口的文学艺术史上的“公案”“话头”（此借禅宗用语），入（内）含美学意蕴者，皆为最好的入录词目。

例如，“山抹微云秦学士”的佳话，“今朝酒醒何处：杨柳岸，晓风残月”的传颂万口，……这类都非美学“界外”之事例。盖中华美学，不一定是某一名人大师正式提出什么流派思潮、新说主义，而常常反映在读者赏者论者的“聚焦”点上，那些警策精彩的文辞笔致，体现了我们民族的审美要求和评定。

这一类的文献资源，实际上丰富得很，只不过是如珠如玉，散落在诸子百家之间，须待有心有识之士去蒐辑罢了。

*　*　*　*　*　*　*　*

中华美学，宝贵无比。中华美学，亟待建立。散兵游勇的状态，不可长久以为“力止于此”“无事可做”，或总是目光朝“外”，拾人牙慧，而不知宝山就在家门。

文献也有另一面的开发，如沪上传出，发现一批古竹简，对《诗经》的文本与理解都提供了崭新的材料。如孔子曾有“诗不离志，乐不离情，文不离言”的“三不”论，何等可珍可震！新文献未必只此一例。诚望早日能见研究成果正式发表。

*　*　*　*　*　*　*　*

复有一例，讲中华美学者亦所当知：

比如音乐，是以音声为艺术，人耳受之，以得领略赏会之美。这应无可“外”延，是“科学”规定，然而，试举三例，请君一思——

第一例，“孔子闻《韶》，三月不知肉味”。《韶》乐之大美，是孔子用“耳”闻得的，这无疑问，可是他闻后，并不是听官发生了异常感受达到大变化，却是在“味官”上出现了异相。《韶》之大美，使他食肉而不再觉味——或者是解读为三月不思饮食之享。不管如何，这都表明音乐之美学不只是“生理科学”的事，它的作用效应是高层灵慧境界的精神活动，绝不同于一个简单的“耳朵”的功能。

第二例，《妙法莲华经·观世音菩萨普门品》，无尽意菩萨请问世尊：观世音菩萨以何因缘，而得是名号？佛答：

善男子：若有无量百千万亿众生受诸苦恼，闻是观世音菩萨，一心称名，观世音菩萨即时观其音声，皆得解脱。……

这儿是众生称菩萨名号时，菩萨立即“感”到了这种心声，是“观其音声”，而不是“闻”的事情——但“观”是视官之事，何以又能“看声”？又为何不名之为“听人声菩萨”而单单用这一“观世音”之称法？可悟“观”不只是目“见”。佛经明明白白规定“六根”（眼、耳、鼻、舌、身、意）受纳“六尘”（色、声、香、味、触、法），各自分明不紊，然而同时出现了“观音”这一“观念”，岂不耐人寻“味”？梵文原本我不懂，至少古代高僧译经，是以“华言”沟通佛语的，那就是说明：在译者的理念和语文造诣中，“五官”只是常人俗事的范围以内的概念；若到精神文化的高层次上讲，“视听之娱”便非探本追源之胜义了。

第三例，《石头记》云：“满纸荒唐言，一把辛酸泪。都云作者痴，谁解其中味？”人人皆背得烂熟了。如今要问，作者开卷第一回正文首句是“列位看官”。写小说是给“列位”用眼“看”的，可是“看”的结果是“味”的问题。

这“味”，就是“舌”之所司吗？“别是一般滋味在心头”，末三字岂能“科学化”而必须改“在舌头”？

这类例子多得很。讲东方中华美学，也不能只盯住“视听”而不解其他。

——至此，似可归结到本文开头所提出的中华美学必须从汉字训诂等“小学”基础做工夫。汉字本身不是“符号”，是形、音、义、意、感、悟、表、现的高级灵智的综合创造，是中华文化的历史“档案”“信息”财富宝库，美学的一切“消息”都可以从这里追踪蹑迹，意会言传。

说欲研中华美学先须懂汉字训诂，如“文”本义为“五色”之组成，“章”乃“五音”之协奏……即从汉字色彩而言，岂不大与美学有关而宜一究其蕴乎。且看，有“丹青”一词喻指绘画，这就重要之至了。

粗讲第一步，此词表明中华先民作画着色以红、绿二色为主，为什么？民族审美之决定也。至今也还可以听到看到“红花绿叶”“桃红柳绿”“穿红挂绿”……这些成语熟词，就是良证。但为什么“红绿”或“青红”不能代指画艺？就要明白丹、青都是矿物性颜料，古画用之朱砂、石绿、石青，其色极为深厚沉重，迥异于“水彩”“油色”。

然后再思索汉字中的“红系”字与“绿系”字，看看中华审美对色彩的分析鉴赏能力如何——

红系：红、朱、丹、赤、绯、绛、茜、紫、赭、赪……

绿系：绿、碧、翠、青、苍、黛、玄……

这些字，在诗文中用起来是意味声容大有差别而并非可以随便调换代替的。比如“红颜”与“朱颜”含义不同（极个别互代例只见一二）。韩退之（愈）咏榴花，说：“可怜此地无车马，颠倒苍苔落绛英。”你不能给他改成“落赤英”。再则若要写桃花、海棠之落红，也不能说成是什么“落绛英”。

碧，审美情绪与“翠”大大不同。“寒山一带伤心碧”，总难乱改为“伤心翠”。碧落、青空、苍穹，所传达的审美因素也是似同而各异。“嫦娥应悔偷灵药，碧海青天夜夜心。”这儿也绝不可换成“绿海青天夜夜心”。其馀可以类推而自悟。

这证明汉字音义之外，还有心理色彩，亦即审美内涵。

“五音”的问题，难以在此细讲。如今但说一个“平仄”的课题——这是今日大部分“文化人”已不懂的“平常”道理了。

平仄是单字或“音组”的两大“声类”的交替配合联构的音律美。比方说，一个七言诗句，是由三个“音组”联构而成：“一片——飞花——减却——春，风飘——万点——正愁——人。”音律即是“仄仄平平仄仄平，平平仄仄仄平平”，其第二、四、六字的联次，总是平仄二声交替轮换。只有这样才达到了汉字诗文的音声格律的至美圆满之境，不合此律的听起来就十分别扭。（但今日百分之九十几的报刊“七字仿诗标题”是违律不懂汉字声美的！）此非“人为”的“枷锁”，而是从上古实践直到六朝末期方才达到这一美境——悟知其规律的。如若连这也还不通而侈言“赏诗”，岂非欺人自欺的谰言一段?

所以，中华美学必须包括汉字音韵之学。

我说“平仄”律就是中华哲学的“一阴一阳谓之道”的总道理的一种体现。其实，刻印讲“阴文”“阳文”（即白文朱文之分），剪纸讲“实地”与“剪空”，也都正是阴阳交替大道的艺术运用佳例。

若说到此，也就明白：论到了“终极”，即：讲中华美学也需要理会中华民族的感受高度、认识高度、思维高度——然后达到的审美高度。

若明此义，则音乐美学也可贯通无碍。民族乐、佛乐中的管乐，笙、管、笛三者为阴阳配谐之道，三者音质音色各有其美，非常“个性突出”。在节奏上，又加上鼓钹的间歇与暗联（间歇不等于“中断”“破碎”）。

而洞箫是独奏擅场，另成一格。如“箫声咽，秦娥梦断秦楼月”，一个“咽”字点睛。而到了东坡《赤壁赋》，则出现了一段“传达”洞箫的审美感受——

> 客有吹箫者，其声呜呜然，如怨如慕，如泣如诉：舞幽壑之潜蛟，泣孤舟之嫠妇。

这种至美之文，是中华美学范围内的瑰宝——它不以“理论”面目示现，而是以文艺为载体。一切都不要忘记中华美学是民族个性的，天下独一无二的。

*　*　*　*　*　*　*　*

还有两类中华文艺审美上的重要考究，也不能忘记；一是笔法讲波澜，二是意态讲“鼓立”。杜少陵尝赞曹子建，谓“文章曹植波澜阔”，又于一诗中赞之曰：“毫发无遗憾，波澜独老成。”这就足以为证了。

杜老又有一句，说是“字向纸上皆轩昂”。在文艺美学上看，这话尤为吃紧重要一义。

这是因为，无论文章还是字画，其笔法、笔意、笔致，都切忌平、缓、松、散、塌、蔫。中华文艺高品要表现为“遒举”——此即杜老所言“轩昂”之意。

如换成“大白话”，就是说中国的文、字，都是“站”在纸上，而不是“躺”在那儿“睡懒觉”的！那一片精气神，是振作，是奋发，是骏迈，是鼓舞，是行进。

说到这里，回顾前文，为什么自从汉魏六朝，逐步的，中国文艺美学理论提出而强调这个“风骨”“气韵”来了。

遒举、轩昂、骏迈……统统是“气”的内在运行的精微而又确切的感受和领会。那种平、缓、松、塌等等大病，正是没有“气”、缺乏“韵”的后果。

这是我们中华美学的根本理论，是很科学的观照、思考、实践的结晶，绝不可与什么“玄虚”“神秘”混为一谈。

以上种种，悉皆中华美学的民族特色。西方若有相同、类似的理念，再好没有——但要科学比较，不可生拉硬扯，牵强附会。西方若无，那就更需要我们自己考论清楚，然后介绍交流，促进了解。舍此以外，空言这“化”那“化”，未必真有实际意义。庄子早就提出：凡精微至极的艺之“灵魂”，都是无法靠语言文字传出来的，庖丁、轮扁之喻，莫非如此——凡能用“话”说出来的，记下来的，不过皆为“糟粕”而已。糟粕，是粱米酿成酒浆，精华已尽，所剩“渣滓”。（庄子的“糟粕”本义是说，凡精微之极的道理只能意会，语文记叙只能是一种“渣滓”废物。至近世以此词专指应该扬弃、批判的“坏作品”“毒素”，已是另一回事，切勿相混。）

本文所言，实在是很粗劣的“剩物”，往精微处讲，深愧无能为役。尚希方家学者鉴其大旨，而谅其粗劣，是为至幸。

壬午正月廿九日写讫于挥媚轩

【附记】

一、本人目已濒盲，引用书文，只凭记忆，不能检列详细书卷、篇目等细节。阅者谅之。

二、孔子谓“诗不离志，乐不离情，文不离言”，可印“诗言志”之古义；志与情有合有分，志包括意愿、向往、取径……有理智因素，与纯情不同。至陆机《文赋》，始言“颐情志于典坟”，然亦二者分论，不相混同。“文不离言”者，并非今人所谓“作文就写话”——即主白话而弃文言之意；孔子原话是说：撰文的目的，是“立言”，有意义的言论，而非文字游戏，消闲玩弄。

三、关于“波澜”“轩昂”二义，不妨参看今贤启功先生题拙作背临《兰亭序》所赋《南乡子》词：“蚕纸入昭陵，《定武》欧临隔壁听。但爱元人摹本好：精能。无限波澜笔下生。大作富先型。纸上如闻战马声！书苑自今添胜迹：飞腾。大展鹏图万里程。”此词将笔法、笔姿、笔意的跌宕飞动、不平不塌等要义，已经用极经济而又生动的词句喻写鲜活了（见《永字八法》，广西师范大学出版社2002年1月版）。

又，本文用意只在拈拾示例，举一反三，故多为提端引绪，而非“系统”“全面”。即如只一位杜少陵，若就他的美学观而略略深思而言，那就还有很多应“补”的了。例如咏宋玉“江山故宅空文藻”，藻与“藻绘”合看（如“藻井”彩绘也），是与“文采”同义的。如他强调的“凌云健笔”的“健”字，“下笔如有神”“书贵瘦硬方通神”的

"神"字，"庾信文章老更成"的"老成"之再见，诸多不一。至于杜老是格律诗的集大成而又锐意创新之先进者（字法、句法、章法、笔法、意法，无一不是突破拓展之独创新格），但他却单单是"晚节渐于诗律细"。这就是因为他是个大艺术家，具有天赋过人的"音乐耳"（感受力），愈到后来愈悟音律才是中华汉字诗的大美之"灵魂"，必须从"细"考究。而今日却有些人宣传抛弃汉字本身特点之一的平仄阴阳大律，面对古代高智慧者的终生实践而得的教示，无动于衷，一反谆谆语重心长的嘉言至意，岂不令人感到：中华美学之整理发扬，也到了"刻不容缓"的地步了吗?

至于中华的文智（质）艺境，又有"高明"与"厚重"之两大分驱（区）或以为不过是作者"性格"的不同表现，那就又失之简浅了。盖此二者，来源仍然是我们民族的宇宙审美观："天"表现为"高明"，"地"感受为"厚重"，"天高地厚"之俗语，亦即此一理念之通俗化。换言之，高明也是"阳"美，厚重亦即"阴"德。

凡此种种，俱在中华美学之广大范围中，宜加讨论而入于典则。

古历壬午二月朔日再记

“对对子”的感触

三十年代之初，我才十多岁，小学尚未毕业，那年四哥读完了天津南开中学，上京投考清华大学，不幸因倾盆大雨误了场，使他一生抱憾。他当时回家就告诉我们：国文试题对对子，出的是“孙行者”。一晃六十多年过去了，这事我却忘不掉。今年的《北京大学学报》上，我国第一流大学者季羡林先生撰文论及我们的几部文学史的不足，应该重写，并连带说到学校语文课须教给学生对对子，学作中国传统的诗，——这样才能亲切体会赏鉴古代文学杰作名篇的好处何在，才能有深切公允的评价（以上是大意，是我凭记忆的一种“转述”）。我读了本报讨论对对子的文章——季老的建议，心中着实有所感触。

羡林先生和寅恪先生是两位文史宗师，后先辉映。他们之所见略同，大约其中必有道理，我们不应漠然置之而无所思考。寅恪先生已把对对子的意义揭示于人了，我非常赞同他的见解。因为对对子这种传统教学方式，并非只是科举的要求，文人的习气。它产生于中华汉字语文的极大特点，而绝不是人为的无聊的文字游戏（有人把它当作游戏，那是另当别论的事）。我们的语文“天生”具有“对仗性”，而且人人运用，天天实践，只是自己不意识自己是在对对子罢了。比如，你说俗话、谚语就离不开对对子。连许多成语，其本身都是对子，若列举是举之不尽的。“半斤八两”“大呼小叫”“桃红柳绿”“鸟语花香”“黑灯瞎火”“和风丽日”……你能举得完吗？只要你一想，便恍然大悟——原来自己每天说的读的听的记的，处处是对子！

“有理的五八，无理的四十”“八月中秋云遮月，正月十五雪打灯”“人是铁，饭是钢”“脸上一团火，心里三把刀”……这些也是谁也举不完的。这都是群众百姓的创造，他们怎么了？难道能说他们患了“语文病”？再不然是受了文人墨客的“毒害”？

都不是的。这种喜欢对对子的现象，根本原因就是我们汉字的极大特点特色：它单音，但又有声调的变化，现代已将当时复杂的声调简化为“四声”，而对对子的又把四声归纳为平仄（阴、阳平是平声，上、去、入是仄声）。如此简而又简了，可还有人嫌“麻烦”，认为什么都可以不懂也不讲，胡来乱来也是“语文”。那恐怕是不大对头了。

汉字的对仗，是“天生”的，不是人生扭硬造的。“天对地，雨对风，大陆对长空。”这种“歌诀”式的“对子示范”，不但显示得清楚，相应的两个字不但义对、音也对，而且你念诵起来，其音调节奏非常之美！除了我们中华汉字语文，未必还有如此优美奇妙的“思想符号”了吧？

对此，岂能一不自知，二不自惜呢？

爱国首先要爱自己的民族文化，而爱文化首先要爱自己的民族语文，爱语文则首先要明白它的优点美处何在。

本届本年政协大会上，赵朴初、曹禺等委员联名提案，建议开设幼年古代语文班。据悉有关部门采此卓识高议，准备设点试行。我以为这真是一件大好事。

诗人型和诗文化

一

过去西方介绍《红楼梦》，有过意见，说是这种小说故事倒还有趣，只是书里边那没完没了的诗，实在惹人生厌。

这就是中西文化背景很不相同的一个极好的说明。

在我们中华民族的历史上，诗是一切文学艺术的核心本质。离开了诗，就会什么也无法理解，无法欣赏领会。

第十八回，元妃省亲，在大观园中命众姊妹题咏，那时探春应景即赋七言绝句一首，写道是：

万象争辉

名园筑出势巍巍，奉命何惭学浅微。

精妙一时言不出，果然万物有光辉。

三姑娘探春，是贾氏姊妹中最有精华才志的一位小姐，海棠诗社之立，全由她一人起草拟议。所以你看元、迎、探、惜四春之句，也是独此一篇语意警策。但是你倘若对于中华诗史的传统习俗一概不知，那就无从体会这首诗的深意所在。

原来，在汉代佚名的五言乐府诗中，有这样一篇名作——《长歌行》：

青青园中葵，朝露待日晞。

阳春布德泽，万物生光辉。

——常恐秋节至，焜黄华叶衰。

……

古时，只要读书而诵诗的人，对此等名篇都是熟悉的，一见“万物”“光辉”，就知道它的出处来历全在于此，而且一提此句，当然就包涵（含）着颂扬“阳春德泽”（那时常用以比喻皇家的仁政）的意思在内了。探春为了颂圣，故用此一典故，可谓合时得体。然而，聪明的读者却会紧接着想到：“常恐秋节至，焜黄华叶衰”！

曹雪芹的笔墨之妙，就是这样出乎粗心人的意外，因为，《红楼》一书，以春秋两大重节暗喻明写，分指盛衰两大部分，前后对比互映。

说到这里，问题就落到一点上：这样的笔墨之妙，文心之密，其根本缘由又来自何处？答案是：来自中华的文化传统——诗的教养，诗的精神。

这种教养与精神，是中国文化传统的一个重要特点，对此，西方读者难以理解，他们对书中出现的这么多诗词的作用与意味，不能领略，而且觉得很“多馀”，甚至十分厌烦，——这就是两种不同文化背景的隔阂和“冲突”了。

在昔日，不懂诗，不会作诗的“读书人”（今之“知识分子”），是极罕有的，因为作诗是他们的基本课业（训练、培育）之重要一环。西方人不懂这个，当然就反以为太“惹厌”了。

但是，诗在雪芹笔下，不仅仅是为了表现书中人物的气质与才华、生活与情趣，实在还兼有一层更重要、重大的作用。上面所举一首小绝句。如今再举一种例子，更饶有兴味。请看第二十三回，宝玉刚搬入大观园居住，非常快乐，作了四首七律诗，其诗分咏四季的怡红院夜景，写得风致翩翩，文采清丽——读者以为，这不过是渲染园内生活的富贵繁华，宝玉的“享受”“福气”而已。这样读《红楼梦》，最多不过看见了事情的“表面”——雪芹呼之为“正面”。还有一个“底面”或“背面”，需要你“大吃一惊”！

春夜即事

霞绡云幄任铺陈，隔巷蟆更听未真。
枕上轻寒窗外雨，眼前春色梦中人。
盈盈烛泪因谁泣，默默花愁为我嗔。

自是小鬟娇懒惯，拥衾不耐笑言频。

夏夜即事

倦绣佳人幽梦长，金笼鹦鹉唤茶汤。
窗明麝月开宫镜，室霭檀云品御香。
琥珀杯倾荷露滑，玻璃槛纳柳风凉。
水亭处处齐纨动，帘卷朱楼罢晚妆。

秋夜即事

绛芸轩里绝喧哗，桂魄流光浸茜纱。
苔锁石纹容睡鹤，井飘桐露湿栖鸦。
抱衾婢至舒金凤，倚槛人归落翠花。
静夜不眠因酒渴，沉烟重拨唤烹茶。

冬夜即事

梅魂竹影已三更，锦罽鹴衾睡未成。
松影一庭唯见鹤，梨花满地不闻莺。
女奴翠袖诗怀冷，公子金貂酒力轻。
却喜侍儿知试茗，扫将新雪及时烹。

看了这四首诗的人，许多反响之中，也有二可能：一是如雪芹自言，那一等荣利为怀的，称扬荣府上十二三岁哥儿，竟有如此才华。二是干脆羡慕诗中的那种种“生活享受”，心想怎么也得照样“体会”“亲历”一下才好。读雪芹书，能这样了，也足见他笔力不凡，把人引向书中去了。但我要提醒的却是：假如如此看《红楼》，那真是只知其一，不知其二，或说，只见其皮，不见其骨了。

原来，雪芹写这些，看是自玩自足的文章，殊不知都是为了反跌后文。读芹书的前半部，一定不要忘记这四个字，时时在心，处处留神，细加体会，方得其味。

这四首诗，有什么特点？我试举二三：第一，几乎每首写“铺盖”。第二，几乎每首写喝茶。试看：

霞绡云幄任铺陈
拥衾不耐笑言频
抢衾婢至舒金凤
锦罽鹴衾睡未成

这都写“铺盖”，即夜眠的被褥之卧具，极尽华丽珍奇之致。

金笼鹦鹉唤茶汤
琥珀杯倾荷露滑
沉烟重拨唤（索）烹茶
却喜侍儿知试茗
扫将新雪及时烹

请你看看，想想，这都为的是什么？若能回答，方是会读《红楼》

的聪明之士。如果你还答不出，那就听我讲一讲，也许是你意想中未尝发生过的思路和境界。

这四首诗，第一首是起，写“隔巷蟆更听未真”，第四首是收，又写“梅魂竹影已三更”，这“更”自是主眼。（蟆更，古代打更巡夜的最后一更，即“六更”，叫蟆更，俗本不懂，妄改为“蟆声”“蛙声”了！）为什么写更鼓？原来雪芹原著中，未遭程高篡改时，宝玉这位主人公到最后因家败人亡，穷困至极，无以为生，就当了更夫！

旧时什么人才当打更的？最穷、最孤、最苦、最无生路的人，才干这一行。我见过一本洋书，内有清代更夫，倚墙而立，其“衣服”比叫花子还褴褛十倍！据说，那时更夫，住的那种屋子，夜里凉冷时也没有被褥铺盖，只是垫草，铺鸡毛，聊以御寒，可谓极其穷苦之奇致！夜里打更，要不停地走，转，即巡逻，很易干渴，渴了也摸不到“饮料”。

你明白了这种情景，大约就已悟到：啊！原来雪芹写怡红院的那种高级生活，不是“为写而写”，正是为了反衬宝玉后来境遇之奇惨，前后是天壤之别！

原先铺锦锈（绣）、挂衾绸，日后围破毡、垫茅草。原先琥珀杯，枫露茶，日后思凉水、嚼雪渣。强烈对比呼应！

这是全部《石头记》大章法，大手笔，不懂这个，等于白看了《红楼》。

二

不止一次看见报刊上有人评论，说曹雪芹在《红楼梦》中写了很多“劣诗”。又有人出而为雪芹辩护，说不许妄贬胡批。“平心而论”，那心怎样平？平的什么标准？要扯起来就很麻烦了，所以我不想沿用那种“平心”的套头，只能说个人一己的私见。我的看法是，雪芹的诗，是他的朋辈最折服的，这已不必再赘述了；如果只像小说里的诗那样，确实不够格，落了个“劣”字，是冤屈的，可是也不能走另一极端，说“好极了！好得不能再好了！”原因大约是雪芹要摹拟一群（清代中叶的）世代书香的（很幼年就接受诗文教育熏陶的）小孩子的“神童诗”，本来不应拿这个来判断雪芹的诗才与诗格，或者认为他必须在小说里写他“最好”的诗。依我自己的“平心”，则即使从小说中特定的范围与角度来看，也可看出雪芹特擅歌行、古风，绝句不怎么出色，律诗工稳而已。至词，实不能说当行本色，远不如他那散曲的笔致境界之高超。就律诗而言，五律都比七律好，“规格” 有不小的差距。我说五律，当然包括排律，即小说中两次都以联句的形式来写的，一次是雪景“争联即景诗”，一次是中秋夜“联吟悲寂寞”。这两篇排律，都精彩得很，佳句迭出。（据记载，雪芹原稿后半部宝玉与湘云重会，还有一次最重要的联句五排诗，可惜我们无福读到了！）

评论家所以不能“平心”论雪芹小说诗，还有一层原因，即他们不懂雪芹那不单是为诗而诗，而是借诗为伏线，为暗示——他的一种最奇特的独创艺术手法。不懂这个，而只以“空无倚傍”的“一般标准”来欣赏品论，自然“失其泰半”了。因上节谈及诗文化，曾举两种例子，一是用古句的“藏尾”暗示法，一是遥相呼应的强烈对比法。如今则想再举两三例，以见雪芹借诗行文的妙用，亦即他独具的灵心慧性。

一种我举“红梅”诗。这事情见于第五十回，大段联吟之后，又特写邢岫烟、李纹、薛宝琴三位新来加入大观园群芳聚会的“行列”中，同咏红梅，分韵作“试帖体”，各点一个韵脚，即“红”“梅”“花”三韵，依次排下去。请读一遍：

咏红梅花得红字　邢岫烟

桃未芳菲杏未红，冲寒先已笑东风。
魂飞庾岭春难辨，霞隔罗浮梦未通。
绿萼添妆融宝炬，缟仙扶醉跨残虹。
看来岂是寻常色，浓淡由他冰雪中。

咏红梅花得梅字　李　纹

白梅懒赋赋红梅，逞艳先迎醉眼开。
冻脸有痕皆是血，酸心无限亦成灰。
误吞丹药移真骨，偷下瑶池脱旧胎。
江北江南春灿烂，寄言蜂蝶漫疑猜。

咏红梅花得花字　薛宝琴

疏是枝条艳是花，春妆儿女竞奢华。

闲庭曲槛无馀雪，流水空山有落霞。

幽梦冷随红袖笛，游仙香泛绛河槎。

前身定是瑶台种，无复相疑色相差。

我向诸君说：你单看了这个，有何感受？可能以为诗也过得去，但没甚深意与兴味，在这回书里，上有联句，下有灯谜，真是可有可无，何必多此一举？雪芹也未能免俗，忒啰嗦了。——抱此观感的，大概十之七八九吧？

且容我一讲。这三首诗，实际是分咏钗、黛、湘的。你若明白了这层道理，再去读一遍，就会触处生情，逢源左右了。

试看第一首，除了“魂飞庾岭”此刻不能详论以外（另外专论），那么“霞隔罗浮梦未通”写的正是“梦魂隔个帐儿纱”（明义《题红楼梦》咏宝钗，详见人民文学版《新证》页一〇六七）。“绿萼添妆”，写她成婚，“缟仙扶醉”，写她后来如同嫦娥奔月。“浓淡由他冰雪中”，则又是“雪满山中高士卧”的“山中高士晶莹雪”（第五回曲子），也就是“冰雪招来露砌魂”（第三十七回宝钗咏海棠）。综而观之，这首诗是暗写宝钗的后来经历，已是十分明显。

再看第二首。这篇诗的颈联，“冻脸有痕皆是血，酸心无限亦成灰”，分明是黛玉一生的写照，这不必多费词，就会为读者领会。至于腹联、尾联，则说的是她后来因错服药物（被人暗害）而又蒙受诬谤（说她与宝玉如何如何）等等复杂情事（详见拙著《冷月寒塘葬宓妃》《红楼梦与中华文化》中编等多处论证）。根据末一句，她还有被别姓人家（王府公子）垂涎而强求的异事奇情。

第三首，最为重要，也是最费笺疏。如今听我试为一解：

起联，即写湘云的风格，既美丽，又豪爽，光风霁月，快口直心。颈联，是说宝玉后来院里已经不见了“雪”（薛），却在空山流水之隐处有沦落幸存的“霞”（所以湘云之号是“枕霞旧友”）。腹联最为奇妙了！“冷随红袖笛”，须参看香菱学诗，第三次易稿的重要诗句：

绿蓑江上秋闻笛，红袖楼头夜倚阑。

这恰恰关合着“红袖笛”。

（附按：香菱的上联：“一片砧敲千里白，半轮鸡唱五更残。”这砧，在湘云首倡的酒令中，黛玉就又有：“榛子非关别院砧，何来万户捣衣声？”那宝钗《忆菊》诗的“念念心随归雁远，寥寥坐听晚砧痴”俱相关合。并参看宝钗放的风筝是一行七联雁。其间隐示了宝玉的一度出走远别，闺友怀念。）

为什么是“红袖”？红袖总是指湘云，因为宝玉题《怡红快绿》，分咏蕉棠两植，其句：

绿蜡春犹卷，红妆夜未眠。

凭阑垂绛袖，倚石护青烟。

这红妆绛袖，早已在此伏下了一笔，“红妆”指湘云，因为海棠是代表红色，又是象征湘云（湘云掣的花名签酒筹，正是海棠花，我已多次论之）。

再看这下面的一句“绛河槎”，尤为妙趣无穷。这句用的是晋人张华的典故，说有乘槎到了天河的人，看见岸上牵牛、织女（故事见于《博物志》）。槎原指木筏，后来诗句中就成为船的代称换字。这又可以联合（系）第七十六回夜联句，其中就有二联是：

药经灵兔捣，人向广寒奔。

犯斗邀牛女，乘槎访帝孙。

这二联，正是湘云与黛玉上下句交互错综的“药”的问题，参看我方才解说“误吞灵药”的那一层特殊含义。犯斗乘槎，是一典两用，指的是后来宝玉与湘云经历了苦难流离，重新聚会，是在船上——这种情节，我也多次在“探佚”文章中论过，无不吻合。

总之，这三首诗表面咏梅，骨子里是分题钗、黛、湘三位女主角的收缘结果的“诗谶”。在雪芹给小说人物安排的诗词、灯谜、酒令中，无不如此（细说将太费笔墨，故从简略）。这也就是雪芹独创的小说诗词的特种艺术手法，从古未有，以后也没人能知能悟、能学能仿。有些续书，为了要与雪芹“比才”，也大作诗词，却不知道那雪芹并不是虚词点缀，可有可无的虚文。

“绿蓑江上秋闻笛，红袖楼头夜倚阑”，似写的是宝玉在船上听见一处楼上有吹笛度曲的女声。绿蓑是指“渔翁”，第四十五回就曾有黛玉的话，她见宝玉披蓑戴笠而至，便说“那里来的个渔翁”，则是点睛之笔。湘云落魄后，沦为贱役，也有可能像“锦香院的云儿”那样。唱曲是有的，脂砚批语中就说她自己“高唱大江东”，是好嗓子。只可惜雪芹原稿已毁，我们只能想象于万一了。

我们的这种诗文化与它的各种妙用，西洋读者因不具备此一文化传统，就很难想象，更无法欣赏。据研究者举示于我们的：《英国百科》第十五版，其“红楼梦”条下有这样的妙论：

> **其题材，其技巧的丰富，不亚于欧洲。但关于作诗的冗长争论，令读者厌倦。**

请看：英国人觉得“不亚于欧洲”就是“最高评价”了呢！这倒使我想起不少人说《红楼梦》比起巴尔扎克的小说，“并无逊色”云云，真是无独有偶。欧洲人自视欧洲高不可及，也还罢了，可怜的中国人以为“无逊”于欧洲才是“肯定”的（高攀哲学）赞扬，这到底是一个什么样的思想，什么样的文化问题呢？！深思啊，深思。至于中国诗，英国人就更没门儿了。

至于听见我说雪芹原书是写宝玉一生经历了钗、黛、湘的“三部曲”式的异样不幸的悲欢离合、荣辱兴亡这个大布局大结构，定然有人又会大惊小怪，表示“难以接受”。他们总摆脱不开高鹗给布下的“宝黛爱情悲剧”的天罗地网，而不知道“三妇”是明清之际小说剧本中的一个特殊的问题。《金瓶梅》虽然也写了十几个或更多的女人，但书名子毕竟表示只有三个最有代表性。李笠翁（渔）的享名的剧本，不止一本的内容是“三妇”式——可惜现在无人留意指出了。所以雪芹的“三妇”，也不是全由自创，讲什么也不能忘记历史渊源流变。

当然，雪芹的思想并不同于兰陵笑笑生、李笠翁等等。以前的大男子主义拥有“三房五妾”的“艳福”，甚至到了清季文康作《儿女英雄传》，有意“反”《红楼》，也还是何玉凤、张玉凤的“二凤双美”“左拥右抱”的庸俗的头脑在支配着他的笔墨。雪芹则异于是，他的“三妇”是各自沦于极大的不幸与苦难，而非“争宠”“夺席”的事情，最后与湘云重会，景况已是今昔天壤了，其遭际惨痛无比，也并非什么“大团圆”。这个课题很大，非本节所能尽述。

本节是讲诗文化，诗在雪芹笔下的奇妙作用。原应细讲《菊花诗》才是，那重要无比！但恐太费言词，读者只要已经明白了上文几个小例，必然就会领悟菊诗十二题，是同一道理，也就无须乎我絮絮而言了。

黛玉早亡，宝钗远别孤独，清洁凄凉，湘云则最后“香（霜）清纸帐来新梦”“傲世也因同气味”，两个人，不寻常的经历，结束了《红楼梦》。

“诗化”的要义

读《红楼梦》，当然是“看小说”，但实际更是赏诗。没有诗的眼光与“心光”，是读不了的。所谓诗，不是指那显眼的形式，平平仄仄，五言七言……更不指结社、联句、论诗等等场面，而是指全书的主要表现手法是诗的，所现之情与境也是诗的。我这儿是用“诗”来代表中华文化艺术的一个总的脉络与精髓，勉强为之名，叫作“境界”。

境界何义？讲文学的人大抵是从王国维《人间词话》论词时提出的有无境界以分高下的说法而承用此一词语的。按“境界”本义，不过是地理区域范围，并无深意（见郑玄注《诗》，对待“叛戾之国”，首先要“正其境界”，不可超越侵略），但后来渐渐借为智慧精神的范围疆域了（如佛经已言“斯义宏深，非我境界”，便是领悟能力的范围了）。境是地境，地境即包括物境，是以有“物境”“境物”之语。《世说新语》所记大画家“痴绝”的顾恺之的名言，“倒食甘蔗，渐入佳境”，已经更明白地引申为“知味”之义，即感受的体会的境地了。于是，境就兼有物境（外）与心境（内）两方的事情。涉及“内”境，就不再是客观地忠实地“再现”那外境了，而文学艺术并不存在真的“再现”——即貌似“写境”，亦实为“造境”（此二者王国维先生也同时提出了）。大约正因此故，《人间词话》先是用“境界”，而后部分改用“意境”一词了。

这正说明：即使“写境”，也无法避开作者的“意”——他创作出来的，并不是纯粹简单的“再现”，而是经过他的精神智慧的浸润提升了。

中国的诗，特别注意这个“境界”或“意境”。而《红楼》艺术的真魅力，正是由这儿产生的——并不像有人认为的只是“描写”“刻画”“塑造”的“圆熟”“细致”“逼真”的事。

因此，我说《红楼梦》处处是诗境美在感染打动人的灵魂，而不只是叙事手法巧妙得令人赞叹。

只有这一点，才凸出了《红楼》与其他小说的主要不同之特色异彩。何以至此？正因雪芹不但是个大画家，而且是位大诗人。他的至友们作诗赞他时，总是诗为首位，画还在次。当然，中国画所表现的，也不是“再现”，还是一个“诗境”——故此方有“无声诗”的称号。东坡“诗中有画，画中有诗”，也早成名言；但我要为之进一解：不妨说成“诗即是画，画即是诗”。雪芹擅此二长，所以他的文字真的兼有诗画之美，只用“古文八大家”和“八股时文”的“文论”来赏论《红楼》，则难免有买椟而还珠之失。

雪芹写景，并没有什么“刻画”之类可言，他总是化景为境，境以

“诗”传，——这“诗”还是与格式无涉。

我读《红楼》，常常只为他笔下的几个字、两三句话的“描写”而如身临其境，恍然置身于画中。仍以第十七回为例，那乃初次向读者展示这一新建之名园，可说是全书中最为“集中写景”的一回书了吧，可是你看他写“核心”地点怡红院的“总观”，却只是：“粉墙环护，绿柳周垂。”

八个字一副小“对句”，那境界就出来了。他写的这处院落，令局外陌生人如读宋词“门外秋千，墙头红粉，深院谁家”，不觉神往。

你看他如何写春——第五十八回，宝玉病起，至院外闲散，见湘云等正坐山石上看婆子们修治园产，说了一回，湘云劝他这里有风，石头又凉，坐坐就去罢。他便想去看黛玉，独自起身——

> 从沁芳桥一带堤上走来，只见柳垂金线，桃吐丹霞。山石之后一株大杏树，花已全落，叶稠阴翠……

也只中间八个字对句，便了却了花时芳讯。

再看次回宝姑娘——一日清晓，宝钗春困已醒，搴帷下榻，微觉轻寒。启户视之，见园中土润苔青——原来五更时落了几点微雨。

也只这么几个四字句，就立时令人置身于春浅馀寒，细雨潜动，鼻观中似乎都能闻见北京特有的那种雨后的土香！也不禁令人想起老杜的“随风潜入夜，润物细无声”的名句，——但总还没有“土润苔青”那么有神有韵[1]。

再看他怎么写夏——开卷那甄士隐，书斋独坐，午倦抛书，伏几睡去，忽遇奇梦（石头下凡之际），正欲究其详细，巨响惊醒，抬头一望，只见窗外“烈日炎炎，芭蕉冉冉”，夏境宛然在目了。

又书到后来，一日宝玉午间，“到一处，一处鸦雀无闻”，及至进得园来，“只见赤日当空，树阴合地，满耳蝉声，静无人语”。也只这几个四字对句，便使你“进入”了盛夏的长昼，人都午憩，只听得树上那嘶蝉拖着催眠的单音调子，像是另一个迷茫的世间。

有一次，宝玉无心认路，信步闲行，不觉来到一处院门，“只见凤尾森森，龙吟细细”，原来已至潇湘馆。据脂观斋所引，原书后回黛玉逝后，宝玉重寻这个院门时，则所见是：“落叶萧萧，寒烟漠漠。”

你看，四字的对句，是雪芹最喜用的句法语式，已然显示得至为昭晰。

这些都还不足为奇。因为人人都是经历过，可以体会到的。最奇的你可曾于深宵静夜进入过一所尼庵？那况味何似？只见雪芹在叙写黛、湘二人在中秋月夜联吟不睡被妙玉偷听，将她们邀入庵中小憩，当三人回到庵中时——“只见龛焰犹青，炉香未烬”，又是八个字，一副小对句，宛然传出了那种常人不能“体验”的特殊生活境界。我每读到此，就像真随她们二位诗人进了那座禅房一般，那荧荧的佛灯，那袅袅的香篆，简直就是我亲身的感受！

当迎春无可奈何地嫁与了大同府的那位“中山狼”之后，宝玉一个

[1] 老北京都深知北京的土很特别，雨后土发清香，而且它很易生苔，雨季更是到处苔绿。

人走到蓼风轩一带去凭吊她的故居，只见——

> 轩窗寂寞，屏幛翛然……那岸上的蓼花苇叶，池内的翠荇香菱，也都觉摇摇落落，似有追忆故人之态……

第七十一回鸳鸯为到园里传贾母之话，于晚上独自一个进入园来，此时此刻，景况何似？静无人迹，只有八个字——“角门虚掩，微月半天”，这就又活画出了一个大园子的晚夕之境界。

请君着眼：如何“写景”？什么是“刻画”？绝对没有所谓“照搬”式的“再现”，只凭这么样——好像全不用力，信手拈来，短短两句，而满盘的境界从他的笔下便“流”了出来。

必有人问：这是因何而具此神力？答曰：不是别的，这就是汉字文学、中国诗的笔致与效果。

我以上举的，可算是一种“类型”。但《红楼》艺术的诗笔诗境，却不限于一个式样。方才举的，乃一大特色，很可能为人误解《红楼》诗境就是摘句式的词句，而不知还有“整幅式”的手法，更需一讲。今亦只举二三为例。

比较易领会的是“秋窗风雨夕”那回书文。

读者听了，也许立即想到我要讲的离不开那黛玉秋宵独坐，“雨滴竹梢”的情景吧，此外还有什么“境界”？猜错了，我要讲的是这回书的“宏观”境界，不指那雨声竹影的细节——虽然那细节理所当然地也属于此处书文诗境的一个小小的组成部分。

这回书写的是宝钗来访黛玉，因谈病药之事，勾起了黛玉的满怀心绪，二人谈说衷曲，黛玉深感宝钗的体贴、关切、慰藉（此时二人早已不是初期互有猜妒之心的那种"关系"了，书中所写，脉络很清，今不多作枝蔓）。宝钗不能久坐，告辞而去，答应一会儿给送燕窝来。黛玉依依不舍，要她晚上再来坐坐，再有话说。宝钗去后，黛玉一人，方觉倍加孤寂，十分难遣万种情怀。偏那天就阴下来了，继以秋雨——竹梢的雨滴，只有在"助写"此情时，方具有异样警人的魅力，而不是"摘句"之意义。正在百端交集之时，忽闻丫鬟报说：宝二爷来了！黛玉惊喜望外，正在秋霖阻路之时，他万无夜晚冒雨而来之理——但他竟然披蓑罩笠地到了！这比盼望宝钗再来（料无雨中再来之望了）别是一番况味。二人见面一段情景，我不必复述，如画如诗，"短幅"而情趣无限。宝玉也只能小坐，然后呢？——然后穿蓑戴笠，碧伞红灯，丫鬟陪随，出门向那沁芳亭桥而去。而恰在此际，另一边溪桥之路上，也有灯伞之迹远远而来了：那是何人？正是宝钗不忘诺言，打发人来将燕窝送至。

你看，这个"宏观"情节，这张"整幅"画面，是何等的充满了诗意！——这样说仍然落俗了，应该说：这不是什么"充满诗意"，而是它本身一切就是诗，诗的质素灵魂，而不再是"叙事"的"散文"！（可惜，画家们总是画那"葬花""读《西厢》""扑蝶"等等，而竟无人来画一画这回书的诗境。）

再看宝玉私祭金钏这一回书。这儿也有"诗"吗？不差，有的：此例前章略略引过，却并非从这个角度着眼。如今让我们"换眼"重观，则在那过寿日的一片热闹声中却传出这么一段谁也意想不到的清凉之音。那日凤姐的生辰，宝玉与她，叔嫂相知，从秦可卿的始末缘由，便可尽明（从首次到东府游宴午憩那回，即宝、凤同往；以后探病、赴唁、送殡、郊宿，总还是二人一起。此为书中正脉）。况是老太太高兴主持，人人迎奉，宝玉应该比他人更为尽情尽礼才是；但他却于头一日将茗烟吩咐齐备，当日清晨，满身素服，一言不发，上马从北门（即北京德胜门）奔向城外。在荒僻冷落的郊外，小主仆二人迤逦觅得水仙庵。入庵之后，并不参拜，只瞻仰那座洛神的塑像，见那惊鸿素影，莲脸碧波，仙姿触目，不觉泪下。然后特选"井"边，施礼一祭，心有所祝，口不便言——茗烟小童知趣，跪下向那被祭的亡灵揣度心曲，陈词致悃：你若有灵，时常来望看二爷，未尝不可！……

你说这是"叙事"散文？我看这"事"这"叙"，实在是诗的质素，诗的境界。

到底文与诗怎么区分？在别人别处、某家某书来说，那不是什么难题；但在雪芹的《红楼梦》，可就令人细费神思——想要研究、查阅"文论""诗论"的"工具书"了。

先师顾羡季先生，是著名的苦水词人，名随，清河人，诗、词、曲（剧）、文、论、书法诸多方面的大师，昔年讲鲁迅小说艺术时，指出一个要义：对人物的"诗化"比对大自然的描写重要得多，后者甚且不利于前者。他在《小说家之鲁迅》中说：

> 我说小说是人生的表现，而对于大自然的诗的描写与表现又妨害着小说的故事的发展、人物的动力。那么，在小说中，诗的描写与表现要得要不得呢？于此，我更有说：在小说中，诗的描写与表现是必要的，然而却不是对于大自然。是要将那人物与

动力一齐诗化了，而加以诗的描写与表现，无需乎藉了大自然的帮忙与陪衬的。上文曾举过《水浒》，但那两段，却并不能算作《水浒》艺术表现的最高境界。鲁智深三拳打死了镇关西之后，“回到下处，急急卷了些衣服盘缠细软银两，但是旧衣粗重都弃了，提了一条齐眉短棒，奔出南门，一道烟走了”。林冲在沧州听李小二说高太尉差陆虞候前来不利于他之后，买了把“解腕尖刀带在身上，前街后巷，一地里去寻。……次日天明起来，……带了刀又去沧州城里城外，小街夹巷，团团地寻了三日”。宋公明得知何涛来到郓城捉拿晁天王之后，先稳住了何涛，便去“槽上鞁了马，牵出后门外去，袖了鞭子，慌忙的跳上马，慢慢地离了县治；出得东门，打上两鞭，那马拨喇喇的望东溪村蹿将去；没半个时辰，早到晁盖庄上”。以上三段，以及诸如此类的文笔，才是《水浒传》作者绝活。也就是说：这才是小说中的诗的描写与表现，因为他将人物的动力完全诗化了，而一点也不借大自然的帮忙与陪衬。

就我所知，讲中国小说，由鲁迅讲到《水浒》，抉示出这一卓见的，似乎以先生为独具巨眼。我因此悟到，如《红楼梦》，何尝不是同一规范？雪芹对自然景物，绝不肯多费笔墨，而于人物，主要也是以“诗化”那人物的一切言词、行动、作为、感发等，作为首要的手段。在“素服焚香无限情”一回中，正复如是。你看——

天亮了，只见宝玉遍体纯素，从角门出来，一语不发，跨上马，一弯腰顺着街就趟下去了。茗烟也只得跨马加鞭赶上，在后面忙问："往那里去？"宝玉道："这条路是往那里去的？"茗烟道："这是出北门的大道——出去了冷清清，没有可顽的去处。"宝玉听说，点头道："正要冷清清的方好。"说着，索性加了两鞭，那马早已转了两个弯子，出了城门。

这真好极了！我数十年前就曾将此意写入初版《红楼梦新证》，顾先生见了，写信给我，说他见了我引了他的文章（当时尚未刊行，我保存了他的手稿），在如此的一部好书中作为论助，感到特别高兴，与有荣焉！这充分表明，先生是赞成我这样引来《水浒》之例，互为参悟的做法与见解的不差[1]。

【附记】

王国维所用"境界"一词，似即取自佛经。如《华严经》即有《入不思议解脱境界普贤行愿品》，可证佛门所说的境界，是一种修持证入

[1] 顾先生因拙著《新证》，引起极大兴致，自云数十年不读《红楼》，如今兴趣高涨，以至立刻设计了一部巨稿的纲目，专论《红楼》的一切方面，已写出一章（论人物），并言：非由我引发，哪有这一部花团锦簇的文字？自己十分欣喜，是少有的得意之笔。事在一九五四年上半年。不久运动开始，先生只得搁笔，从此遂成绝响。

的精神造诣，而非具体事物的实境。佛门的境界，有极多的不同等级层次，是相对的程度地步的严格界分，也不是一个绝对的标准义。王氏借用到文艺创作与欣赏领域来，有其方便，而不尽同于原义。但由此正可参悟：在文学境界上讲，实属高层修养与精神感受能力的范围，没有足够修养与感悟力的人，面对高超的文学境界，也是不能知见、不能感受的。这是文学鉴赏中必然发生不同“眼光”的一大问题（即如大家对程、高伪续的看法与评价，也正是一个例证）。

大道无名　大师无界[1]

今天这次顾随诗词研讨会的召开，是我多年来期待实现的一个重要愿望，也为我们中华诗词这条大命脉的不断繁荣发展增加了一个讨论学习、交流共进的良好范式。

讲起先师顾随先生，我要说两句话八个字，就是："大道无名，大师无界。"这是什么意思呢？我们先民、先圣、先贤常说的那个"道"，本来没有名称，因为不知道怎样称呼它才好，无可奈何中这才挑选了一个"道"字姑且作为代表，所以，我们说大道的本质在大自然中存在，不可捉摸，无形之中却实有此道、此理存在。换言之，"道"本无名，称之为"道"，不过是个假名而已。那么，"大师无界"，又为何义呢？在我看来，顾羡季先生这样的大师是很难用一个界别或者科

[1] 在顾随诗词研讨会上的讲话。

目来称呼，说他是什么“界”的大师，比如文学界、史学界、哲学界，等等。在我看来，不应该用这样的分界法把顾先生框定了——框定也就是把他狭隘化了。因此，我们的大会主题尽管是顾先生诗词作品的研讨，而实质上应该说是他的人格、道德、文章的学习研讨。比如，我向先生请教一首诗或讨论一首词的时候，涉及的问题范围甚广，绝不限于文章、典故的事情，而我所得到的印象是先生在回应这些问题时，真是无所不通，而且，他只用上几句话就能说到“透亮”之处，有时入木三分，有时一针见血，令你恍然、憬然、心折、口服，真好像他对你提出的任何一方面的话题都深入研究过的一般。所以，我才说，像他老这样的真大师是不能用一个什么“界”字而划定而紧紧缚住的。当然，我这样说又不是完全雷同于宋人的“功夫在诗外”的那种见解、论调，相反，我是想这样来说明先生的无所不通、无所不透，却正是他为了诗而下的真实功夫——我的“翻案文章”就是先师顾羡季大师的一切功夫，都是为了“在诗内”而绝非“在其外”。

此意既明，方可专就诗词的这一方面来粗加讨论。我和先生二十年的书札来往诗词唱和，从中获得的印象至少包括以下几大特点：一，先生对诗词的鉴赏、评论、要求，实际上包括了汉字、汉文的形、音、意、神、韵、情、致……二，不论理、意、境、事、人……要传达起来，都必须是要活生生的。作品和人一样是一个宝贵、可喜、可爱、可敬、可佩的生命，而不止是一堆文字符号。“活”是作品的第一义，切忌落于一个“死”字上。“死”，就是机械化，就是八股化，就是堆砌、粉饰、扭捏、做作、搭架子、装派头，一切似乎变化多端而总不脱离一个“索然寡味”“没有生命”。三，既然作品是一个活生生的生命体，它就要表现出一种活气、朝气、英气、爽气、灵气、逸气。总之，是骨肉俱全、脉络贯通、品格高尚。四，要向上，要自创，切忌人云亦云、鹦鹉学舌、陈言套语。所谓“向上一路”，似禅家的用语，禅家的精气神讲究走自己的路，不要缀人脚跟。而所谓自创者，又不是无源无本张口乱道，而是从旧的传统脉络中脱化出崭新的风格、境界、智慧、见解。所以，先生常常鼓励我们要发扬蹈厉，有向上进取的精神志向，不怕向老师提出质疑的问题。所以，禅家甚至明言“呵佛骂祖”，要“丈夫自有冲天志，不向如来行处行”……先生对于汉字的一切特色、优点，考虑得最为深透，他是一位诗词曲贯通的大作家，而这种文体是最要讲求音调格律的，他对此要求得很严格，绝不认为这是琐末之事的可有可无的细节。例如，他老人家批评我的那一点拙作时，不止一次指出，说我的七言律开头主体两部分尚时见可取之处，唯独结句其音偏“哑”，不知何故？老师的意思是不愿多说，要我自家留意，或可改进……对此所涉缘由很是复杂，又因偏重于我个人的问题，不宜占据大会的太多时间，我只能把它提出来，举例说明先生对于音律的要求之严、讲究之精，实非一般作家所能望其项背。

关于音律格调问题，先生特别注重，他只要听你口中读上几句，就知道你懂不懂音义的重要关系。他说：会念的人一出口，便把字句原意全都“念”了出来，不用注解；其次，他的另一个讲授重点是教给人们汉字文学的讲求文采，文采不等于字面上的华丽、美观、堆砌等各式各样的形容词，那好比涂脂抹粉，都是表皮上的事情。他喜欢引陆机《文赋》的名言：“石蕴玉而山辉，水怀珠而川媚。”正是这个大道理。说到这儿，不妨顺带讲一讲他特别尊崇《文赋》和《文心雕龙》，这是我们中华民族文艺理论的两座宝库。先生不仅仅是一位文论专家大师，而且是一位身体力行的实践家，对此，我们此刻难以尽叙，有待大家今后不断研求领会才行。

最末一点，先生讲授常常喜欢以禅喻诗，老师的意思是，把禅与诗放在一起来讲，并非是表明讲禅就等于讲诗，禅与诗二者并不雷同，先生只是借用禅家传授的方式来讲授诗的道理。我理解为：禅在寻求真理和讲授真理时，都特别注重把世间日常生活中的一切比方、标记、表达、表演等都要破除尽净，因为那都是一种“障”。“障”是什么？就是它把你和真理之间设上了隔离障碍，而你真正需要理解和表现的主题实际却被它淹没和替代了。诗人想题咏一个主题，他必然首先直截了当地去接触那主题本身的一切，否则，你便是被许多的“障”隔离欺骗了。例如，你要咏月，不去直接观察感受天空中一轮明月的境界，提起笔来，首先想的就只是苏东坡的“明月几时有，把酒问青天……”再不然就是李白的“举杯邀明月，对影成三人……”那么，这种诗作出来之后，必然就是一堆掌故、老套陈言的堆砌，最多不过是重新组联一次罢了。这儿没有你对月亮崭新、鲜活的感受领略，你的作品就成了“障”的堆砌物。假使古往今来我们中华的诗（词曲）都是这样的东西，这可怕不可怕？

好了，时间有限，我想说的自然是并不止此，但是我想，我们对顾先生的诗词曲的丰富遗产，进行认真的探索、学习的话，不妨以上面所列的几个要点来作指南，或许能收到事半功倍的良好效果。

我个人从幼遭逢乱世，失学、废学很多次了，平生所经历的学校老师很多，回想一下，我最为佩服而崇敬的首推苦水词人羡季大师。对他的研究异常重要，这次大会只是一个开始，真诚希望由此为一个重要标志，把研讨会适当分期继续下去。我相信这对我们中华诗歌文学的发展是一个非常重要的工作，也是对先师羡季先生的最好怀念。

二〇〇九年十一月四日

附：顾随先生诗词学术研讨会感赋

一

大师去已远，天际散遗芬。
爱马支公俊，雕龙慧地文。
一生三化备，八法六书均。
风雨高楼在，凭谁仰及群。

二

大道无名久，先型有象尊。
倦驼千里路，苦水一杯醇。
作剧红氍上，登堂绛帐门。
思量杜陵叟，芳意与谁论？

授业周汝昌拜书

己丑闰五月十八

陆机说：要想从事文学创作，离不开两个大字，一个是『情』，一个是『志』。如果单就中华之诗来讲，那么『诗言志』，这是个最具典范性的提法，大家自古最为熟悉，不待多言；而光明正大地把一个『情』字推向这个论坛的最前面，郑重揭示于大家面前，这在以前无有同例。

中华诗论悟“三才”

讲求中华汉字诗的，无论是先贤的创作遗篇，还是后人的创作理论，都是丰富异常、极为深厚，其层面之重叠、色彩之斑斓，都有待于研求整理；但拙见以为，第一重点就要从中华诗和“三才”文化论的紧密关系而说起，我们的文化理论实际上是由“三才”的认识和表现而开始的。中华的六经之首《易经》就是一种最早的“三才论”。“三才”是什么？汉儒在《说文》中注解“三”字时，已然说得最为明确：“三，天地人之道也。”《老子》说：“一生二，二生三，三生万物。”其实，万物者就包含了人，所以“人为万物之灵”就可以作为万物的代表和菁英……到了“唐初四杰”之一，童子王勃，其名作《滕王阁序》中有名句云，“物华天宝，人杰地灵”，区区两句八个字就非常美妙地概括了天地人三才的文化思想。陆机的《文赋》，刘勰的《文心雕龙》……都是如此，而他们都是以讲诗论为主的文化大师，今皆不暇细列，单说我们诗论中最常见的诗派，三大分类是：神韵、性灵、格调。其实，其源头都要从“三才”讲起方得明白，盖神是阳气之精，灵是阴气之精，而格调者乃是中华人的语文之特点，三者分属天地人。请你再看，我们的六经中《易经》是理论之首，《诗经》是作品之冠，而《诗经》所分的风、雅、颂三大类，究其实质又即是天地人三才的分部与组合，这难道都是偶然的文化现象吗？如果认为我这样举例仍觉得过于空泛，那就让我再举一个有趣的具体例证，这就是中华诗的声律格调，由于汉字的极大特点而不断发展，趋向精严，最后形成了七言律诗，达到了超妙的地步：全篇八句，四联，五十六字。其中包括了什么奇妙的组织道理呢？原来，它就是八卦的一个变形的文化图形展示，只不过是人们很少认识、领会而更少谈论、讲习罢了。请看，八卦者每卦由三爻组成，而三爻又即天地人三才的组合和变化——这一点是在《易经》里有明确说明的。再看，八个卦象是三乘八共计二十四爻，而二十四爻又分为阳爻十二，阴爻十二，历历分明，丝毫不爽。这是伏羲个人的有意安排吗？非也！伏羲的圣明之处在于他发现、悟到了这个天地人的大道理，并且用卦象表现出来而已，这并非是他个人人为的、有意的、标奇立异的结果。有趣的是，当你面对七律四声平仄的变化排列组合之时，就会惊奇地发现它也是每句有三爻，这三爻就是律诗严格规定的那个“一三五不论，二四六分明”，就是说每句七个字的第二、第四、第六这三个字的平仄安排是严格规定而不许错乱的。合起来看，八句、三爻、二十四个“律点”，恰好也以阴阳对称而变化组联，每句的三个“律点”总是一阴一阳交替而联成。从每联二句左右来看，上句的第一个“律点”如果是平，则下句的第一个“律点”必然是对称的仄声。反之亦然，如果上联的第四个字为仄声，那么相对的下句第四个字必须是平。阴阳声韵的交替就是中华诗的声律之至美，而一般人不知道这是阴阳交替的自然大道理，却总以为什么格律、声调都是文人的陋习、陈规，加以不敬之词，不但不知寻从自然妙理，反而以为那种阴阳之妙理不是汉字文学的宝贵特点，却成了拘束限制创作的枷锁云云，到底是非何在？真理由谁评定？这都是我们学诗者从一启蒙开篇就必须认真考虑和领会的首要问题。

《易经·咸卦》中有两句非常重要的话词：“天地感而万物化生，圣人感人心而天下和平。”你看，这么精约的两句话，指示出了天地人三才的有分有合，因天地交感才有了万物，就岂不是《老子》那个“一生二，二生三，三生万物”吗？而“圣人感人心而天下和平”，万物既然化生而出，它们如此繁复，关系必然复杂，因此万物一生立刻就需要彼此之间的一个“和”，一个“平”。充其量而言之，中华圣人发明发现了天地人及万物的大道理之后，马上就指出什么才是这种共处共荣的真理。所以，化生是天地人的神功圣绩，而“和平”二字就是我们必须尊崇而不可逆反的大道周行——讲这些对本文来说不是孤立的讲经讲典，而是希望学习继承我们中华汉字诗的伟大传统，莘莘学子们务必领会这种真理至美，而不要舍本逐末，自以为是“创新”和“发展”，那就是忘掉了我们民族传统文化之精华，而走上了一条不可知、不可问的歧途了。

至于上文所指出的“和平”，乃是圣人所感，这“和”这“平”是否仅仅是表意的汉字吗（呢）？那又不然，越是“和”越是“平”越有实际的表现和传播，这就是创造八卦的伏羲的合作伴侣娲皇女圣在她许多发明创造之中单单先列出一个“笙簧”。“笙簧”的重要性可以由大文学家曹子建的《女娲赞》来作为说明的代表：“古之国君，造簧做笙。体物未备，轩辕完成。或云二圣，人身蛇型。造化七十，何德之灵!”由此可证，在汉魏时代的大师的心目之中，女娲已经是中华音乐艺术的源头与至圣了，笙簧的作用就是要表现“和”，宣传天地人众多交感的复杂而重要关系的最高最美的声音之美学。所以，和谐与平衡也就是天地人三才的贯通之道，也就自然而然地成为了中华汉字诗的声律之美与教化之尊了。

庚寅正月上元佳节

中华要典有“葩经”

本文题目特举“葩经”一名，这是指哪一部经典呢？年轻一些的学子恐怕就未必都知道了，原来这个“葩经”就是指《诗经》而言。唐代文学家韩愈有一篇《进学解》，其中有云：“《诗》正而葩。”由此，喜欢典雅而又新鲜的词句者就把“葩”和经连在一起，创造了这个《诗经》的别名。

那么“葩”又是何义呢？若查字典词典之类，那非常之简单：“葩”者，花也，又华也。别无二说可云。但是这么一来，有趣的事情就发生了，有人会说：既然《诗经》可以别称为“葩经”，“葩”字即是花者，美的意思，而逻辑推理立刻得出一个结论，即：《诗经》也可以称为“花经”或“华经”——这可有趣极了。刚才说的那种推理逻辑，意思不错，但从古至今也未曾出现过什么“花经”“华经”这种怪名称，因为这样称呼《诗经》根本不成个意思，没有人肯予接受。如此方可悟到学习中华汉字可不是一件简单浅薄的小事。有很多汉字，你查字典，不止一个同义词，但又绝不可以随便互借替代。我举的这个“葩经”就是一个最好的例子。

如果你认为“葩经”二字连在一起作名称，还是可以领会而能接受，那么若把“葩”字单独作一个形容词来用，恐怕那就不行了吧？我答：非也，你又推断错了。我举一个最好的例子，就说明“葩”字能够单独作为形容词来运用。明代的大剧作家汤显祖作了四部名剧，人称“临川四梦”，而四梦中的最为流行的就是《牡丹亭》，这部名作至今还能在舞台上看到演出。其中除了《游园》《惊梦》两折之外，还有一折叫作《春香闹学》，演的是杜丽娘小姐的家塾里请了一位老师名叫陈最良，他给小姐丽娘和丫鬟春香讲课，以《诗经》为基本教材，授课时，他以一支曲子把这部经书概括了一番，那支曲子名叫《油葫芦》，开头就唱道：论六经，《诗经》最“葩”。……你看这陈老师不就正是把“葩”字作为一个单字的形容词来用的吗？

这句话应该怎么讲呢？如若译成今日的白话，就只能是“《诗经》最为华美”的意思吧。但正因如此，问题就来了：你让青年学子这样认识《诗经》，以为它是世上最华美的书籍，那可就差之毫厘、失之千里了！所以这个“葩”字用来形容《诗经》，就不是那么容易的事情了——你就要问我：既然如此，又该怎么翻译呢？我答：依我拙见，大约应该说成是：《诗经》最有文采。

——到此，你又定会质问于我：《诗经》最“葩”，我听不懂，你又来了一个“文采”，我就更觉糊涂了，那“文采”又是什么呀？

你看，我们的讨论真是层层切入，正如古人所说是“渐入佳境”。

原来我们中华的诗圣杜少陵（甫）有一篇《丹青引》，是咏叹与他同世的大画家曹霸的名篇。杜少陵（甫）称之为曹将军，那是一种古代的虚衔，凡文官都要带一个武职的空名。这曹霸者，乃是魏武帝曹操的后代子孙，杜少陵（甫）慨叹曹霸的生平命运时说过这么几句话："将军魏武之子孙，于今为庶为清门。英雄割据虽已矣，文采风流今尚存。"可见从汉末魏朝以来，写诗写得最好的就属"三曹"，即曹操、曹植、曹丕。他们的诗的最大特点就是富有文采。这文采者，是文化修养内发之光彩，而不是仅靠打磨字句，用上一堆好听好看的字眼的表皮外相。

陈最良老师开头就说：《诗经》最"葩"。六经后来把《乐经》亡佚了，只剩了五经。老先生追溯本源，还称六经。他说《诗经》最有文采，就是说《诗经》若和《书经》《礼经》等相比起来，那些经书的词句都是平铺直叙，文学艺术性不多。所以说《诗经》最"葩"，是一点儿也不错的。然而陈老先生那支曲子的下文又说：《诗经》是"洗净铅华"，即没有一点儿涂脂抹粉的外表打扮。这一点正和"葩"字相比相对，如不理会这个重要的分别，那必然把某些字面华丽而并无思想感情的诗词之类，误称为"葩" 了。

讲求中华汉字诗实在并非一件容易的事情，就如本文用意是想说明，我们的诗从古以来就得符合这个"葩"字的本色特点，既富有文采，而又不作外表装饰的高级品格。

从本文来看，我已经费了不少言词来讲解，可是连我自己也还是深感不能通透，更谈不上恰切精微，仍然是一种开端引绪的浅讲粗论而已。

庚寅正月三十

"言志"与"抒情"

中华文学史上的一个关键时期，就是我们历史上所称的南朝。南朝或称六朝，即在短短的时间之内经历了吴、晋、宋、齐、梁、陈六个朝代，且都建都于今天的南京地方。这南朝者是相对于北魏、北齐、北周等朝代而言的，北朝的文风仍然是以朴厚、敦实的北方人文表现为主，而南朝文风的最大特点就是文采风流，大大胜过于北朝；此时，文论、诗论、画论、书论，以及文学重要选本和音韵之学，其发展都出人意表，超迈等伦，乃是中华文化上的一块巨大的宝石，其山辉水魅，内蕴外流，虽千古而后直至今朝，还是玩味探索不尽。就拿晋代陆机的一篇名作《文赋》而言，你看他开头怎么说的："伫中区以玄览，颐情志于典坟。遵四时以叹逝，瞻万物而思纷。悲落叶于劲秋，喜柔条于芳春。心懔懔以怀霜，志眇眇而临云……"我常想，要想求一个比较简便的中华诗论的源头，不妨就从这一段要文来深入玩味探求。陆机说：要想从事文学创作，离不开两个大字，一个是“情”，一个是“志”。如果单就中华之诗来讲，那么“诗言志”，这是个最具典范性的提法，大家自古最为熟悉，不待多言；而光明正大地把一个“情”字推向这个论坛的最前面，郑重揭示于大家面前，这在以前无有同例。我们不得不佩服陆机的这种“勇敢精神”，不怕招来麻烦的后果（因为古圣先贤早有诗为我们揭示诗的功能作用）。这个“情”字内涵复杂，很难给它下一个又简明又精确的定义，比如在《易经》里就有“圣人之情见乎辞”这样的文句，则可知那个“情”绝非后世今天人们所用来表达男女之间的那种情了。同样，人人尽知《红楼梦》的开宗明义一句要言，就是“大旨谈情”，也正因此字才引发了原著与续书的思想区分的重大问题。然而，孔子论诗时却又没有忘掉“情”的事情，因为他说诗的最高境界就是“哀而不伤，乐而不淫”，请想：“哀伤”“乐淫”难道不正是“情”的内涵和表现吗？

我们为何要从这儿开始讨论诗的本质、思想、感情、文采、风格等等，而都要先从这个“言志”和“言情”来作出一种合理的体会和解说呢？

记得我在燕京大学读书时，因是西语系的学生，全是外籍教师，有时谈起中国诗来他们时常流露出一种含蓄而有批评意味的言词：大意是说：你们中国诗似乎没有像希腊荷马的伟大史诗以及但丁的《神曲》等等那种巨作，都是一些小方块的“感情图片”……有一位教师他不教文学，也附和着这样议论，我心里很不服气，但是想一想确实又没有驳正人家的具体例证，我们的五言、七言小绝句，甚至八行的律诗都是最有名的“感情图片”，怎么能怪人家说得不对呢？这个问题在当学生的时候是一件念念不忘的课题，时常来往于我的胸怀之间；就是后来，也一直想把它说个清楚——重要的仍然是我们中华汉字诗的这种小方块“感情图片”并不是不重要、无价值，中华人是追求重感情、重智慧、重灵性的精神境界。假如没有了这个，只是写巨大的场面，比如你把《三国演义》魏、蜀、吴三分天下的种种纠纷、矛盾、战斗等等都写成诗歌的形式，以为这种长篇大论的历史诗歌更能代表我们中华汉字诗的精神命脉，假如是那样的话，那么我们为什么又把这一部小小“感情图画”的第一部诗歌总集即《诗经》，尊之为六经中的重要一部上等珍宝呢？

本文以陆机的《文赋》作为引序，展示中国讲诗有志、情两大部分，陆机的大本领是只用二句就把两者分清了。一个是“遵四时以叹逝”，这是纯粹情感的问题，同时他又提出“瞻万物而思纷”，请注意，他下了一个“思”字，这就不再是情绪、情感、情怀、情性等的问题了，而是用头脑来思考、思虑、思辨……这就是说不再与情感有关而转向一个理智方面的问题了——而理智者，正就是古人所谓“诗言志”的那个“志”字的同义语。

话虽如此，这篇小文的目的并不是要在“志”与“情”之间作出什么抉择、判断，立规矩、下结论，而是请学诗者一同来从头再作思考。比如，唐诗中有一篇脍炙人口的名作——张籍的《还珠吟》，那诗写道：

君知妾有夫，赠妾双明珠。
感君缠绵意，系在红罗襦——
妾家高楼连苑起，良人执戟明光里。

知君用心如日月，与夫誓拟同生死。

还君明珠双泪垂，恨不相逢未嫁时。

请君一诵，这么短短的一首非绝非律的杂言之篇，却感动了千古以来无数的读者。缘由何在？你能解释它的魅力何在吗？若要笔者解答，就会有如下表述：这篇名作既是抒情，也是言志；言志而没有把情完全否定或消灭，没有把赠珠的那位君子辱骂、奚落，把他小丑化；但又明白表示我接受了你的缠绵至意，不认为你是不正当的歪邪之用意行为；因此，我才把明珠系在衣服上，难道这不是以情报情吗？可是，我想一想，一位有夫之妇，为了感激另一位男人的情意就轻易地把明珠当作终身的佩饰，这样做值得称赞吗？所以我经过一番“思”达到一个“智”：我应该纪念你的真情美意，我更应该遵守与丈夫的盟誓，同命同运，生死不渝。

通过这个例子，似乎可以领会圣人原来的意思：诗要言志，而并不是说诗是和一篇言志的论文毫无分别，如果那样的话，又哪里来的“哀而不伤，乐而不淫”呢？

庚寅二月初八日

读《稼轩词编年笺注》

稼轩词，人人皆知爱重；因此有关伟大词人辛稼轩的研究著作，大家特别感兴趣。邓广铭先生以历史专家，出其绪馀，先后写成《稼轩传》《稼轩年谱》，质量很高。最近，又出版了他的另一巨著《稼轩词编年笺注》。嘉惠学人，至堪欣幸。

著者自称，为此工作，所参考的书籍“不下千种，远逾万卷”，功力之深厚可见。不过著者又谦虚地说，他对编、笺两部分用力最勤，而辞章注释一层，因系门外，尚感未能自信。我对邓先生这种诚恳谦抑的精神深致佩服，觉得这真是学者虚怀若谷、不自宽假的好例子，值得每一个治学者学习。

“注释之事，自古为难”，注稼轩，尤其是难上加难，因为稼轩的“掉书袋”“胸有万卷”“经子百家，行间笔下，驱斥如意”，是一向着（著）称的；为这样的作家作注释，其困难殆非局外人所能想象万一。

笺注的优点，非数语可尽，如今只举二三例，以见其美：《祝英台近》（晚春）“宝钗分，桃叶渡”，注者引《玉照新志》记诸人咏半钗事，证明分钗赠别南宋时尚为流行之习俗，最为亲切。《念奴娇》（登建康赏心亭呈史留守致道）中，词人危楼吊古，满目兴亡，深感当时国势这岌岌，一结云：“宝镜难寻，碧云将暮，谁劝杯中绿？江头风怒，朝来波浪翻屋。”笺注者不但引出杜诗“高浪垂翻屋”（似乎还可兼引东坡“朝来白浪打苍崖”句——笔者），而且还引及《南唐书》史虚白传所载：元宗南游见虚白，问有何作，虚白诵曰：“风雨揭却屋，浑家醉不知。”元宗为之变色——这一段故事。这就给词人的原意作了较深入的解释，使作品的思想性更加鲜明，而不是仅在字面上着眼，深得笺注之法；而注者还在《凡例》中表示：“宁冒释事忘意之讥，庶免或臆或固之失。”看来那真是太谦了。

又如，《满江红》（中秋寄远）云：“快上西楼，怕无放、浮云遮月。但唤取、玉纤横管，一声吹裂。”注者先引《逸史》中李暮吹笛“声发入云，四座震慄；及入破，笛遂败裂；不复终曲”，后引《石林诗话》王君玉遇中秋阴晦，作诗呈晏元献：“只在浮云最深处，试凭弦管一吹开！”而论云：“词中之‘一声吹裂’，可作吹裂玉笛解，亦可作吹裂浮云解，故将李暮事及王君玉事一并引录于此。李暮事与中秋云月无涉，因疑此词首数语全系用晏、王故事也。”最为通论。即令辞章“内行”来注此等词句，又何以如此？

不过，个人感觉，邓先生于经史百家中的故实，注得较为完备；遗憾较多的，则确以辞章方面为易见。注者虽曾说明“凡其确为脱意前人或神化古句者，必尽量为之寻根抉原”（《凡例》页二），但此等地方为邓先生所漏略失举的，触目皆是，实为美中之不足。今但就卷一、卷二中聊举数例以明之。

《念奴娇》（西湖和人韵）“茅舍疏篱今在否，松竹已非畴昔”，不引《挥麈录》所云“汉老（按指李邴）少日作《汉宫春》词，脍炙人口，所谓‘问玉堂何似、茅舍疏篱’者是也”。又，“欲说当年，望湖楼下，水与云宽窄”，不引东波“黑云翻墨未遮山，……望湖楼下水如天”等句。又，同调（席间和洪景卢舍人……）“蜂蝶一春花里活”，不引李贺“秦宫一生花底活”句。《水调歌头》（和赵景明知县韵）“诗兴未关梅”，不引杜句“东阁官梅动诗兴”。《满江红》（汉水东流）“但从今、记取楚楼风、裴台月”，不引王安石“楚台风、庾楼月、宛如昨”等句。《贺新郎》（柳暗凌波路）“愁为倩，幺弦诉”，不引张先“莫把幺弦拨，怨极弦能说”等句。《水龙吟》（登建康赏心亭）“落日楼头，断鸿声里，江南游子”，不引柳永“杳杳神京路，断鸿声远长天暮”或“望断鸿声里，立尽斜阳”等句。《水调歌头》（再用韵呈南涧）“爱酒陶元亮”，不引东坡“爱酒陶元亮，能诗张志和”或山谷“爱酒陶元亮，著书王仲任”等句。《鹧鸪天》（游鹅湖醉书酒家壁）“青裙缟袂谁家女”，不引东坡“青裙缟袂于潜女”。若此之类，唐诗宋句，举不胜举，几乎每页上都可寻见一些类似的遗漏。

如果说这样不必要，那么，不引就都不引，当以体例为断。比如《满江红》（饯郑衡州厚卿席上再赋）“老冉冉兮花共柳，是栖栖者蜂和蝶”，注者注明“是栖栖者”的出处，可是“老冉冉兮”出《楚辞》却不注。为何又只注其下句而遗上句呢？故觉此等实为疏漏，而且数量上十分可观。

其实，引出处也还不止是“来历”的问题，它不但帮助理解，丰富内涵，而且还有其他用处。今亦各举一例：笺注者以为《酒泉子》（无题）是作于金陵，故附编于淳熙元年（一一七四）之下。其理由，但举“潮到空城”为用刘禹锡“潮打空城寂寞回”为证，而不举结句“春声何处说兴亡：燕双双”为用周美成“西河”词咏金陵句：“燕子不知何世，入寻常巷陌、人家相对，如说兴亡斜阳里。” 如引之则更可证稼轩《酒泉子》确为作于金陵，邓先生所见为不差。此是引旧句可以帮助编年的例子。

再如，《念奴娇》（书东流村壁）“野塘花落”，此起句，四卷本、《花庵词选》《阳春白雪》皆作“野棠花落”。注者不引沈约《早发定山》诗“野棠开未落”句，以论证稼轩可能是翻沈句变化而用之，如此则十二卷本或不如四卷本为得之。此则又是引旧句有助于校勘的例子。

总之，我觉得这方面是《稼轩词编年笺注》的一个较显著的缺欠，因此稍举数例以见一斑。至如编排问题（如“提壶”一词卷一已屡见，直至卷四才注为“鸟名”之类）、解释问题（如以“目断秋霄落雁，醉来时响空弦”的弦为指“手挥五弦”的弦之类），欠考问题（如《六幺令》〔再用前韵〕“忍使尊酒频空，剩欠珍珠压”，乃云“未详”。其实此只引晚唐罗隐“夜槽压酒银船满”及李贺“小槽酒滴真珠〔即珍珠〕红”两句即明白了），这里就都不细谈。如注者肯在这方面再加上一番功夫，则其嘉惠于初学者将更大。甚盼能在再版时有所增订，不惮更张之劳，庶有以符《凡例》中“尽量为之寻根抉原”之语。

（1958年1月14日《文汇报》）

读夏承焘《姜白石词编年笺校》

古典诗词，接触起来有时并不很容易。这倒不是说我们可以任意夸大读古典诗词的困难，而是说古典诗词本身自有它种种的特点。例如，这些诗词多是个人小抒情诗的性质，因此作家的身世，作品的时地，创作的条件背景，一切有关线索的掌握，往往都对理解作品起着相当的作用。再如，个人小抒情诗的语言艺术、表达技巧，也自有特点，而且更是随着主题思想、创作条件、时代背景、作家风格等等而千变万化，显豁径直、一目了然的表现方式固然有之，而含蓄委婉、手挥目送、正言若反以及其他比较曲折的表现手法也所在多有，甚至所谓“意在言外”“言酒而意不在酒”“无字处有字”等等说法也并不是某些人故弄玄虚；事实确有此种道理，有例可举。如果忽略这些，就容易把复杂的简单化，深隐的肤浅化，以致理解、品评得似是而非，甚至南辕北辙。因此，研究某些古典诗词并不都可以一开头就直接从“作品本身”着眼，而须要先有些“预备课”，或“基础工作”。这是由作品的特定性质和特点所决定的，所以并不是节外生枝、无中生有。像编年笺校这类著作，就可以归诸“预备课”“基础工作”中去。它是研究工作中间的一个步骤。

这一步工作，并不易做。不是人人都能做，——也绝无人人都来做的必要。但是必须有少数人肯做，做了，就可以方便多数人。事实上，这种著作目前并不多，还不能满足研究参考上的需要；姜白石之外，对其它很多重要作家作品，还尚待草创。

编年和校的意义，容易明了，不待多说。“笺”是什么呢？和“注”又有什么不同呢？

据陆放翁自记，当年他和范石湖同在成都时，有一次讨论起苏东坡的诗来。陆对范进行“考试”，说：例如坡诗“五亩渐成终老计，九重新埽旧巢痕”，当怎样理解？范答说：东坡流窜黄州，自料不会再被收用，所以说“新埽旧巢痕”，恐不过如此而已吧？陆说：这正是我所不能同意的解法。实在是，早年立三馆以养士储材，后来官制既行，遂罢三馆；东坡曾做史官，而自从谪为散吏，久已削去史馆的职衔；到此，又连史馆也废撤了，所以才说“新埽旧巢痕”，用字如此之严；而“凤巢西隔九重门”，又是李义山的句子，东坡暗用。像这类，必须都能知道，然后才可无憾。范于是叹息说：这样讲来，解诗真太不易言了！（事见《渭南文集》卷一五《施司谏注东坡诗序》）

借上面这个例子来说明，有关史馆的那些“节目”，如果注解出来，就可以归入“笺”的范围；李诗“凤巢西隔九重门”（还有放翁未及列举的李义山的另一句诗：“安巢复旧痕”）以及什么是“凤巢”“九重”等等，就是“注”内的事了。

笺，大多不阑入一般的注，而只着重时地、交游、史事、本事、评议等方面，像《姜白石词编年笺校》的体例就是如此。而注，往往要包括着笺的内容；或者说，凡是好的注，一定是先要下过笺的功夫，不只是注字眼字面，这就绝不是单单乞灵于几部字书、辞书、类书所能做到，实际要付出长期的、辛勤的劳动才行。

笺的用处和价值就在于此。——当然，这并不是说笺注本身就可以“代替”全部理解，或笺的每一条都必定是关系重大的事物。不过在笺者尽可能提供资料，凭参考者取资罢了。

夏承焘先生的这部编年笺校，约略说来，有以下几层优点：第一，博收慎取：材料尽量掌握，而又有所简择，态度审慎，立论多称谨严；辨析伪误，洞中隐曲。例如《秋宵吟》辨陈思旧谱定为绍熙四年（一一九三）在越中作为非是；《点绛唇》《解连环》以陈定绍熙二年秋为是而从之；《石湖仙》则以陈定淳熙十六年为嫌无显据而改系于绍熙二年秋，又说明亦可能为淳熙十四年（一一八七）秋间所作。其或从或否，不轻易随人，自有知见类此。《版本考》辨明所谓《姜白石晚年手定集》及《陈元龙白石词选》二书全系伪托，论以谱律、宫调、文义，谬伪立见，最为精辟；其他引录诸说、随事辩驳的例子很多。

第二，专门名家：对有关乐律的部分，笺释分疏，尤为详明，这更不是一般笺注者所能措手。例如《霓裳中序第一》的笺，将有关《霓裳羽衣曲》的各种重要资料都已笺出，足以使读者了解这部名曲的概况以及《中序》和全曲的关系所在。同时为了印证它的音节特别闲雅，还引及唐宋人好以笙吹此曲，宜于协笙，殆即由其“音节闲雅”之故。这看来似乎属于细节旁枝，实则最足以说明笺者的苦心匠意。至如《征招》的笺，比起《霓裳中序》笺中尚属一般性质的记载材料又有不同，而是具体的乐律、乐理的分析订证，对于古乐研究者，一定更有用处。

也许有的意见以为，词虽是音乐文学，但谱律亡佚已久，词，作为一般意义的“诗”，已经而且应该脱离音乐而独立，过分追求乐律，对研究文学并无多大帮助。这种看法是有其道理的。后人利用词调旧格式来作这种特殊体制的“诗”，或是一般地欣赏、研究宋词的语言情采、思想内容，自然是如此；甚至在文学史上，有的作者因为摆脱开一些音律束缚，使词的创作趋近于广义的“诗”体化，因而起了一定的解放词调、开扩词境的发展和进步的作用。如苏轼是例。可是这毕竟是两个虽然相关而仍然并不同一的问题，因此还须要分别对待。事实上，不管是苏轼，还是姜夔，在他们的时代，作词主要还是为谱配词，作词是为了唱起来听，而不是只像我们现在用眼睛来阅读。由于这个特定的创作条件，即使是苏轼，也并没有完全不顾音律，他的词在当时也仍然是可唱的，有许多歌苏词的例子可作证明。因此，宋词的审音落字、造句遣词，所以往往不尽同于五七言诗，仍然是由那个特殊创作条件所决定的，却不能拿后世的仿作宋词来一概混同而比。要研究宋词，考虑到乐律声律方面的因素，也不见得对理解批评上就一概全无任何帮助。至如姜白石，在宋词作者中他的集子里涉及乐律的材料最多，加以笺释，依然有其参考价值。

第三，别具新解：例如《暗香》《疏影》这两章咏梅的词，自来揣测纷纭，毁誉参半，莫衷一是，究竟谁也不敢说真正懂得了它。我们完全可以指摘如此隐晦是这类词的严重缺点，但这也不等于说所有古典诗词都可以凭我们“直观”上的“显”“晦”而定其好坏。打个比方，陆放翁的《沈园》绝句二首，人人喜爱，选本很少见遗的，我们读起来也实实觉得它的真挚沉痛，极为感人。但南宋人就有记载，说他起初读《沈园》诗，茫然不解所谓，直到后来知道了放翁和唐氏那一段牺牲于封建礼教的悲欢离合的动人情事时，这才明白了诗意。试想，假如我们根本没有周密的《齐东野语》等书给我们作本事方面的说明，单凭字面去读“梦断香销四十年，沈园柳老不吹绵；此身行作稽山土，犹吊遗踪一泫然”，也许我们就未必一定能充分体会到这种诗的感人处所在。所以在“显”“晦”问题上，作品本身固然负重要责任，但笺注资料的情况和我们主动去掌握、钻研的情况也很有关系，因此似乎也不可太凭“直观”而掉轻心、下武断。夏先生对这两首名作提出了新的见解，他联系姜词的全部内容来看，以为可能也和姜白石眷念合肥一段爱情本事有关。这未必就是定论，但总可以启发人多作探讨，可以自具心眼，不必为旧说所限。

第四，识见通达：例如《扬州慢》明言作于淳熙三年（一一七六）丙申，而词序末尾提到萧德藻。笺中指出：白石到淳熙十三年丙午才开始和萧德藻交游，那已是十年之后了。这是怎么回事呢？夏先生判断说：“此词小序末句，盖后来所增。白石词序多此例，翠楼吟、满江红、凄凉犯皆是。”这最是通识确见。如果稍一拘迂固陋，那就会转而疑心：一，此词非作于丙申，“干支有误”；二，姜萧交游，早就开端，“不自丙午始”。显然，这两种“推断”都不正确。

其他优点尚多，这样简单的列举是远不足以尽其美善的。

以下，就几个个别问题提出一些看法。

一、编年方面的问题。如上所举《石湖仙》（寿石湖居士）一例，附编于绍熙二年（一一九一），笺中说明，此词不出淳熙十四年（一一八七，始识范成大）到绍熙四年（一一九三，范卒）之间，又说明可能是淳熙十四年秋间所作。中间引及陈思旧谱，赞同他定范成大生于七月初之说，并引刘辰翁词自注“玉友，临安七夕酒名”以证成陈说。按陈说显误，不当引，当据范成大《吴船录》卷上所自记“六月己巳朔（中历庚午、辛未），壬申，泊青城山，始生之辰也”云云，以推定石湖实生于六月初四日。这样，也可以看出姜词中“绿香红舞”写荷花的句子和时令气氛相合（白石诗：“家住石湖人不到，藕花多处别开门”，可参看）。如果真是七月初旬，那么“绿香红舞”显然和“金风玉露”的季节气息相乖背。至于“玉友”，在此是白醪酒的泛名，不过是要以“玉人”“金缕”“玉友”“金蕉”来对仗，别无深意可言，恐不足据以考订时日（如《酒名记》称洛州酒名“玉友”，《龙城录》说刘跋命酒为“玉友”，可见此名不独临安有。最明显的是范石湖自作诗曾说“幸邻诗酒社，金薤对玉友”，下云“相从结此夏，何异归陇亩”，见诗集卷五《再次韵呈宗伟温伯》篇，编于“夜坐”“纳凉”等诗之间，是在徽州夏日所作，可见南宋人所谓“玉友”更不一定都和七夕有关联）。月份的确定，对此词的编年问题或者不无小助。

然后看，绍熙二年冬天白石“载雪诣石湖”是无有疑问的；而夏秋之间的行踪到底如何，则很难确定，问题尚多。依夏先生《姜白石系年》与本书编年合看，当列如下表：

（1）正月二十四发合肥；晦日泛巢湖。

（2）寒食在合肥，作《淡黄柳》。

（3）六月复过巢湖。

（4）过苏州谒范成大，成大告以琵琶四曲。

（5）至金陵谒杨万里，作诗及《醉吟商小品》。

（6）秋，溯江返合肥，过牛渚，作诗。

（7）寓合肥，作《凄凉犯》。

（8）七夕在合肥，作《摸鱼儿》。

这里有一系列的问题摆在目前：如，六月复过巢湖，照表，似应是再发合肥，沿江东下先到苏州（如然，六月尚在过巢湖，必不能在初四日就赶及为范石湖在苏州作寿词了）；然后又从苏州西上返到金陵。可是在金陵作的《醉吟商小品》明言："又正是春归，细柳暗黄千缕，暮鸦啼处。"这却分明是春末夏初的事，可见白石此词序中所说"辛亥之夏予谒杨廷秀丈于金陵邸中"的"夏"，只应是四月初夏。其次，姜白石既然在七夕就已回到合肥作《摸鱼儿》，那么他从金陵返回合肥的途程时间最晚也该落在六月，而不应是"秋，溯江返合肥"。再次，《凄凉犯》的"出城四顾，则荒烟野草，不胜凄黯""情怀正恶，更衰草寒烟淡薄。似当时、将军部曲，迤逦度沙漠"，这景象，显然是远在《摸鱼儿》的"向秋来、渐疏班扇，雨声时过金井。堂虚已放新凉入，湘竹最宜欹枕"那种初秋情味以后的事了。再次，《牛渚》绝句说："牛渚矶边渺渺秋，笛声吹月下中流。"这是否像是七夕以前乘舟溯江而上的季节和情况，也尚可研究。因此，我觉得，这部分编年似乎还很待推排。主要问题至少还有以下三方面：

（1）六月复过巢湖，是再发合肥，还是由金陵又赴合肥？

（2）《牛渚》诗是溯江返合肥，还是又发合肥？

（3）姜白石此行究竟到苏州见范石湖没有？如曾到曾见，约在何月何时？

如上文所提到，姜见杨万里于金陵既在四月，彼时已说“石湖老人谓予云琵琶有四曲，……予每念之”，也可证明范告琵琶四曲是早先的事，所以才能说“每念之”，只是到今夏才遇到这位琵琶工能弹四曲之一罢了。夏先生以为范告姜事就在今年，似乎不确。——如夏先生说不误，那么姜在谒杨之先已到苏州谒范，就更要在四月之前三月之内；但那和寒食尚在合肥作《淡黄柳》一点又难并立了。总之，这里有一系列的问题，重重的矛盾。

然后再看，白石本年并不是没有可能重会石湖，比如，可以是在四月见杨诚斋之后、五六月之间。但这也并不能证明《石湖仙》即作于本年。这首词在姜赠范词中用事最亲切，而语气也最“客套”，这种情形很像白石初识石湖时期的作品。再有，“闻好语，明年定在槐府”，从全词用事极切无一句空设来看，恐非泛颂陈词，石湖罢政后曾两次先后起知福州、太平州（彼时执政大臣罢退后再起用多是先起知州郡）；要想考定此词的编年，似不应忽略这一线索。例如，石湖在淳熙十五年（一一八八）曾赴知福州任；结合起来看，如果以《石湖仙》为淳熙十四年初会时所作，就并不是没有理由的，因为得知起用的消息，总比实际动身赴任要早得多。

二、笺方面的问题，试举一二。《扬州慢》〔竹西〕笺，云：“扬州竹西亭，在北门外五里。”按杜牧诗“谁知竹西路，歌吹是扬州”本是题扬州禅智寺的句子。禅智寺，在扬州城东五里官河北岸，其地“青苔满阶砌”“飘萧松桂秋”，极为清静萧寥；所以，“竹西路”正是针对这“禅门净地”而指称在寺院以西的扬州城——红尘喧闹、繁华场所。竹西亭是后人取“竹西”一名而立，不应在“北门”之外，据吴绮《扬州鼓吹词序》，亭即在寺侧，宋绍兴间毁于火。那么，亭址是在城东而非城北，虽也不尽得杜诗原意，但总还少存“东”“西”之旧。姜白石此时是自西沿江而东下扬州，刚刚“少驻初程”，固然不一定先到城东，定要在禅智寺一带去真正体会“竹西歌吹”，可是更不会先游到“北门”以外去。可知姜词“淮左名都，竹西佳处”总不过是破题，泛言点明扬州名城胜地而已，不是实指某一处建筑名胜或古迹。笺引北门外之竹西亭，疑于词于理皆无当。

《鹧鸪天》（正月十一日观灯）：“巷陌风光纵赏时，笼纱未出马先嘶。白头居士无呵殿，只有乘肩小女随。”笺〔乘肩小女〕，引《武林旧事》“乘肩小女、鼓吹舞绾者数十队，以供贵邸豪家幕次之玩”，又引吴文英词“乘肩争看小腰身”句，又引《在园杂志》谓此“乘肩小女”即后来之小童立大人肩上歌舞的“节节高”一说。按所引三事疑与姜词皆无涉。何则？姜词明明说：“公子王孙”们出游都是前有“纱笼喝道”，后带“佳人美女”（《梦粱录》），而他自己——“白头居士”——既无“呵”（即“喝导”，因音律关系故用平声“呵”字，宋人亦有用“诃”字例），也无“殿”（即《梦粱录》所指的“将带佳人美女”，白石《观灯口号十首》之三“闹里传呼大官过，后车多少尽婵娟”，也正是写这种姬妾“殿后”的排场气焰），怎么又能有乘肩舞队的阔气豪举呢？实则这里的“乘肩小女”和“以供贵邸豪家幕次之玩”的那种舞队名称不过是字面偶同，全非一事。《山谷内集》卷六《陈留市隐》诗：“市井怀珠玉，往来人未逢；乘肩娇小女，邂逅此生同。”

其诗序云："陈留市上有刀镊工，年四十馀，无室家子姓，惟一女，年七岁矣，日以刀镊所得钱与女子醉饱——则簪花吹长笛，肩女而归。"姜白石此处正是说自己贫士一个，出来观灯，并无前呵后殿排场，只有小女儿在肩头相随为伴。这样才词意相属。白石另首和元夕有关的词句"东风历历红楼下，谁识三生杜牧之"，就是用黄山谷"鬓鬅三生杜牧之"句，可见本词"乘肩小女"若用黄诗，并非罕例。

《玉梅令》词序："石湖宅南，隔河有圃曰范村，梅开雪落，竹院深静；而石湖畏寒不出"云云。笺〔石湖宅〕，引《齐东野语》与《苏州府志》，以为是指苏州西南十馀里的石湖别墅。按此非是。石湖宅，即指范成大苏州城内居宅，范村相隔市河，在其南，这和城外的石湖都不相干涉。范成大晚年老病，只家居城内，有时偶然一到"石湖旧隐"，大都是春秋佳日，去看花，去赏月；只有丙午一年病稍减时在石湖住留稍久。石湖集中诸诗题十分清楚，卷三三《廛居久不见山》一题尤为显证。他严冬"畏寒不出"，连市河以南的范村尚不能到，如何会远到城外荒寒的湖边去？按词序三言"石湖"，都是指称范成大，是"别署"人名，而不是"别墅"地名，不应混淆。〔畏寒不出〕笺，又云："案石湖晚年帅金陵，淳熙十年癸卯秋冬之间，以病风眩，请闲归吴，其后即未再出，见石湖集。"此亦欠确：一，如上文已提到，他曾两次起知福州、太平州，虽前者未至福州半途即归，而太平州确曾到任，并丧一幼女于官舍（《诚斋集》并有祭文）。不能说他从金陵任即未再出。二，《石湖集》卷二九《馀杭初出陆》《桐庐江中初打桨》《钓台》《和丰驿》诸诗皆赴知福州任时途中所作，亦不能说"即未再出，见石湖集"。当然，如果指出这些事实，再说明范氏本心已绝意宦途，两次被迫而出，都稍一应酬即借口而回，那就更周备了。

三、校方面的问题。如《暗香》《疏影》词序：“作此两曲，石湖把玩不已，使工妓隶习之。”校语以为：“《花庵词选》《砚北杂志》‘工’作‘二’，《砚北杂志》‘隶’作‘肄’，是。”卷尾《自跋校本》文中尚又特别提及此点，说：“卷四《暗香》序‘使工妓隶习’，当依《砚北杂志》作‘使二妓肄习’。”这似乎稍失之拘泥了。“工妓”，不必作“二妓”，若因有“两曲”，就必得是“二妓”来唱，那未免太“呆相”；“隶习”，乃常语，亦不得谓之误，隶、肄二字相互通假，由来已久，《史记·刘敬叔孙通传》“迺令群臣习隶”，注云：“隶，亦习也。”可以为证。又如《通考》自序：“唐莫盛于贞观、开元之时，然所用者多教坊俗乐，太常阅工人常隶习之。”也是一例。同时也可说明“工人”就是“乐工”。再如《魏书·礼志》：“太武皇帝……得古雅乐一部，正声五十曲，工伎相传，间有施用。”是“工伎”连文之例。“工伎”“隶习”乐曲，是唐宋人常语，并非错误。至于“使工妓隶习”新制词曲，则明系统指奏乐与歌唱两方面而言，恐“二妓”不但不一定正确，反有说谬的嫌疑。

四、格律方面的问题。如《扬州慢》，上下片结尾字句分别作“渐黄昏清角吹寒都在空城”和“念桥边红药年年知为谁生”。两者在字数、平仄、四声、旁谱各方面，都几乎完全等同：说明这首自度曲虽远非双调换头，而两处歇拍煞句却是一样的。夏先生把前者定为“渐黄昏，清角吹寒，都在空城”，而不从万氏《词律》“渐黄昏清角，吹寒都在空城”的断句法，最为有见，校语论辨亦很精辟。可是，夏先生又把后者点断为“念桥边红药，年年知为谁生”，这实在不太可解。我觉得，这两处落句实际都是采用了类似《高阳台》词调前后片同一落句的那个格律，并无分别。再以文义论：“红药年年”，就是王胄诗所谓的“年年岁岁花常发”，“知为谁生”，就是杜甫诗所谓的“细柳新蒲为谁绿”，语意句法甚明。如果把话说成“年年知为谁生”，实嫌有欠自然。点断宋词，固有不容徇律坏文的例子，如“小乔初嫁了，雄姿英发”之不能定要点为“小乔初嫁，了雄姿英发”即是。但《扬州慢》是自度曲，自当以寻释调律为先，何况“小乔”云云只是按谱填词时罕见的特例，若自度曲，断断乎没有作曲制词出自一手，而故使律、文互乖之理。所以，在研究自度曲上来说，定律亦即审文，一而非二，也不得引新词不合旧谱的那种“填”词特例为之口实。总之，我觉仍当从上处“清角吹寒”之例断作“念桥边，红药年年，知为谁生”，较近姜词原意。

五、其他方面的问题。如《霓裳中序第一》，笺〔作中序一阕〕，说明霓裳全曲共分三大段落：一，散序，六遍；二，中序，遍数不详；三，破，十二遍。又说：“白石词名‘中序第一’，知中序不止一遍，是全曲至少有二十遍。”这里推算并无错误，但似乎有些小混乱。首先，如前文各条笺语所指出，姜白石所见乐工故书中霓裳虚谱十八阕，并非唐时原曲，其出于冯定改本抑李后主详定本，亦不可考，如此，则实不应径据白石所见者牵入以证唐时霓裳原曲情况，或者反过来径以霓裳原曲情况来推证白石所见虚谱。因为，假如可以互证，那么，白石已说明所见谱散序是两阕，则十八阕中减去散序二遍，破十二遍，当然剩下是中序四遍（包括“歌头”一遍），然则我们岂不可以径称“霓裳全曲至少有二十二遍”了吗？

其实，中序就是排遍（也称叠遍），开始有拍（故又称拍序），这是散序以后的正式曲腔了，顾名思义，以排叠为称，当然不会是“止于一遍”。如现存宋大曲，董颖《道宫薄媚》排遍尾数（即撷遍）是“第十”，曾布《水调歌头》排遍尾数是“第七”（都不计“歌头”一遍）；现存宋法曲曹勋《道情》连“歌头”带“撷遍”也共有五遍。照道理讲，正曲排遍实不应反少于引子散序。姜见谱散序两阕之外，排遍与破如何分配，并不可知，上文假设排遍三、破十二的比例实际是不合乎情理的。至于唐霓裳原曲散序和破既已有六遍与十二遍之多，这显然是个规模很大的法曲，其排遍也绝不会形成蜂腰只有三四遍，最少亦不能少过散序六遍；但到底多少，无法确考了（如姑以“六遍”计，那全曲也就至少有二十四遍了）。

笺语又引王国维旧说“中序即歌头”“宋之排遍亦称歌头”，别无附语订正。其实歌头只是散序完毕以后、排遍开始时的最前一阕，单称“歌头”，并不和排遍共计遍数。王氏径以“歌头”代称整个排遍，其说似不可从。

因此笺《霓裳中序第一》时似可说明这就是姜见谱霓裳全曲中的排遍的第一支曲，“中序第一”并非“歌头”，这样就清楚多了。

读本书时，十分赞佩夏先生用力之深，考求之备。也有时想到：这书的体例和文字，基本上是过去笺家一贯相承的做法；这种体例，有它的优点，也有它的缺点。今后若再为名家作品创写编年笺校一类研究著作，有无必要在体例和方式上推陈出新？例如，是否要研究如何一面继承旧方式的长处、一面创造新的方式，使它更容易为较多的读者所接近和利用？还是既然这类著作的性质和读者对象本不与其他普及性的书相同，则不妨承袭旧体例？从事这方面工作的专家们不妨考虑一下这个问题。

【附记】

此文系就旧年读书札记采摘联缀而成，改题今篇名。因是札记性质的散碎内容，原就缺乏全面性，所以根本不是全面的专篇评介。此点敬希著者、读者鉴谅。

（1959年8月23日《光明日报》）

论周济《介存斋论词杂著》[1]

清代词坛情况很盛，当时人往往自夸："本朝词"，是"迈越前古"的。但清人对词的贡献，与其说是"词作"，倒不如说是"词学"。所谓词学，包括方面很多，就中尤以一部分理论、批评为较有参考价值，我们不妨称之为"词论"。词论之中，在当时既具有一定的进步意义，又对后来发生较大影响的，则不能不提到周济的《介存斋论词杂著》。此书虽然篇幅寥寥，并非巨著，甚至也远够不上一部"专著"的局势和体例，但它提出了一些和前人不同的评论看法和一些比较有系统的写作主张，因此有其独立价值。本文拟仅就几点来对此试加说明。

---

[1] 《介存斋论词杂著》本是周济所编《词辨》中的若干条序论，本非专书。又《词辨》稿本中经散佚，作者因又重编《宋四家词选》一书，也附有序论，性质相同。所以本文题为谈《杂著》，实兼包二者而言。今人民文学出版社所印《介存斋杂著》将后者收为附录。

一　常州派和浙派

清代的词，不管是从词作还是从词论来讲，都以常州派之兴起为一重要关纽。常州词派以《词选》编者张惠言为创始人，而周济在这一词派中的领导地位，不唯不次于张惠言，实有以过之。这里，既是要谈周济的《论词杂着》，就有必要先对所谓“浙派”和“常州派”简说几句。

大家都知道，“常州派”是针对“浙派”、反抗“浙派”而起的。但仅仅这样说，还未能抉发事实的意义、阐明事实的本质。

大家也都知道，浙派的中坚分子和实际开派人是朱彝尊；同时有彭孙远（遹）等；稍后代表作家有厉鹗。朱彝尊对词的认识是怎样的呢？他说：

> 词虽小技，昔之通儒巨公往往为之。盖有诗所难言者，委曲倚之于声，其辞愈微，而其旨益远。善言词者，假闺房儿女子之言，通之于《离骚》、变雅之义：此尤不得志于时者所宜寄情焉耳。
>
> ——《陈纬云红盐词序》，《曝书亭集》卷四十

所以他紧接自述所作时，说明那都是“羁愁潦倒”之中，“多与筝人（歌妓）酒徒相狎，情见乎词”的作品。但他又说：

> 昌黎子曰："欢愉之言难工，愁苦之言易好。"斯亦善言诗矣。至于词，或不然：大都欢愉之辞工者十九，而言愁苦者十一焉。故诗，际兵戈俶扰、流离琐尾，而作者愈工；词，则宜于宴嬉逸乐，以歌咏太平：此学士大夫并存焉而不废也。
>
> ——《紫云词序》，同上

于是他又接着说明："曩时兵戈未息，士之栖于山泽者，见之吟卷，每多幽忧凄戾之音，海内言诗者称焉；今则兵戈尽偃（明朝亡定了，人民反抗也被镇压下去了），又得君（丁炜）抚循而煦育之（指清朝统治者统治人民而言），诵其乐章，有歌咏太平之乐。敦（孰）谓词之可偏废乎？"由是可见，他对词体文学本身的认识是，士大夫在"不得志于时""羁愁潦倒"即功名未就时，还可以借这种"闺房儿女子"之言以通"《离骚》、变雅（？）"之义，一旦受到封建统治者的招致、延赏（例如像他自己就中了清朝的博学鸿儒科的第一等，做了翰林院检讨官），那么词就该是"欢愉之辞"，用以摹写"宴嬉"、歌颂"太平"的东西了，而词之不可废，功用就在于此。这充分反映了那般妥协变节、希求腾达的明末遗老们的无聊和无耻。至于他对词的流派风格（说流派风格，实际当然还是包括着思想内容而言）的爱恶又是怎样的呢？他也有很明白的表白：

> 吾最爱姜（夔）史（邦卿），君亦厌辛（弃疾）刘（克庄）！
>
> ——《水调歌头》（送钮玉樵宰项城），
>
> 《曝书亭集》卷廿五，《江湖载酒集》

十年磨剑，五陵结客，把平生涕泪都飘尽。老去填词，一半是，空中传恨：几曾围，燕钗蝉鬓？　不师秦七（观），不师黄九（庭坚），倚新声、玉田（张炎）差近。落拓江湖，且分付、歌筵红粉。料封侯，白头无分！

——《解佩令》（自题词集），同上

再从他的具体作品来看，事情也很清楚：有《江湖载酒集》，是一些纪游、吊古、酬送之作；以唐人的“落拓江湖”为之辞，以便于时时不离乎“歌筵红粉”；有《静志居琴趣》，是一些“闺房儿女子之言”，即所谓“情”词；有《茶烟阁体物集》，是一些“咏物”词，连“绣鞋”也在被咏之列；有《蕃锦集》，是一些“集句”，“博学”“才人”的文字游戏。如此而已。这里面，自然不无一二可取之作，但总的说来是令人十分失望的。其所“假”的“闺房儿女子之言”诚然触目皆是，而其所“通”的“《离骚》、变雅之义”却实在看不出多少。虽时而有些牢骚，亦不过憾恨“燕钗蝉鬓”之仅属“空中”和叹气“一刺怀中磨灭尽（投靠无门），……滔滔天下，不知谁是知己？”（《百字令》〔自题画像〕）大家所崇敬喜爱的稼轩、后村，是南宋数一数二、壮烈激昂的爱国词人，他却最“厌”；词格卑靡的梅溪、玉田，他却最“爱”。

稍后的厉鹗，似乎比朱要高明多了；但也逃不脱“高人雅士”“闲情逸致”的范围，用用僻典，搜搜冷句，所谓“幽人气”“书卷气”；琐屑饾饤，也是其主要特点。

这样的一个词派，本根已是如此，其末流所扇，弊将何及，不难想见。所以有人说：“慨自容若（纳兰成德）而后数十年间，词格愈趋愈下。东南操觚之士，往往高语‘清空’（姜、张的词风），而所得者‘薄’；力求新艳，而其病也‘尖’。微特距两宋若霄壤，甚且为元、明之罪人；筝琶竞其繁响，兰荃为之不芳：岂容若所及料者哉！”（况周颐《蕙风词话》卷五）这段话就是针对浙派之病而发的。

常州词派，正是在浙派“筝琶”势力笼罩“数十年间”的情况之下，挺然而起、应运而生的。它要“塞其歧途”，痛扫“三蔽”（《词选》金应珪后序）。三蔽者：淫词、鄙词、游词。目的是“无使风雅之士惩于鄙俗之音，不敢与诗赋之流同类而风诵之也”（《词选》张惠言叙论）。从此，词体在清代文坛上才开始有了转机。

二　常州派兴起的时代社会原因

或者有人怀疑：“既如上云，难道在数十年之久的过程中间，就没有一个有识之士出面挽正，只是任其流而忘反、愈趋愈下吗？”所谓有识之士，自然不无。只是问题并不在于一二“有识之士”。但为什么单到像张、周一流人物出来就使常州成派、就能发生影响呢？撇开时代社会原因，是不能解答这个问题的。

从上引朱彝尊的一段话，已不难看到：清朝的封建统治势力，经过顺治和康熙初年这段时间，已经是基本上底于巩固了，“兵戈”既已“尽偃”，无聊文士们俯首帖耳，开始“歌咏太平”，开始享受“宴嬉逸乐”；浙派词风，正是在这种情况下逐渐形成的。但是“人心不死”，在民族矛盾、阶级矛盾之下，一些反抗清朝封建统治的思想和呼声，正不能不从诗文创作中流露出来。当时的统治者深知其危险性，因而才对文学中的不满情绪或反抗思想最感心惊魄动，竭力设法加以消弭和镇压。于是一面牢笼文士，一面大兴文字狱，其残酷是空前和骇人听闻的。这一情况，历康、雍、乾三朝并无改变，而且日益加厉。其结果，是人人“避席畏闻文字狱”（龚自珍诗），“莫谈国事”，噤若寒蝉。文人们下流的消磨于淫词艳曲，较好的埋头于订史考经，变为“经师”和“朴学家”，很少人敢从事真正严肃的有意义的文学创作。

但是，到乾隆时期，虽然号称“极盛”，实际已接近强弩之末。在弘历所维持的六十年统治时（期）间，其实是贪赃狼藉、民不堪命的政治局面。所以，当弘历一退位，颙琰（嘉庆皇帝）一上台，场面立即改变。各地各种叛乱、反抗，纷纷而起。著名的反抗，从嘉庆元年“白莲教”首先揭竿起义为始（其口号是“官逼民反”，至九年始被镇压下去），继之以“天理教”起义（嘉庆十七年），继之以“回民”起义（嘉庆二十五年至道光七年）。这就已经到达鸦片战争的前夕，而伟大的太平天国革命运动，也就随之而起了。

我们了解了这一历史轮廓，然后再看看：张惠言、周济等人是生活在什么时期呢？张是乾隆二十六年（一七六一）生人，其《词选》之成则在嘉庆二年（一七九七）秋；其弟张琦序刊《续词选》以副“先兄之志”，是在道光十年（一八三〇）。周济呢，则生于乾隆四十六年（一七八一），其《词辨》或《杂著》虽未详年月，但它稍后的兄弟著作《宋四家词选》则署明是道光十二年冬十一月（其卒在道光十九年。

次年鸦片战争即起）。从这，我们可以约略领会：常州词派之酝酿和形成，是发生在一个什么样的“风云险恶”的时期里。这一现象，绝不是偶然的。

清末谭献（仁和人，而理论属于常州派）《复堂词话》指出：“近世经师惠定宇（栋）、江艮庭（声）、段懋堂（玉裁）、焦理堂（循）、宋于庭（翔凤）、张皋文（惠言）、龚定庵（自珍），多工小词。其理可悟。”这一点相当中肯。张惠言、周济，本来都是经师而不是词人，而经师，往往并非完全都是迂儒。段龚二家，是人们比较熟知而常举的例子。张惠言在嘉庆二年（一七九七）开始提出“意内言外”的“微言”，周济随后标榜“感慨所寄”的“词史”，正是清代文学经受了数十年之久的压抑迫害之后，随着历史变动，乘时以发的曲折表现。

常州词派本身的词作，是否足以克当“微言”“词史”之实，这是另一问题。要紧的是，常州派的文学主张，却直接间接地反映了清代封建统治的没落和政治思想要在文学上恢复表现的重要意义。把常州派仅仅看作是和浙派不同地域不同风格的词人，在“门户”上争长角胜，恐怕是表面的看法。

三　周济和张惠言的异同

如谭献所一再指明的："周氏撰定《词辨》《宋四家词笺》（按即《宋四家词选》），推明张氏之旨而广大之"，"益穷正变"，"持论益精"（皆《复堂词话》）。这话不错。虽然如此，周、张之间，却不止是先河、踵武的关系，而是有其异同的。而周氏的独立价值，亦在于此。

第一，张氏编此《词选》，评议不多，表明宗旨亦只一篇短叙。其理论，也只是"开其奥窔"，明而未融。周济则推阐发挥，不止开门见山，而且"大声疾呼"，"皆足骇世"（皆周济语）。例如张惠言只不过说："传曰：'意内而言外谓之词。'其缘情造端，兴于微言，以相感动，极命风谣里巷男女哀乐，以道贤人君子幽约怨悱不能自言之情，低徊要眇以喻其致：盖诗之比兴，变风之义，骚人之歌，则近之矣。"单看这，和上引浙派朱氏的第一段话也就相去无几了。至于到底是什么微言、什么幽约怨诽之情，他还并不肯或不敢明讲。周济则不然，他老实说道：

感慨所寄，不过盛衰：或绸缪未雨，或太息厝薪，或己溺己饥，或独清独醒。随其人之性情学问境地，莫不有由衷之言。见事多，识理透，可为后人论世之资。诗有史，词亦有史，庶乎自树一帜矣。若乃离别怀思，感士不遇，陈陈相因，唾沈互拾，便思高揖温（庭筠）韦（端己），不亦耻乎！

这段话非常重要。他明白指出，词所寄托的，并非别的内容，应当是有史的作用或论世的。而张惠言所提出的“感士不遇”不在其内，词的作者要多观察现实，研究现实，并且反映社会现实，而坚决反对只写一点个人的思怀情感、牢骚尤怨等等。

拿这来和张氏的话相比，就见得是多么直截痛快了。常州派的宗旨，应该说，是到周济才十分明确、显豁起来的。

常州派之所以比浙派有价值，是因为它着重倡导作词要有思想内容；而周济之所以胜过张氏，是因为他进一步明确了词的思想内容应该反映社会现实，而且要足以为“论世”之“史”。我们是在这个意义上，从文学理论批评史的进展观点上，来初步对周济加以肯定。但这里可以指出：他所谓“盛衰”，无疑是指清朝统治力量的情况而言，所谓“绸缪未雨”“太息厝薪”（隐忧危急，尚不自悟），正就是指嘉、道时期的变乱四起，情势堪虞。这是特别明显而值得注意的。他把这种忧心“国势”者和禹稷之饥溺、屈原之独醒并列举例，而说“随其人之性情学问境地”各有其思想言论，那么，至少这也是包括了（如果他本人不即是）当时维护反动统治阶级的立场观点的思想言论而云云了。当然，结合张惠言“诗之比兴，变风之义，骚人之歌”（变风：是因“王道衰、礼义废、政教失”而作，见《诗序》）的话，以及周济本人“论世”“词史”等话而看，绝不能说他们根本没有不满于清代政治和当时社会现实的一面。但是他们所处的时代，究竟和《诗经》《离骚》的作者乃至杜甫、白居易等，是大不相同了。我们不能再拿许多世纪以前的不少诗人都是一面尽管暴露封建社会罪恶、同情人民，而一面仍旧维护封建统治秩序的先例，作为借口，而包纳生活在鸦片战争和太平天国前夕的文学家；历史前进得远了，情况复杂得多了，因而我们对他们的要求也就不同而严格得多了。这个问题，不是本文所能详说，应另有专文来讨论。不过尽管如此，也正可以看到：由于周济的明白提出“绸缪未雨”“太息厝薪”等等，我们所说的常州词派的文学主张之所由产生是紧密地和时代相联系、相结合的，已然获得十分确切的证明了。

第二，张惠言所说的“意内言外”和“诗之比兴”两处话，无疑就是指的“寄托”手法。寄托，在我国古典诗歌上是个很古老的东西。严格说来，它和“六义”中的“比”“兴”并不全是等同的，和“寓言”也不相类。它和“含不尽之意，见于言外”更是两码事，不容淆混。有人用“言近指远”来诠释或代替它，较为近似，但也还是含糊不清，易滋误解。俗语有“指东说西”和“指桑骂槐”的话头，借来作说明，虽仍不尽恰，或者倒比较简捷，所谓“言在此而意在彼也”。但是这就很麻烦。掩耳盗铃式的硬不承认我国古典诗歌传统上有寄托一事，显然是自欺和武断；一味认定寄托，又势必非至穿凿附会而不止。况且作者即使标明了“敝人某篇为寄托体”，那也依然不解决全部问题，因为读者还是无从明了其寄托究竟为何事，了解作品仍旧成为猜谜工作。因此，倡言寄托，功用尽有，而流弊亦多。试举张惠言心目中所谓寄托的一例为证，他在《词选》中评苏轼的《卜算子》（起句：“缺月挂疏桐”）时说道（引鲖阳居士语）：

“缺月”，刺明微也；“漏断”，暗时也；“幽人”，不得志也；“独往来”，无助也；“惊”“鸿”，贤人不安也；“回头”，爱君不忘也；“无人省”，君不察也；“拣尽寒枝不肯栖”，不偷安于高位也；“寂寞沙洲冷”，非所安也。——此词与考槃诗极相似。

若果有人说东坡此词只是咏“孤鸿”的“赋体”，毫无用意于其间，我们不敢遽尔同意。因为如果那样，他干么（吗）要写这首词呢？可是如果说他有所“寄托”，而寄托的方式就恰像张氏逐句诠解的一般，那是谁都要失笑的！苏东坡竟然这样写词，岂不成了笨拙低能的谜语家了吗？因此王国维曾对此大为讥笑，说：“固哉，皋文之为词也！飞卿《菩萨蛮》、永叔《蝶恋花》、子瞻《卜算子》，皆兴到之作，有何命意？皆被皋文深文罗织！阮亭《花草蒙拾》谓：‘坡公命宫磨蝎：生前为王珪、舒亶辈所苦，身后又硬受此差排！’由今观之，受差排者独一坡公已耶？”（《人间词话》）王氏平时口调还很少这样酸刻。他之全然否认苏词具有“命意”，固然不足为训，但张氏式的“寄托论”之成为问题、为人不满，也足见一斑。不只王国维，连“衍张茗柯（惠言），周介存（济）之学”的谭献，虽然说“皋文《词选》，以‘考槃’为比，其言非河汉也。此亦鄙人所谓‘作者未必然、读者何必不然’”，但是也不能不指出：

以常派挽朱、厉、吴、郭（浙派代表）佻染饾饤之失，而流为学究。

——《复堂词话》，四六

则张惠言式的寄托论的迂腐固陋之弊，实难讳言了。

周济见到此点，知道这样讲下去是有毛病的，所以他自己谈寄托时，就只如评秦观时说了一句“将身世之感，打并入艳情”，此外略无生硬穿凿。他对“寄托”的主张是：“初学词，求有寄托：有寄托则表里相宣、斐然成章；既成格调，求无寄托：无寄托则指事类情，仁者见仁，知者见知。”“夫词，非寄托不入，专寄托不出。”这就是想有以救正张氏固蔽的意思。

什么叫作“入”“出”呢？据他说：

> 一物一事，引而伸之，触类多通，驱心若游丝之罥飞英，含毫如郢斤之斫蝇翼，以无厚入有间；既习已，意感偶生，假类毕达，阅载千百，謦欬弗违，斯入矣。
>
> 赋情独深，逐境必寤，酝酿日久，冥发妄中；虽铺叙平淡，摹缋浅近，而万感横集、五中无主；读其篇者，临渊窥鱼，意为鲂鲤，中宵惊电、罔识东西，赤子随母笑啼，乡人缘剧喜怒，抑可谓能出矣。
>
> ——《宋四家词选》叙论

意思是：作者逐事逐境皆有所感所悟（理解、体会），而积之日久，自然写作时就能言中有物，而不是要时刻先存一个“我要有寄托”的成见和滞相于心中。能够这样，则虽所写是寻常情景，亦能有深刻内容，而足使读者受到感染和感动。清末况周颐曾有一段话：“词贵有寄托。所贵者流露于不自知，触发于弗克自已。身世之感，通于性灵，即性灵，即寄托，非二物相比附也（按所说性灵即性情，与袁枚所谓的‘性灵’不是一个意义）。横亘一‘寄托’于搦管之先，此物此志，千首一律，则是门面语耳、略无变化之陈言耳。于无变化中求变化，而其所谓寄托，乃益非真；昔贤论灵均（屈原）书辞，或流于跌宕怪神，怨怼激发而‘不可以为训’，必非‘求变化者’之变化矣。”（《蕙风词话》卷五）拿来给周济的话作注脚，却正合适。说得明白些，就是：所谓寄托，是作者所当和所已具备的思想感情本身的随时随地的流露和表现，是虽然曲折但又鲜明的一种反映，和从外面临时抓来放入文内的一个“寓意”并不相同。

显然，周济的这种对于“寄托”的认识，是胜过张惠言的“学究”式的讲解多多了。他又曾说：“玉潜，非词人也，其《水龙吟》白莲一首，中仙无以远过；信乎忠义之士，性情流露，不求工而自工。特录之以终第一卷，后之览者，可以得吾意矣。”也可以合看。至于谭献所谓的“作者未必然，读者何必不然”，实际也是在给“寄托”作注解，但是，他误解了周济“仁者见仁，知者见知”的一点（那本是就作者说的），而将“寄托”理解得和“诗无达诂”的谬说一个样，于是这不但未能给张惠言的迂固作出开脱，反而将寄托意义说得走了样，变了质，这就错误而无足取了。

总之，周济是企图真正理解寄托的意义，以纠正张惠言的偏失的，这都不容忽视。

第三，周济和张惠言在对前代词人的品评上，也有了很突出的不同意见。

张氏只说：

> 宋之词家，号为极盛；然张先、苏轼、秦观、周邦彦、辛弃疾、姜夔、王沂孙、张炎：渊渊乎文有其质焉；其荡而不反、傲而不理、枝而不物：柳永、黄庭坚、刘过、吴文英之伦，亦各引一端，以取重于当世。
>
> ——《词选》叙

他以为词而有正当内容的，就只张先以至张炎数家；柳黄，是荡而不反；刘过，是傲而不理；吴文英，是枝而不物。相当严格，也就是人们所称许于他的“陈义甚高”的内容之一。

周济则说：

> 问涂碧山（王沂孙），历梦窗（吴文英）、稼轩（辛弃疾），以还清真（周邦彦）之浑化：余所望于世之为词人者，盖如此。
>
> ——《宋四家词选》序论

此即正面的“四家”。之外，他又反面“退苏进辛，纠弹姜张，剟刺陈史，芟夷卢高，皆足骇世”。以上是他品评宋词的主要意见。

这里，和张氏见解不同就很大了。张所一般肯定的周辛二家，他备极推尊，突出众流之上；张所轻视的柳吴二家（一字不录），一则予以较宽容的评价（对柳有褒有贬），一则直升为“四家”之一。张所肯定的姜张二家，则大予贬降。至于对“陈、史、卢、高”四位南宋小名家的力斥，尚在不论。

我们现在看来，这好像也无甚奇特之处，可是在清代中叶的批评家当中，能够这样“骇世”地“进退古人”，非有胆有识是万万不办的！我们之所以感到也无甚奇特，正是因为我们所看到的词评词话，凡是周济之后的，大都和他的意见并无十分重大的出入，基本上是在他的认识范围之内，不过复述、补充、发挥作一二修改罢了。

就中，以“进辛”尤为卓识正论（进辛为四家中之第二家）。他对辛企图着重地分析评论，特详于别家。他指出一向被混称“豪放派”（这是个很有毛病的名目）的苏辛二家的同异，又指出辛姜之间的关系和比较，都不为无见。他说：

> 稼轩不平之鸣，随处辄发，有英雄语，无学问语，故往往锋颖太露。然其才情富艳，思力果锐，南北两朝，实无其匹，无怪流传之广且久也。世以苏、辛并称。苏之自在处，辛偶能到；辛之当行处，苏必不能到：二公之词，不可同日语也。后人以粗豪学稼轩，非徒无其才，并无其情。稼轩固是才大，然情至处，后人万不能及！……吾十年来，服膺白石，而以稼轩为“外道”。由今思之，可谓瞽人扪籥也！稼轩郁勃，故情深；白石放旷，故情浅。稼轩纵横，故才大；白石局促，故才小。
>
> ——《介存斋论词杂著》

这在一定意义上，确都是言前人之所未能言的。

他攻击浙派奉为“宗主”的张炎，说：

> 玉田才本不高，专恃磨砻雕琢，装头作脚，处处妥当。后人翕然宗之。然如《南浦》之赋“春水”、《疏影》之赋“梅影”，逐韵凑成，毫无脉络，而户诵不已。真耳食也！
>
> ——《宋四家词选》序论

这也是非常中肯的见解。

然而另一方面，他却极力尊奉周吴两家。对吴，尚小有讥评，说“唯过嗜饾饤，以此被议”。对周，则以为“思力独绝千古”，尽美尽善、无以复加了。

照我个人理解，周吴两家有共同点，即特精音律，而内容则都贫乏，看不出什么社会意义来。这种作家，似乎不能过加揄扬，以为词中第一流品。但周济却说：“君特（吴文英）意思甚感慨，而寄情闲散，使人不易测其中之所有。”“梦窗立意高，取径远：皆非馀子所及。”并对张惠言提出批评：“皋文不取梦窗，是为碧山门径所限耳。”据此则在他看来，吴词是有思想内容的，只不过不易辨识罢了；而张氏见不及此，又拘于门户，所以不能深知吴词。这里他可能还有须些门户之见，必取众长以成就创作的含意。

吴词到底有何寄托？我实在看不大出，这也许是我个人见浅；但是周词的“寄托”又如何呢？对于这，至少连周济本人也始终未能予以一字的说明。他在《宋四家词选》中评周词，只有一处说：“此清真荆南作也，胸中犹有块垒。”其馀，都只是一色对艺术技巧的分析评论。如果周词的思想内容意义并不大，只是因他的作品的艺术性较高而即尊为四家之首、词之极则，岂不是和常州词派的根本宗旨适相违背了吗？

察其用意：浙派宗奉张炎的磨砻雕琢，专门在“装头作脚”上做功夫，凑句凑韵，毫无理路可言，就是所谓“破碎”之病，所以周济特别标举周邦彦的“浑化”，想借此以正其失。但是他在这里却忘了以思想内容为第一的原则，而陷入单论艺术形式技巧的错误道路中去了。

至于吴文英，张惠言就直斥之为“枝而不物”，这是很正确的，而周济在此也犯了和过推清真的同样的错误。张周二人在这一点上的分歧最大。我认为，张惠言力主词要“质”、要“物”，立论实更为纯正而彻底；而周济则在理论上自陷于矛盾，其结果，影响直接达于清末，使一些词人走死路，专学清真、梦窗词，掀起一股形式主义的逆流，产生许多假古董，起了坏的作用。

由此可见，周济论词，虽有相当的见地，但也有很大的局限性。例如他进辛纠姜，无疑是具慧眼的，但是他之所以进退的标准和理由并不是从词的思想意义出发，而只是抽象、笼统地论“情”，论“才”，论“深”“浅”“大”“小”。这就说明他在认识上的严重错误和缺陷。辛词之所以伟大，是由于他的爱国思想，由于他的雄心壮志是和人民统一祖国的愿望紧密联系在一起的，并不是由于他的“情深”“才大”。而姜词之缺点，是因为他和人民的距离远，并无多少时代社会意义可言的缘故，也不是只因受了“情浅”“才小”等的限制所致。

周济词论对后来的影响最大。清中叶以后许多著名词话的撰作及其主要意见之略同，晚清临桂词派的提倡“重、拙、大”，“人间”词派的扬北宋而抑南渡，以及一些“说词”“词笺”的见解和评点方式，几乎无一不是周济先发其端而后人随衍其绪的，可说自有词论家以来，尚未有能像他这样“流风广被”的。其词学理论有些是较好的见解和主张，有参考、借鉴价值，但也有许多严重缺点和错误。对他，似应明确其重要性而作出更深刻的分析评价来，这在批判继承文学理论遗产上，一定不无其意义。

（《文学遗产》增刊九辑，中华书局1962年版）

愿抛心力作词人

——读《迦陵论词丛稿》散记

面前一册迦陵论词。世上名著如林，近来好书益富，目坏之后，皆不得读，当然无从发生“谈书”的兴会。可是这一回因见叶嘉莹教授的论词新编，颇有一些感触，情不能已，想略抒所怀，——这实在够不上什么“评论”。

如果真想评介这部书，那我必须也写一部书才行；几千字的文章，不知该怎么分配？这部书名义只是论词——晚唐五代、南北宋、王静安、常州派……论述咸周，赏析兼至；但是我劝关心文学艺术的学子，都不妨读读它，因为这实在不止是词的事情，甚至也不止是广义的“诗”（现在所谓“诗歌”）的事情，它涉及了文艺理论和美学上的很多问题。它是一部倾注数十年心力，会通中外研贯古今的探讨我国诗词美学的精义妙谛的学术著作，它从风格才调、修辞手法一直研索到中华民族的独具特色的诗词的最高最深的核心——比兴、寄托、境界、神韵……这些最要紧的问题。所以说，不是也写“一部书”，就很难“全面”而且“深刻”地（这些都是很多文章喜欢用的字眼）评介这部论词之作。即使我有了这样的资格，那还得有了相应的条件，所以只能“俟诸异日”了。至于此刻，我只打算就其中的一篇，小谈一己之感受。我选中的目标是：《拆碎七宝楼台——谈梦窗词之现代观》。

梦窗词？天哪，谁敢谈呀？怎么谈呢？当然，对于有的评论家、文学史家来说，那简单容易得很。一是雕琢粉饰，二是词意晦涩，三是支离破碎，四是形式主义，五是影响很坏。完了。还有什么值得多说的吗？这种“鉴定”一直是统治着想学点文学的人们的。当然，如叶教授所举的，也有那么几个人对吴文英有好评，因此她说梦窗词人历来是个“毁誉参半”的作家。天哪——我再唤一声，难道那少得可怜的几个人够得上“半”吗？吴文英若真是得有“半誉”，他算万幸，早该“含笑于地下”了。毁誉参半云者，不过是她为了行文之便，拈用常言，聊为梦窗解嘲就是。

说也奇怪，我知道叶嘉莹教授的诗词，风格与梦窗绝不相近；她研词的兴趣中心，也不在梦窗一路；她的师承渊源也不是梦窗的知音。因此我曾判断，她素昔不怎么喜欢梦窗，不会对梦窗有特别的见解。这种判断，前半是对了（她自己在书中表述过此意的），可是后半却大错了。说真的，当我看见这篇论文足足七十页之多，是十篇中最长的一篇是不必多说了，但它竟占了全书的五分之一！我简直是大吃一惊，暗叫一声“惭愧”！

说不清怎么闹的，我从小喜欢吴梦窗，并且对自家、对友人都一直说：“这是惊才绝艳！”为什么喜欢他？为是见他“字面华丽”？未免小觑了在下。我自己莫名其妙地把曹雪芹的八个字拉来和吴梦窗联系上了："红飞翠舞，玉动珠摇！"我认为，这种自创的，只有这种自创的文学语言，才能形容得出梦窗的特色的一面，要比"笔歌墨舞"精彩得多，恰切得多。但是，这是我对梦窗的全部"理论"了，其馀的，想得多，说得少，更谈不上写文章了。我看看别人论梦窗的，大都尔尔，心窃有疑，而莫敢问焉。

如今且看她这文章的题目："拆碎七宝楼台"六个字，又好懂，又难懂。好懂是人人皆知这句话的来历出处，难懂是不知她用来又是何所取义。这也先得费点话。

身跨宋、元两代的《山中白云词》的作者、词曲世家的张炎，作了一本书叫《词源》，影响很大。书中的第五节，"清空"标目之下，说了几句话，道是："吴梦窗词，如七宝楼台，眩人眼目，碎拆下来，不成片段。"他只顾一说不打紧，吴梦窗从此就再难翻身。就我所知，老辈词家如朱彊村，说过："七宝楼台，谁要他拆碎下来看！？"我记得当年先师顾随先生就也说过："见为片段，以拆碎故。"其意实在暗合，它原是一座好楼台，谁叫你拆碎了来看？拆碎了之后，哪个不是"不成片段"，又岂独梦窗？我每见这种仁人志士，为屈抑者打抱不平，敢说几句话，辄为私下称快，而不敢公言也。再如，张伯驹先生在《丛碧词话》中也说过：

"梦窗《祝英台近》除夜立春词，前阕云：'残日东风，不放岁华去。有人添烛西窗，不眠侵晓，笑声转、新年莺语。……'句句扣紧是除夜立春，彭羡门谓兼有天人之巧，信然。《风入松》'听风听雨过清明'一阕，情深语雅，写法高绝。《高阳台》丰乐楼词'东风紧送斜阳下’，何其神色动人。后阕‘飞红若到西湖底，搅翠澜，总是愁鱼。莫重来，吹尽香绵，泪满平芜’，可哀可哭。此等词，秾丽清空，兼而有之（按此正针对张炎之论而发，张氏标‘清空’为词之极则，则贬梦窗为‘质实’），安能诮为‘拆碎七宝楼台’？……”“后人学梦窗者，必抑屯田。然屯田不装七宝，仍是楼台；梦窗拆碎楼台，仍是七宝。后人既非楼台，亦非七宝，只就字面饤饾雕饰，自首至尾，他人不解，亦不知其自己解否耳。”我在为此词话作序时曾说：“（论梦窗）皆妙语如环，精义自见……多能摒去成见，为公平之言，见赏析之旨，新人耳目……”这些例子，要算是对“七宝楼台”一重公案的极有价值的讨论了，但这些老词家，言简意赅则有之，大抵数语而止。要想作细密深切的学术研究，写出周详精到的正式论文，就非他们之所擅长了。在这种情况下而读到叶嘉莹教授的此一宏篇杰构，我的心情之非同一般，不为过分吧。

叶教授的论文的第一个高明之点是，她并不缌缌计较纠缠，梦窗到底是不是楼台？是不是七宝？该不该拆碎？拆碎谁能“成为片段”？等等，等等。她从完全崭新的一个角度，来考察论证了张炎（以及他的追随和盲从者）所以不能理解吴文英这个伟大艺术家的根本原因。她提的，一点也不繁缛骈罗，五光十色，只有两端。她指出，吴文英写词的手法是与传统的手法相违逆的，所以不为人所理解，不为人所接受，反而，遭到了诬罔诋毁，而很少人能为之剖白洗雪。我的读后感慨，首先在于此点。

我想起了李长吉，想起了李义山，想起了曹雪芹……这些艺术大师，与梦窗不同，各自之间也相殊异，但不知怎么的，我的“错觉”使他们一齐向我涌来……他们都曾承受过（也许还在承受着）重大的骂名和罪名。

叶教授对此说了一段提纲挈领的话，请君谛听：

我在早岁读词的时候就并不能欣赏梦窗词，然而近年来，为了要给学生授课的缘故，不得不把梦窗词重新取读，如戈载之所云："细心吟绎"了一番，于是乃于梦窗词中发现一种极高远之致、穷幽艳之美的新境界，而后乃觉前人对梦窗所有赞美之词都为有得之言，而非夸张过誉；而所有前人对梦窗诋毁之词乃不免如樊增祥氏所云："世人无真见解，惑于乐笑翁'七宝楼台'之论……真瞽谈耳。"此外，我还更有一个发现，就是梦窗词之运笔修辞，竟然与一些现代文艺作品之所谓现代化的作风颇有暗合之处，于是乃恍然有悟梦窗之所以不能得古人之欣赏与了解者，乃是因其运笔修辞皆大有不合于古人之传统的缘故；而其亦复不能为现代人所欣赏与了解者，则是因为他所穿着的乃是一件被现代人目为殓衣的古典的衣裳，于是一般现代的人乃远远地就对之望而却步，而不得一睹其山辉川媚之姿，一探其蕴玉藏珠之富了。是梦窗虽兼有古典与现代之美，而却不幸地落入了古典与现代二者的夹缝之中，东隅已失，桑榆又晚，读梦窗词，真不得不令人兴"昔君好武臣好文，君今爱壮臣已老"的悲慨了。

学人试看，我只引了这么一段话，而往者来兹，今吾故我，知人论世，叩寂赏心，——她的才、情、学、识、德、品……已经一一流露可窥了。

她认为，梦窗词的违弃传统而近乎现代化（按她指的是西方艺术表现法），在于他能摆脱传统上的理性的羁缚，而这主要表现为两大特色：一是他往往将“时”与“空”这两个不容迷混的意念交错而糅合地写来，一是他修辞常常“但凭一己的感性所得”，而不依循那种传统理性的，即人们所惯见习知的方法。

关于第一点，她列举从古以来的名作家、名论家的例证，说明了我国的诗，不拘叙事、抒情、写景，都以真挚坦率、明白易晓，即可以在理性上明白而直接地理会或者解说的，许为佳作。钟嵘所以提出了“羌无故实，语出经史”“多非补假，皆由直寻”的理论；王国维也是反对“代字”，必如“悠然见南山”“风吹草低见牛羊”，方为“不隔”云。这可见传统手法与眼光是如何深入人心，牢不可破。“不幸”的是，梦窗之表现，却恰好与此种作风完全相反。这就很难为人理解，很难不遭毁谤了。

梦窗之善于“浓缩”时空于一念之中，仿佛“纳须弥于芥子”的一般，这一点我自己也是有所体会的，即如他在《踏莎行》中写端午佳节的怀人忆昔之感，写道是“午梦千山，窗阴一箭”，只八个字，却说尽了远离久别之苦情，梦境人间之迷惘，那千山万水之遥的空间，与绿鬓衰颜之变的时间，被他紧紧地镕铸在笔尖的“立锥”之点上。我因此极爱梦窗的这种高超的艺术。但是读了叶教授文章之后，即觉自己早先体会犹浅，对梦窗如何表现时空的道理，未能继续深入推寻。

她先举了一个为胡适所讥评的例子，即梦窗词集开卷的那令人注目的《琐窗寒》咏玉兰的词。她先引录了胡氏的原话：“这一大串的套语与古典，堆砌起来，中间又没有什么‘诗的情绪’或‘诗的意境’，作个纲领；我们只见他时而说人，时而说花，一会儿说蛮腥和吴苑，一会儿又在咸阳送客了！”然后她就对这首“不值高明一笑”的《琐窗寒》作了深细的解析讲说，逐句批驳了胡氏的意见，让人看清了梦窗的情思笔墨都是何等动人的，然后更从根本上指出，中国文学中之比兴传统是好的，但不能原地不动，故步自封，而不幸从《诗经》被奉为“经典”之后，说诗者又给它加上了一个更加狭隘的“诗教”的枷锁。这样，人们在梦窗身上一时抓不着合乎“诗教”的可敬之处，又被梦窗不循传统理性层次途径的新艺术手法弄糊涂了，叶教授接着说：“于是，人们既先从梦窗品节之无足称，抹煞了对他的词探寻的价值，复又因梦窗字句的不易懂，自绝了向他的词探寻的途径，遂不免以为他的词晦涩不通，一无可取了。于是胡适先生乃讥其《琐窗寒》一词为‘时而说人，时而说花，一会儿说蛮腥和吴苑，一会儿又在咸阳送客了’。”

呜呼，这难道不是慨乎言之吗？“五四”以来，这种浅人不识深味的“文艺批评”曾经风行一时，奉为圭臬，布其影响，为害之大，不可胜言。如以胡氏为例，我也不妨点破一句：虽然有不少人一提胡适之名都是颇为勇于批判的，可是他们自己的批评眼光与方法，却和他的批判对象初无异质，水平一般一样，而并不自知，反有自得之色。所以我认为我们读读叶教授这本书，是会有好处的。

她对“时空”一点，举了一个精彩的例证。她说，上面那例子还并非真正时空铸合的新手法，已令胡先生感到不可解喻了，其实更有“甚”者。如《霜叶飞》重九词，有“彩扇咽寒蝉，倦梦不知蛮素”之句。怎么解？胡先生恐怕更要大加讥议了。但是请听她的解说：

梦窗乃竟将今日实有之寒蝉，与昔日实有之彩扇作现实的时空的混淆，而将原属于“寒蝉”的动词“咽”，移到“彩扇”之下，使时空作无可理喻之结合，而次句之“倦梦”则今日寒蝉声中之所感，“蛮素”则昔日持彩扇之佳人，两句神理融为一片，而全不作理性之说明，而也就在这种无可理喻的结合中，当年蛮素之彩扇遂成为今日之一场倦梦而呜咽于寒蝉之断续声中矣。

赏音解味，在学术研究中看来也是不可缺少的，可以说，必如是，才有资格批评那些像胡适论词的假专家，而且这种批评，用不着一点盛气凌人，汹汹之势，悻悻而言，就批得至深且透了。

继时空一点之后，她论证的是第二个要点，即她所创造的一个名目，“感性的修辞”法。

依我的理解，她所说的“感性的修辞”，可以说是诗人与一般作者之分，造语有本与自铸伟词两种艺术精神之分。凡是真正的诗人，没有不是从这个问题上显现出自己的艺术风格特色的。造语要有本，也并不是毫无道理的一种“谬论”，因为汉语这个“东西”很奇特，哪两个（或几个）字才能组合，组合的结果——意味、效果、引起的感应、联想……都非常精微神妙，而没有雷同的。组合成功的词语，诗人要继承运用，这本是无可非议的，也是必需的。但是后来，特别是从宋人起吧，专讲“无一字无来历”，这就变成了教条，而忘记了想一想“经典”上的雎鸠的那“关关”，桃的那“夭夭”……都“来”于何种“出处”？那教条窒息了诗人的五官的直接感受力，也扼杀了诗人的文学语言创造力。教条也是一种——最可怕的一种"传统习惯"力量。而梦窗的修辞，偏又违逆了它。这就无怪乎"晦涩""形式""堆砌""雕饰"之声震耳了。

她举了一个例子，恰好是上文引及张先生也提到的，即《高阳台》中的"飞红若到西湖底，搅翠澜，总是愁鱼"。叶教授遍举了"鱼"在中国文学中的表现例证，都是写成自得其乐的一种生物，从不曾与"愁"联上过。可是梦窗专门违逆传统习惯的理性，他把从来不知愁的鱼，写得也像诗人自己一样，为花落春归而无限悲感，她指出，"此种将无情之物视为有情、无愁之物视为有愁之写法，如长吉、义山、梦窗之所为，我以为正是属于此一类型的善感之诗人的特色"。对此，她又举了"酸风""花腥"等例，作了精辟的赏析，被人讥为不可理解的梦窗，才得一吐冤抑之气。我不妨在此加添一个例证：如我上文所引的"红飞翠舞，玉动珠摇"，我看也正可归入此一大类，而雪芹却恰好是一个最典型的"将无情之物视为有情"的善感之诗人！雪芹的诗，为友人极口赞为"有奇气"，被比之为长吉，恐怕与不守传统理性的词语安排习惯，而但凭诗人之感的直接体会去自铸新的文学语言的这层艺术大道理，是密切相关的吧。

与创"新"语相伴的，是用"僻"典，二者都是梦窗贻人讥评之主要罪名。叶教授在文中举了"汜人"和"梅梁"两个典故，详细说明了这些故事的来历和意义，词人运用手法的高妙。她特别指出说，"汜人"原出于唐人沈亚之《湘中怨解》，是一段动人的故事，《沈下贤集》无论在当时后世，也不能归入"僻书"之列，何况南宋词人如周密，也曾用此典故，焉能视为冷僻？尤令人惊喜、心折的，是她为梦窗写禹陵时所用的“梅梁”一段极为崇伟美丽的神话作出了精彩的考证。她引用了《越绝书》《大明一统志》《四明图经》、嘉泰《会稽志》《大清一统志》等地方志书，解说了梦窗词中素来无人能懂的“幽云怪雨，翠萍湿空梁，夜深飞去”三句。原来，这是梦窗故乡人人皆知的一段极有意味的禹陵神话，地方民间传说，反映了人民对大禹的深厚崇敬爱戴的感情，既不难懂，也不“冷僻”“晦涩”！由此可见，所谓喜用僻典而致晦的指责，其根本责任毕竟在作者抑在评者？恐怕正是一个问题。后来之人，知识范围不够广了，甚至十分狭隘了，却责怪作者写的不能为他理解了，这也难说那责难是一定公平的吧。她又说，冯去非是一位介然自守，不肯阿附坏人权贵丁大全的极有志节的人士，梦窗与之同登禹陵写作此词，“梦窗之为人，虽无详细之史实可征，然观夫此词所写，则托意深远，感慨苍茫，固隐然有时世之慨存乎其间者也。”

她举出了刘大杰《中国文学发展史》的一个例子，说他一方面引了胡适的那段评议，对《琐窗寒》也大加讥评，竟谓梦窗咏梅词“大半都是词谜”；一方面更举《高阳台》落梅词，而批之云：“外面真是美丽非凡，真是眩人眼目的七宝楼台，但仔细一读，前后的意思不连贯，前后的环境情感也不融合，好像是各自独立的东西，失去了文学的整体性与联系性。”

这正是张炎所说的“碎拆下来不成片段”。叶教授于此，语重心长地说道：“如文学批评界之名人如胡氏与刘氏尚不免于如此，那么一般初学的青年，既对梦窗词外表之古典艰深望而却步于前，又依据诸名家对梦窗词讥议之批评而有所凭恃于后，则梦窗词之沉晦日甚，知者日鲜，几乎是命定的趋势了。”呜呼，这是一位学者在深入探索了她所素不欣赏的一位词人之后所触发的忧思与远想。难道这种慨乎言之的学者之音，不深深打动我们的心弦吗？

自从张炎起，讥评梦窗为“眩人眼目”，好像罪过在于梦窗“善眩”；读了她的论文，恍然大悟，原来罪过是在于张炎之流：他们看事情只用“眼目”，是不肯用头脑的。七宝楼台到了这种“眼目”中，引起的结果有二层：一是“眩”起来，二是“拆”了它！而这，却往往是最容易受人信奉的“方法论”。

因此我才说，不一定只是为了“宋词”什么的，为文学艺术，为治学研经，都应该读一读她的这部著作。

叶嘉莹教授的治学精神，由我如此粗略浅近地自谈杂感，自然很难说已然得其大要，但是即使拙文粗浅，也可以从中看出，其特色是：她细密，深入，谨严；她尊重事实，不逞臆，不信口乱道；她不迷信名家、权威。莫说胡氏、刘氏，就连她平生致力最多的王静安，她对他的论点不同意时，也不为之回护。这里学问没有“市道”；她不逞才使气，很平实，摆事实，讲道理，气质高尚，气象平和；她行文极细密周至，原原本本，不厌其烦，诲人不倦的苦心流露在字里行间；她是比较文学家，文中引了很多西方著名的、有影响的作家、作品，来作对照说明。甚至不妨说，她对梦窗的研究，是由广义的比较文学方面受到启示的（对这一点，拙文不及备述了）。最后，她是一位学者，但她同时是一位诗人；是一位史家，同时也是一位艺术鉴赏家。她的论文，既能考订，又能赏析；既能议论，又能启迪。我以为，这样的几个条件或因素，很难凑泊在一人身上。

可以肯定地说，这样的学者，是不会陈陈相因、自封故步、人云亦云、貌谈皮相、游词空调、似是而非、以非为是的。

叶嘉莹教授，生于北京，就学于前辅仁大学中文系，是词人名教授顾随先生的高足。我在燕京大学亦曾从顾先生受业，故忝居同门之谊。她以一弱女子，早年远出，游历讲学，中国台湾、美国、加拿大等地，是她先后留住之所，世路辛酸，人生坎坷，她是有丰富经历、感受的，然辛勤为学，从无懈容，终于有成，在女学者当中，国际上也是屈指可数的卓越名家。她著述、创作都很富，香港出版了她的《迦陵诗词》和《王国维及其文学批评》，后者卷末有一篇自叙，“略谈写作此书之动机、经过及作者思想之转变”，对她自己生平遭际与为学的种种，有详细的叙述。《迦陵论词丛稿》是国内所出的她的第一部著作，书后的自叙也很重要，可惜此刻篇幅有限，不容我再多絮絮了。

嘉莹教授的诗词创作，有很高的成就。她第一次回到祖国参观时，感情激动，写了一篇长达七千字的感怀诗来抒写她对祖国新貌的感受。她现为加拿大籍，但是她的心是永远与祖国相连的。

我所知于她的，实在还极肤浅，以上所记，管窥蠡测，不足以表其学术之真际，聊供青年学子识其涯略而已。

一九八二年六月二十九日写讫

（《读书》1982年第10期）

炼字、选辞、音节美与艺术联想[1]

周笃文同志已有《宋词》一书问世，读者咸有佳评。如今他又出新著《宋百家词选》，与前书相辅相成，也可说是珠联而璧合。承他不弃，索写序文，辞而不获，于是出拙言以冠佳构，假绝唱而纾鄙怀，万一不致演成令西子蒙不洁的故事，则不胜幸甚。

我在将及成童之前，就被词迷住了。那时是纯出偶然，在一本明末人的剧曲里读到它开场的一首《阮郎归》，不知为什么，只觉得它那音节别具一种美的魅力，这魅力简直把我引入像似“陶醉”般的境界中。从此一发而“不可收拾”。作为一名村童出身的少年学生，那时并不能轻易见到什么“词集”，可是我真是如饥似渴地到处寻觅这种书籍了，后来一本《白香词谱》和一本《中华词选》就成了我最心爱的“宝

[1] 《宋百家词选》序。

书”……话要简断，我此刻想借这来说明的是：我一生最喜爱我们民族韵文文学。韵文文学中最喜爱的是词，并且有一个长阶段曾对它致力写作和研究。追溯其最“原始”的根源，却是在于我先被它的音节美迷住了，因为那时是还不能真正懂得那些词曲的文辞和意义的全部奥秘的。

以上是我自己的“亲切感受”，真实不虚。那么，它说明了一个什么问题呢？我自然不想冒充能解答一切问题的“能人”。只是觉得这其中必有道理。我想过的，至少有一点，这种非常独特的音节美来源于我们的汉字本身之内的一种质素，即使最简单地说，它具有四声，这就与别的语言迥然不同，这种四声在日常一般说话中已自有它的特具的“组联”的规律。例如“张王李赵”，“苏黄米蔡”，“欧虞褚薛（入）”，“王杨卢骆”……仅仅罗列四个姓氏，也是按四声顺序排次，井然不紊。因为必须承认，这样才最“顺口”，最“悦耳”。这就是汉字语文的一个基本特点。我们的文化历史是悠久的，历代无数艺术大师运用这个独特的语文进行创造，把它的特点和规律摸得最清，用得最精，这才达到了一个可以令少年童子感到“陶醉”的音节美的艺术境地。这不是偶然的、某一个或几个“好事者”在“玩弄文字”的结果，也不是人为地、谁下一道“命令”逼迫词人非如此这般不可的事情。

能体会这层道理，就可以更好地读词了，而不至于像有的人聪明自作，认为词律是“限制”“束缚”或“妨碍”了他们的“创造才能”，要“突破”“改革”这种“枷锁”云云。具有这种认识的同志，自以为写出来的是“词”，无奈没有一处合乎汉字文学的规律性和音节美，读上去只是令人感到说不出的别扭和难受，要说这有什么“美学享受”，我只有敬谢不敏而已了。

当然这要细心敏感，不可钝觉。记得马克思就提到过欣赏音乐也须先培养“音乐耳朵”才行（大意），这是深懂艺术的见解。“对牛弹琴”，其实说的也是这个道理。要有“耳音”（这包括形体上的“听官”和感觉上的“心耳”），耳音也靠天赋（因为有的天生好，有的天生差些），也靠培养增强。所以我愿笃文同志这本新著的读者能注意这一点。我们常听说的“熟读唐诗三百首，不会吟诗也会吟”，这一经验之谈，名言至理，其实说的主要也是读多了就读通了它的音节格律，并不是指词（辞）藻、典故之类。何况词比起诗来，更加具有音乐质素（它本来是篇篇可以被之管弦，是为唱而制词的），读词，学词，而不知或不肯重视音律的事，我看那是一种取其粗而遗其精的外行的做法。

其次，要培养自己的语言修养，这不仅仅在于“语法”“修辞”“描写技巧”等等这些流行的文学课堂上常用的概念范围。还要特别注意，须让自己具有一种能够体察“汉字组联”的精微奥妙的各种现象，寻绎它的规律性的能力。比如，汉字有大量的义同、义近、义类、义似的单字，你要看词人如何、为何选此字而弃彼字的各种道理。“花”“葩”义同，又都是平声，而且同韵，可是无人说“百葩齐放”。李后主的名句，“林花谢了春红”，如果假设韵脚暂可不论，那你能否改成“林葩凋了春朱”？光是红，就还有丹、朱、绛、绯、茜、赪、彤、赤……一串字，你选哪一个？为什么非如此不可？都是一个异常精致微妙的艺术体会。“红颜”“朱颜”粗看似乎“略同”，其实大异，你不能说“朱颜薄命”或“红颜常驻”。这样的例子，举之难尽，若细加讨论，可为（以）勒为专书。

与此有连而又特涉音律关系的，是另一种“换字法”。比如，如果你在咏梅词中见了“红萼”二字，不必认为“萼”真是指“植物学”上对萼的定义的那个部分，它其实是因为此处必须用入声，故而以“萼”代“花”。你看见大晏词“晚花红步落庭莎”，不必认为晏先生院里真是种的“莎”草，其实不过因为“草”是上声，不能在此协律押韵，所以才换用“莎”字罢了。这种例子多极了，也难以尽列。由于“地”是仄声，所以有时必须考虑运用“川”“原”“沙”……这些字（平川、平沙、平芜，其实就是说平地而已）。因为“月”是入声，要在必须用平声的地方说月亮，势必要改用“玉盘”“冰轮”“银蟾”“素娥”……如不明这都牵涉着音律关系，就会“简单从事”，甚至“批判”词人只会“粉饰”，搞“形式主义”，或别的什么罪名，都可加上去的。

然而，艺术这个东西是奇怪的，说以“萼”代花、以“蟾”代月，原是由于音律而致，是千真万确的。但是一旦改换了“萼”“蟾”……马上比原来的用意“增”出了新的色彩和意味来。所以这种关系又不是单方面的了。

由这里，已可看见炼字选词的异常复杂的内涵因素。王国维提出作词写景抒情，病在于“隔”，凡好词都是“不隔”的。这道理，基本上应该说是对的。但事情也很难执一而论百。周邦彦写元宵佳节，有一句“桂华流瓦”，批评意见说是这境界蛮好，可惜以“桂华”代替月，便觉“隔”了。不过，我曾想过，假如我们真个大笔一挥，替片玉词人改成一个“月光流瓦”， 那岂不完全是一个败笔？因为，如果作为学词者而不能体察词人的艺术构思，看不到“桂”字引起的“广寒桂树”的美丽想象，看不到“华”字引起的“月华”境界联想（是非常绚丽的五彩光晕，亦即“彩云”），看不到“流”字引起的“月穆穆以金波”“素月流天”的妙语出典，也看不到“桂华”是引起下文“素娥”与“香麝”的精细笔法之所在，那就会要求艺术家放弃一切艺术构思，而只说“大白话”，到那时，岂但“桂华”要不得，“流”也被斥为无理不通了：月光怎么会流呢！？

于此，我就又要提出一个拙论——也许是谬论：在某种意义和程度上讲，我们中华民族的传统汉字韵文文学就是一种“联想文学”。何以言此？只因我们的十分悠久的和异常丰富奇丽的文化传统给艺术家们准备的“东西”太神奇绚丽了。几乎围绕着每一个字、词，都有很多的历史文化的丰富联想。你写月，有很多字、词可供选用，而由于选用时的条件、选用者的用意的各自不同，而发生出极不相同的艺术效果。同是月，你用了“桂”，唤起的是一种艺术联想，你用了“蟾”，唤起的是另一种艺术联想。这些，在高明的词人艺术家那里都是有其用意和匠心的。我们读词、学词的，应当首先细心体察领会，然后再形成自己的鉴赏和评议的见解，而不宜只论“字面”，不计其他。

我举此数点，聊供参考，为笃文同志精选细注的普及工作做一点辅佐赞襄。至于论诗多讲究“神韵”，论词多讲究“境界”（或“意境”），则所涉益深，非这篇小序所能胜任了。在此，我只补充一端：此所谓境界，是艺术境界，不尽同于实境（尽管它来源于实境）。温飞卿的名作，“水晶帘内颇黎枕，暖香惹梦鸳鸯锦”，这完全是“造境”，它并不是真的在“写境”。所以它看来也好象（像）一种“反映（现实实境）”，而实在又不是。我们的民族艺术，很多是最善用“造境法”的，京剧舞台艺术便是著例。它的目的全不在于只想引起观众的一个“逼真感”，不是的。要唱京戏，又要布置一大套“写实布景道具”，就是在这一点上失路了。这一点，在诗词文学上讲，同样是一致的。这个说起来要费大事，我此刻只能说这么多。

文学艺术靠形象，已成常识。但也要认识到，我们的民族文艺不是停止在“形象”上（或者说“死于形象”）。只认形象，以为这是艺术的一切，艺术的极则，也将不能理解我们的民族文艺。北宋诗人石曼卿要咏梅，结果写出了“认桃无绿叶，辨杏有青枝”二句。这写得“贴切”“中肯”，“扣题”扣得好极了，可是东坡善意地评讽他说：“诗老（指石曼卿）不知梅格在，只言绿叶与青枝！”东坡认为石先生犯了一个大错误：咏梅而不知道写梅花的风格、品格，而只会说叶子绿、枝子青等等。请想，难道绿叶青枝，认桃辨杏，这还不够“形象”吗？可是艺术大师认为单单是这个，那是不行的！

道理安在？我愿学习欣赏我们自己民族文学艺术的青年同志们，也能同时留意我们自己的民族文艺理论，不宜只懂外来的（主要从西方传入的）一些现成理论概念。如此，方能较好地领略我国传统诗词艺术的特点特色。我这样说，并无轻看或拒绝西方理论的意思，只是说明一个事实：西方理论主要是从以西方为主的作品中提炼概括出来的。那些理论大师不管多么高明，但没有精通汉字文学，特别是韵文的条件，他们无从体认汉字韵文文学的一切特质特色，因而无从将这些极端重要的艺术实践和美学观念纳入他们早经形成的理论中去。说到诗人要咏梅，不仅仅是要写出梅花的形象，还要理解和表现梅花与桃花、杏花不同的风度、丰神。但是这种“理解和表现”云云，显然不是一个“植物学”的问题了，这所涉及的，实在还有诗人本身的事。“疏影横斜水清浅，暗香浮动月黄昏。”自然不是脱离开“形象”，然而又绝非“形象”所能尽其能事。说是写出了梅花的高情远韵，毋宁说是写出了诗人自己的高情远韵。否则，“神韵”也好，“意境”也好，也都无从索解，不可而得了。

我在上文回忆我少年时得到一部词谱和一部词选而获得的享受和受到的教益，这也使我承认：至今心中比较熟悉的名篇，仍然是那时候印下来的不可磨灭的“印记”，而不是来自“全集”或“总集”。选本的影响和作用是极其巨大的。我以为至今也没有人郑重估计过那一本被高人看不起的《千家诗》（以为那是“三家村”村塾“陋儒”的教科书），曾对我们历代普通人民起过多大的“诗教”作用！一部好选本，其实也与一部名著无异。笃文同志此书一出，定卜风行遐迩。今得于卷端致我欢喜赞同之意，深感欣幸。所言难期尽当，尚希多加指正。

（广东人民出版社1983年版）

至于古人讲炼字，讲遣辞，讲过脉，讲摇曳，讲跌宕……种种手法章法，术语概念，也不能毫无所知而空谈欣赏。那样就是犯了一个错觉，以为千百年来无数艺术大师创造积累的宝贵经验心得，都比不上我们自己目前的这么一点学识之所能达到的『高』度。

谈唐宋词的鉴赏[1]

近年来，中国出版界出现的诸般特色之一，是很多诗词鉴赏一类书籍相继印行。这是一个新兴的可喜的现象。它并非只是一种“风气”。由于历史的原因，向来极少这类著作问世，几乎形成了一个文化方面的空白；而读者却非常需要这些个人撰写的或集众家合编的赏析讲解的书物，来解决他们在欣赏唐宋名篇时所遇到的困难，提高他们的欣赏能力。本辞典的编纂，正是这一历史要求背景下的一部具有规模的鸿编巨制。

唐诗宋词，并列对举，各极其美，各臻其盛，是中外闻名的；而喜爱词的人，似乎比喜欢诗的人更为多夥，这包括写作和诵读来说，都是如此。原因何在，必非无故。广义的“诗”（今习称“诗歌”者是），包括了词；词之于诗，以体裁言，实为后起，并且被视为诗之旁支别

[1] 《唐宋词鉴赏辞典》序言。

流，因而有“诗馀”的别号。从这一角度来说，欣赏词的要点，应该在诗之鉴赏专著中早就有所总结和抉示了，因为二者有其共同质性。但词作为唐末宋初时代新兴的正式文学新体制，又有它自己的很多很大的特点特色。如今若要谈说如何欣赏词的纲要与关键时，我想理应针对上述的后一方面多加注意讨论才是，换言之，对如何欣赏诗（无论是广义的，还是狭义的）的事情，应当估计作为已有的基础知识（例如比兴、言志、以意逆志、诗无达诂……），而不必在此过多地重复赘说。

基于这一认识，我拟乘此撰序之便，将个人的一些愚见，贡献于本辞典的读者。

我想叙及的，约有以下几点：

第一，永远不要忘记，我国诗词是中华民族的汉字文学的高级形式，它们的一切特点特色，都必须溯源于汉语文的极大的特点特色，忘记了这一要点，诗词的很多的艺术欣赏问题都将无法理解，也无从谈起。

汉语文有很多特点，首先就是它具有四声（姑不论及如再加深求，汉字语音还有更细的分声法，如四声又各有阴阳清浊之分）。四声（平、上、去、入）归纳成为平声（阴平、阳平）和仄声（上、去、入）两大声类，而这就是构成诗文学的最基本的音调声律的重要因子。

汉语本身从来具有的这一“内在特质”四声平仄，经过了长期的文学大师们的运用实践，加上了六朝时代佛经翻译工作的盛行，由梵文的声韵之学的启示，使得汉文的声韵学有了长足的发展，于是诗人们开始自觉地、有意识地将诗的格律加以安排，逐步达到了一个高度的进展阶段——格律诗（五七言绝句、律诗）。格律诗的真正臻于完美，是齐梁以至隋唐之间的事情。这完全是一种学术和艺术的历史发展的结果，极为重要，把它看成人为的“形式主义”，是一种反科学的错觉。

至唐末期，诗的音律美的发展既达到最高点，再要发展，若仍在五、七言句法以内去寻索新境地，已不可能，于是借助于音乐曲调艺术的繁荣，便生发开扩而产生出词这一新的诗文学体裁。我们历史上的无数语言音律艺术大师们，从此得到了一个崭新的天地，于中可以驰骋他们的才华智慧。这就可以理解，词乃是汉语诗文学发展的最高形式。（元曲与宋词，其实都是“曲子词”，不过宋以“词”为名，元以“曲”为名，本质原是一个；所不同者，元曲发展了衬字法，将原来宋词调中个别的平仄韵合押法普遍化，采用了联套法和代言体，因而趋向“散文化”、铺叙成分加重，将宋之雅词体变为俗曲体，俗语俚谚，大量运用；谐笑调谑，亦所包容，是其特色。但从汉语诗文学格律美的发展上讲，元曲并没有超越宋词的高度精度，或者说，曲对词并未有像词对诗那样的格律发展。）

明了了上述脉络，就会懂得要讲词的欣赏，首先要从格律美的角度去领略赏会。离开这一点而侈谈词的艺术，很容易流为肤辞泛语。

众多词调的格律，千变万化，一字不能随意增减，不能错用四声平仄，因为它是歌唱文学，按谱制词，所以叫作“填词”。填好了立付乐手歌喉，寻声按拍。假使一字错填，音律有乖，那么立见“荒腔倒字”，倒字就是唱出来那字音听起来是另外的字了，比如“春红”唱出来却像是“蠢哄”，“兰音”唱出来却成了“滥饮”……这个问题今天唱京戏、鼓书、弹词……也仍然是一个重要问题。名艺人有学识的，就不让自己发生这种错误，因为那是闹笑话呢。

即此可见，格律的规定十分严格，词人作家第一就要精于审音辨字。这就决定了他每一句每一字的遣词选字的运筹，正是在这种精严的规定下见出了他的驾驭语文音律的真实功夫。

正因此故，“青山”“碧峰”“翠峦”“黛岫”这些变换的词语才被词人们创组和选用，不懂这一道理，见了“落日”“夕曛”“晚照”“斜阳”“馀晖”，也会觉得奇怪，以为这不过是墨客骚人的“习气”，天生好“玩弄”文字，王国维曾批评词人喜用“代字”，对周美成写元宵节景，不直说月照房宇，却说“桂华流瓦”，颇有不取之辞，大约就是忘记了词人铸词选字之际要考虑许多艺术要求，而所谓“代字”原本是由字音、乐律的精微配合关系所产生的汉字文学艺术中的一大特色。

然后，还要懂得，由音定字，变化组联，又生无穷奇致妙趣。“青霄”“碧落”，意味不同；“征雁”“飞鸿”，神情自异。“落英”缤纷，并非等同于“断红”狼籍（藉）；“霜娥”幽独，绝不相似乎“桂魄”高寒。如此类推，专编可勒，汉字的含义渊繁，联想丰富，使得我们的诗词极其变化多姿之能事。我们要讲欣赏，应该细心玩味其间的极为精微的分合同异。“含英咀华”与“咬文嚼字”，虽然造语雅俗有分，却是道着了赏会汉字文学的最为关键的精神命脉。

第二，要讲诗词欣赏，并且已然懂得了汉字文学的声律关系之重要了，还须深明它的“组联法则”的很多独特之点。辛稼轩的词有一句说是：“用之可以尊中国。”末三字怎么讲？相当多的人一定会认为，就是“尊敬中国”嘛，这又何待设问。他们不知道稼轩词人是说：像某某的这样的大才，你让他得到了真正的任用，他能使中国的国威大为提高，使别国对她倍增尊重！曹雪芹写警幻仙子时，说是她“深惭西子，实愧王嫱”。那么这是说这位仙姑生得远远不及西施、昭君美丽了？正相反，他说的是警幻之美，使得西施、昭君都要自惭弗及！苏东坡的诗说：“十日春寒不出门，不知江柳已摇村。”是否那“江柳”竟然“动摇”了一座村庄？范石湖的诗说：“药炉汤鼎煮孤灯。”难道是把灯放在药锅里煎煮？秦少游的词说：“碧水惊秋，黄云凝暮。”怎么是“惊秋”？是“惊动”了秋天？是“震惊”于秋季？都不是的。这样的把“惊”字与“秋”字紧接的组联法，你用一般“语法”（特别是从西方语文的语法概念移植来的办法）来解释这种汉字的“诗的语言”，一定会大为吃惊，大感困惑。然而这对诗词欣赏，却是十分重要的事情。我们的诗家词客，讲究“炼字”。字怎么能炼？又如何去炼？炼的结果是什么？这些问题似乎是艺术范畴；殊不知不从汉语文的特点去理解体会，也就无从说个清白，甚至还会误当作是文人之“故习”、笔墨之“游戏”的小道而加以轻蔑，“批判”之辞也会随之而来了。如此，欣赏云云，也岂不全成了空话和妄言？因此，务宜认真玩索其中很多的语文艺术的高深道理。

至于现代语法上讲的词性分类法，诸如名词动词等等，名目甚多，而我们旧日诗家只讲“实字”“虚字”之一大分别而已。这听起来自然很不科学，没有精密度。但也要思索，其故安在？为什么又认为连虚实也是可以转化的？比如，石湖诗云：“目眚浮珠佩，声尘籁玉箫。”“浮”是动词，一目了然，但“籁”应是“名词”吧？何以又与“浮”对？可知它在此实为动字性质。汉字运用的奇妙之趣，表现在诗词文学上，更是登峰造极，因而自然也是留心欣赏者的必应措意之一端。其实这无须多举奇句警字，只消拿李后主的“自是人生长恨水长东”来作例即可看得甚清：譬如若问“东”是什么词性词类？答案恐怕是状词或形容词等等。然而你看“水长东”的东，正如“吾欲东”“吾道东”，到底该是什么词？深明汉字妙处，读欧阳词“飞絮濛濛，垂柳阑干尽日风”之句，方不致为“词性分析”所诒，以为“风”自然是名词。假使如此，便是“将活龙打作死蛇弄”了。又如语法家主张必须有个动词，方能成一句话。但是温飞卿的“鸡声茅店月，人迹板桥霜”一联名句，那动词又在何处？它成不成“句”？如果你细玩这十个字的“组联法”，于诗词之道，思过半矣。

第三，要讲欣赏，须看诗词人“说话”的艺术。唐人诗句：“圣主恩深汉文帝：怜君不遣到长沙。”不说皇帝之贬谪正人是该批评的，却说“圣”“恩”超过了汉文帝，没有像他贬谪贾谊，远斥于长沙卑湿之地。你看这是何等的“会讲话”的艺术本领！如果你以为，这是涉及政治的议论性的诗了，于抒情关系嫌远了，那么，李义山的《锦瑟》说：“此情可待成追忆，只是当时已惘然。”他不说如今追忆，惘然之情，令人不可为怀；却说何待追忆，即在当时已是惘然不胜了。如此，不但惘然之情加一倍托出，而且宛转低回，馀味无尽。晏小山作《鹧鸪天》，写道：

> 醉拍青衫惜旧香，天将离恨恼疏狂。年年陌上生春草，日日楼中到夕阳。　云渺渺，水茫茫，征人归路许多长。相思本是无凭语，莫向花笺费泪行。

此词写怀人念远，离恨无穷，年复一年，日复一日，而归信无凭，空对来书，流泪循诵。此本相思之极致也，而词人偏曰：来书纸上诉说相思，何能为据？莫如丢开，勿效抱柱之痴，枉费伤心之泪。话似豁达，实则加几倍写相思之挚、相忆之苦；其字字皆从千回百转后得来，方能令人回肠荡气，长吟击节！这就是“说话的艺术”。如果一味直言白讲“我如何如何相思呀”，岂但不能感人，抑且根本不成艺术了。

第四，要讲词的欣赏，不能不提到“境界”的艺术理论问题。“境界”一词，虽非王国维氏所创，但专用它来讲究词学的，自以他为代表。他认为，词有境界便佳，否则反是。后来他又以“意境”一词与之互用。其说认为，像宋祁的“红杏枝头春意闹”，着一“闹”字而境界全出矣，欧公的“绿杨楼外出秋千”，着一“出”字而境界全出矣。这乍看很像“炼字”之说了。细按时，“闹”写春花怒放的艳阳景色的气氛，“出”写秋千高现于绿柳朱楼、粉墙白壁之间，因春风而倍增骀宕的神情意态。究其实际，仍然是我们中华文学艺术美学观念中的那个“传神”的事情，并非别有异义。我们讲诗时，最尚者是神韵与高情远韵。神者何？精气不灭者是。韵者何？馀味不尽者是。有神，方有容光焕发，故曰“神采”。有韵，方有言外之味，故曰“韵味”。试思，神与绘画密切相关，韵本音乐声律之事。可知无论“写境”（如实写照）、“造境”（艺术虚构），都必须先有高度的文化素养造诣，否则安能有神韵之可言？由是而观，不难悟及：只标境界，并非最高之准则理想，盖境界本身自有高下雅俗美丑之分，怎能说只要一有境界，便成好词呢？龚自珍尝笑不学之俗流也要作诗，开口便说是“柳绿桃红三月天”，以为俗不可耐，可使诗人笑倒！但是，难道能说那七言一句就没有境界吗？不能的，它还是自有它的境界。问题何在？就在于没有高情远韵，没有神采飘逸。可知这种道理，还须探本寻源，莫以“境界”为极则，也不要把诗词二者用鸿沟划断。比如东坡于同时代词人柳永，特赏其《八声甘州》，“渐霜风凄紧，关河冷落，残照当楼”，以为“高处不减唐人”。这“高处”何指？不是说他柳耆卿只写出了那个“境界”，而是说那词句极有神韵。境界有时是个“死”的境界，神韵却永是活的。这个分别是不容忽视的分别。

第五，如上所云，已不难领悟，要讲词的欣赏，须稍稍懂得我们自己民族的文学艺术上的事情。如果只会用一些“形象的塑造”“性格的刻画”“语言的生动”等语词和概念去讲我们的词曲，良恐不免要弄成取粗遗精的后果。因此，我们文学历史上的一些掌故、佳话、用语、风尚，不能都当作“陈言往事”而一概弃之不顾，要深思其中的道理。杜甫称赞李白，只两句话：“清新庾开府，俊逸鲍参军”，还有人硬说这是“贬”词（真是以小人之心度君子之腹了）。这实是诗圣老杜拈出的一个最高标准，析言之，即声清、意新、神俊、气逸。这是从魏晋六朝开始，经无数诗人摸索而得的一项总结性的高度概括的理论表述。如果我们对这些一无所知，又怎能谈到欣赏二字呢？

大者如上述。细者如古人因一字一句之精彩，传为盛事佳话，警动朝野，到处歌吟，这种民族文化传统，不是不值得引以为自豪和珍重的。“山抹微云秦学士，露花倒影柳屯田。”人谓是“微词”，我看这正说明了“脍炙人口”这一诗词艺术问题。

至于古人讲炼字，讲遣辞，讲过脉，讲摇曳，讲跌宕……种种手法章法，术语概念，也不能毫无所知而空谈欣赏。那样就是犯了一个错觉，以为千百年来无数艺术大师创造积累的宝贵经验心得，都比不上我们自己目前的这么一点学识之所能达到的“高”度。

词从唐五代起，历北宋至南宋，由小令到中、长调慢词，其风格手法确有差异。大抵早期多呈大方自然、隽朗高秀一路，而后期走向精严凝练、绮密深沉。论者只可举示差异，何必强人以爱憎。但既然风格手法不同，欣赏之集中注意点，自应随之而转移，岂宜胶柱而鼓瑟？所应指出的，倒是词至末流，渐乏生飞，饾饤堆砌、藻绘涂饰者多，又极易流入尖新纤巧、轻薄侧艳一派，实为恶道。因此清末词家至有标举词要“重、拙、大”的主张（与轻、巧、琐为针对）。这种历史知识，也宜略明，因为它与欣赏的目光不是毫无关系的。

序言不是论文，深细讨论，非所应为；我只能将一些最简单易晓、不致多费言说的例子，提出来以供本书读者参考。这是因为一部辞典成于诸家众手，篇中或不能逐一地都涉及这些欣赏方面的问题，在此稍加申说，或可备综合与补充之用。

本书收词千馀首，诚然是目前所能看到的一部最为丰富多彩的赏词巨著。像我们这样一个伟大而又有着特别悠久的文化历史的民族，对于自己的传统文学财富的价值绝不能是以一知半解为满足的，我们应当不断地研索，并且使得越来越多的人，特别是青年一代，都能对诗词的欣赏有所体会理解，这对于我们的“四化”这一宏伟事业中的精神文明建设，关系实非浅鲜。此书的问世，必然引起海内外爱词者的高度重视。谨以芜言，贡愚献颂。

一九八五、十二、十二，呵冻写讫
乙丑十一月初一，长至前十日
（上海辞书出版社1986年版）

谈对联[1]

中国文联出版公司李景峰同志将这部对联集持示于我，要我为它撰序。辞而不获，姑且记下我的一些感想，聊为芹曝之献。

对联是我们华夏民族的一种“独门”的文化现象和文学形式。所谓“独门”，是说全世界就只我们特有，我们专擅。比如西方，就不曾听说有对联这种名目的产生和存在。道理安在？这就是一个高深的文史哲综合性的大课题，而绝不是一桩细琐的“闲文”，或偶然的“异象”。我的理解是，对称和谐之美，大约是我们这个宇宙中的诸般至美中的一大关目，而华夏民族最能感受它，表现它，赞颂它，运用它。这就使得我们的语文天然具有内在对称质素，并且从远古以来就朝着对称美这个特色的方向不断发展。单从文学艺术来说，发展到南北朝已然达到了一

[1] 《中国古今实用对联大全》序。

个极关重要的关键时期，汉语文本身的独特的形音义综合美，这时经过无数文学大师们发挥运用，造诣已到高峰，为隋唐的格律诗的新形式奠定了最好的基础。于是对联这个文学和美学的概念，也就充分得到“认定”。

由此可见，对联乃是我们这个伟大民族的美学观和语文特点的综合物，是几千年文化史上的高级创造积累的特殊成就。不认识这一层意义，就会把它当作是一种文人墨客的装饰性“玩意儿”，或者加上“形式主义”的洋帽子。

对联该当是贴在门框、悬之抱柱的。这自然不错，但不要忘记，我们日常口语中也离不开“对对子”。你若不信，就想一想：“神清气爽”“兴高采烈”“无精打采”“垂头丧气”“桃红柳绿”“鸟语花香”“有理的五八，无理的四十”“八月十五云遮月，正月十五雪打灯”……这些罗列不尽的常言俗语，都是什么？那本身就是十分工整的对联。旧时学童，除了读书作文之外，最要紧的一门“必修课”是“对对子”，他们要念会了“天对地，雨对风，大野对长空”这样的无数种优美悦耳的“对子歌”。从这里，你可以体会，我们的语文，“天生”的就是那么安排好了的“对联”，不但词义为对，音调也为对——平仄是要严格对仗的：“天”是平声，“地”恰为仄；“雨”是仄声，“风”恰为平……依此类推。你看这是不是一种奇迹？

我常想，不管是谁，当他读宋贤张耒的词，读到“芳草有情，夕阳无语；雁横南浦，人倚西楼”；或是读唐贤王勃的序，读到“落霞与孤鹜齐飞，秋水共长天一色”时，如果他不能领略、欣赏这种极高度的文学对仗之美，那他必定是在智力和精神文化水平上的某方面存在着巨大的缺陷，而那实在是至堪叹惋的事情。扩而言之，假如我们的青年一代都不能领略欣赏这种至美，民族文化的前景就可忧了。

对联是由我们语文本身的极大特点特色而产生的，并非“人为”地硬造而成。这在西方语文中是没有的。比如莎士比亚的名剧中，偶然只有运用“排句”（couplets）的例子，那还远远不是“对仗”。我记得英国著名汉学家谢迪克教授（Porf. Shadic，早年在我国燕京大学，后在美国康乃尔大学）告诉我说：“在英文来说，用排句是为了取得一种特殊的艺术效果，用多了读来使人有‘滑稽’之感。”这说明中西语文之异，文学美学观念之异，是多么巨大（因为我们有全部排句对仗的骈文体，如《文心雕龙》，乃是价值极高的文学理论名著）！常言说“敝帚自珍”，我们的对联文学，是值得自珍的，何况它还并不同于一把“敝帚”呢！

六朝以后，格律诗达到高度完美的音律定型阶段，这时对仗更加精工美妙，实为文学上一种特异的奇观。于是，警策之句，精彩之笔，总是集中凝注在对句上。在律诗来说，即落在颔颈（或称颈腹）二联上。于是发生了摘句欣赏评品的风气。这就更加促进了对联的“独立”形成与繁荣兴盛。

由此又可想见，对联是一种“精粹”，一种“提炼”，一种“结晶”，或一种“升华”。它有极大的概括能力，能以最简练的形式唤起人们的最浓郁的美感，给人以最丰富的启迪，或使人深思、熟味，受到很大的教益。它又有雅俗共赏的优点，农村父老之喜爱对联，绝不下于高人雅士。

我们过年过节的春联，更是举世罕有伦比的最伟大、最瑰丽的“全民性文艺活动”。

我从幼年读联，祖父、父亲都喜欢把佳联摹勒在板上，镌刻成“板联”，悬在厅室，朴厚清雅之至。至今我仍能背诵那些给我智慧和审美培育的联文佳句。《红楼梦》第十七回写宝玉试才题对，第一副联是登上沁芳桥亭，“四顾一望，机上心来”，于是说出“绕堤柳借三篙翠，隔岸花分一脉香”两句十四字。这一联，表面全切水景，实际又分隐“红”“绿” 二义，与“怡红快绿”暗暗相关（这又是为了遥遥映射黛玉和湘云二人的结局而设的）。对联的作用，由此亦可窥一斑。等到北京在南菜园修建“大观园”时，支持者前来，非要我将书中未曾写到的多处景物的对联补齐不可，我也为他们完成了这件新奇的“撰联任务”——我是想借此说明，我对楹联，是有很深的渊源和感情的，这自然也就是我乐为此集提笔写序的真缘由。

这部对联集标明为“实用对联”，目的清楚明确。我们当然可以把它拿来欣赏，但更可以选择“对景”“合题”的书写张贴，各得其所。我想，此中固然有编著者的苦心匠意，但也说明了我们民族传统对联在当前生活中仍然具有旺盛的生命力。如就内容而论，既有传旧之美，也有创新之意，值得表彰赞许。

对联和万事一样，有真有假，有高有次，有精有粗。这部对联采辑甚富，大体上可称琳琅满目。我希望其中不要杂入一些平仄不谐、对仗不切，又无精义的“假联”“次联”。倘能如此，则本集的内容之丰美，分类之详细，与实用性之突出，就价值倍增了。

丁卯中秋前

（中国文联出版公司1988年版）

谈诗词曲赋的鉴赏[1]

本辞典是中国韵文欣赏领域的一座纪里碑碣。在目前同类书籍中，它的涵盖面最宽，包括了诗、词、曲、赋——可称“韵文四科”；而它所跨越的历史时间也最长，从《诗经》《楚辞》一直辑录到清代诸家之作。名篇辐辏，众体纷纶，洵为大观。欲赏中华韵语之精萃（粹），一囊总括，这项胜业，由于山西文学界、出版界首倡，海内方家襄赞，终告勒成全帙。

当此之际，不无积悃可申，适主持编纂与出版的同仁们不以浅陋见遗，前来索序。自顾学殖荒落已久，安能当此重任。辞而不获，遂就所怀，粗陈端绪，聊备参采。我国历史上第一位鉴赏大师曹子桓有言：“盖文章经国之大业，不朽之盛事。”况且这实在关系着吾中华民族灵

[1] 《诗词曲赋名作鉴赏大辞典》序。

魂之美的重要一环，岂能无动于衷，而恝然置之乎。于是不揣管蠡之微，试言海天之大。

一

诗词曲赋，代表了我国韵文的主体。对于韵文，应该建立两门专学：一是笺注学，一是鉴赏学。这两门学问，在我们中华文化古国来说，源之远，流之长，成就之高明，积累之富厚，我看全世界罕与伦比；可是时至今日，这两门专学并未建立，系统研究还是空白。这种现象，深可叹惜。辞典类书中，近年出现了“鉴赏”一门，纂辑方殷，销售甚畅。这又是一种现象。这两种文化现象，合在一起看，颇有意味堪寻。

鉴赏不等同于理解（文义的通晓），它包括了理解，不理解焉能谈得到鉴赏？但是鉴赏毕竟不能是“串讲文义”所能充数的一种文化精神活动，它又是多型（形）态、多角度、多层次的，进行这种精神活动，需要很高级的文化素养和领悟智能。它涉及的事物和道理极繁富，极复杂。然而鉴赏的性质和目的却可以用一句话来代表：鉴赏是审美，是对美的寻取和参悟。

在西方，近来兴起了一门专学，叫作“接受美学”。比如，有的学者锐意搜编《红楼梦》一书的所有历来的批注本，其目的就是从接受美学的角度而研究我们这部独特的小说。我则以为，对于韵文的接受美学，尤其应当下功夫研究，因为这些都是中华文化之灵魂。

我们的鉴赏学的源头那是太古老久远了。举孔子的“兴观群怨”，不如举“诗无达诂”，这句话就是我们的接受美学的“纲领”或“总则”。

诗既非今言故训所能尽达，那么我们必然要别寻能达之道。在种种研索、笺疏的基础上，就又发生鉴赏之学。鉴赏者的学力、智力、悟力、人生阅历、精神境界又各有不同，于是见仁见智、乐山乐水，又复各据一隅，自为取舍，这就是接受美学的意义，其间高下、明暗、是非、得失，万有不齐，而鉴赏者之感受、之阐发，往往超越作者之本来动机与用意，而所得所见，夐乎过之。这也就是接受美学不尽同于笺注学之所在。换言之，低级的鉴赏者，常常局促于扪叩之间；高级的鉴赏者，却能“补充”原作，恢弘（宏）原作。

玄谈清议，是发展鉴赏学的良好条件，魏晋六朝，自应斯风日畅。据古书记载，晋代谢安，一次子弟咸集，品论《毛诗》，让各举自己最欣赏的好句，谢玄就举“昔我往矣，杨柳依依；今我来思，雨雪霏霏”，以为最是佳绝。谢安听了说道：哪里比得上“讦谟定命，远猷辰告”，那多么富有雅人深致！你看，一个极赏《小雅·采薇》，一个盛赞《大雅·抑》；如让我们来辨析异同，那么不妨说是年长的注意深致，年小的却喜爱韵致。

我常想，这大约是真正的鉴赏学的佳例。我们见他二人眼光不同，差别很大，恐怕还有人暗吃一惊，大感意外。然后，我们又该问问自己，我到底“同情”谁？谢玄，还是谢安？这确实是鉴赏学上值得研讨的一个绝好的课题。

“旧时王谢”，为什么被人称评为千古风流人物？不是因他官大名大，是由于他们的“乐托门风”（见《世说》）。乐托，即落拓，那意思是放浪脱俗，是具有大诗人、大艺术家的特质特性。他们评论前人，也大有鉴赏学问，所以王家人们一次品第汉朝文家，王子猷就说：“未若长卿（司马相如）慢世！”

还有一种情形，也很有趣，就是“咏絮才”的才媛谢道韫的故事：那次是下雪，谢安（道韫的叔父）说：“白雪纷纷何所似？”谢朗答云：“撒盐空中差可拟。”道韫听了摇头，说：“未若柳絮因风起。”谢安大为击赏。所以“咏絮才”原是“咏雪才”。谢安为什么这回赞美“柳絮才”了呢？这又是一个鉴赏学的问题。这些佳话，偶被笔宣，堂前燕子，所闻正不知尚有几多也。

即此零星散例而观，已可看出我们的鉴赏传统，风规不远。也可以看出，鉴赏的标准，一个是深致，一个是韵致。捉住这两条准则，虽然不敢说鉴赏之能事已尽，却也骊珠在握了。

谢安拈出雅人深致，那例句让今人看了，很可能引起“批判”，说它是大官僚的立场和口味，等等。事情不一定那么简单。比如我们大家一致崇敬的诗圣杜子美的篇什，有不少就是必须用谢安的那种理论和美学观去鉴赏的，那些诗，如果不是“许身稷契”的，写不出，不明其理的也读不得。谢安提出了“深致”这个鉴赏原理或者美学概念，倒是不容掉以轻心拒之千里的，应该加以思索。

于此，却也不必“死”在那个“深”字上，要紧的还要看它后边的一个“致”字。

“致”是什么？如何训诂？我的杜撰是：“足够的素养、造诣所生的效果和魅力。”我们讲文学，就常见思致、情致、韵致、风致……这些词汇。参会而寻味之，“致”的真谛不难领略。

从鉴赏的角度来讲，就中以“韵致”一名尤为重要。因为我们此刻的主题对象是诗、词、曲、赋四体，此四体者，合称韵文（以别于散文、骈文），这个“韵”字自然所关匪浅。

或以为韵文者，是指句尾押韵之文。押不押韵，自古就有“文”“笔”之区分了。这自然有理，可又并不尽然。盖“韵律”与“韵部（韵脚）”不是一回事。佛经翻译文学中就出现了“不押韵的韵语”，并且影响到了其他佛教说唱文学。在西方，韵文VERSE可押韵也可不押。这都说明“韵”的内涵比韵脚要丰富。然而我们中国的汉字文学又绝不可与西方的语文混为一谈，漫无审析。汉语文的单字是单元音独特系统，因此音区音律，天然构成了韵部，在我们的文学中作用极大，所以我们的韵文并不向“不必押韵”发展，只是不要忘了一个要点，即：除了句尾的韵脚要谐和一致，句中的单字或词语的组联法则，仍然另有它的韵律——这是区别于散文的最主要的要素。

“韵”是后起字，古代就是写作“均”的，而发音为“韵”。均，是一种“标准乐器”——可称之为“乐准”，众乐器想调弦定调，都得以它为基准。——由打这个事实，便可以悟出一种道理来了，当众乐俱按“均”调好了，便发出了极有和谐之美的妙音。这种极美的和谐共振，又即产生一种悠然不尽的“和谐延续”。请认取：这就是在我们的韵文文学中特殊重要的“韵”的来龙去脉。

这种“韵”，又构生了一种“唱叹之音”。所谓“朱弦疏越，一唱三叹”者是。此义无比之重要。

所谓“三叹”，不是“三次叹气”，说的是“和（去声）声”，即俗话叫作“帮腔”者是。如今川剧还保存着这种古风遗制。有一位外国留学研究者认为“这种帮腔极美”，“被它迷住了”！大约就是领略到了我们的“韵”的某一部分的至美。

时至齐梁，出现了刘彦和的《文心雕龙》这部奇迹式的巨著，他在这部书里，第一次清楚准确地提出了“情韵不匮”这个精湛的审美要求。这是一个极大的发现与发明。从此，中华声诗的“奥秘”揭示出来了，鉴赏的头条准则也明确起来了。

对我们来说，情是诗的主体和本质，韵是诗的振波和魔力，二者有体有用，相辅相成，而达于“不匮”的境界。

不匮是什么？就是不尽，就是有馀，就是无限。

到得北宋时代，诗人梅尧臣又提出了“状难写之景，如在目前；含不尽之意，见于言外”这种更为明白的“诗则”。这与南宋《文心》中所说未必全然等同，但他们已然体会到在我们的诗境中有一个“不尽”者在。严沧浪则说是“言有尽而意无穷”。不尽或无穷，无论是意，是情，是韵，莫不胥然。

讲鉴赏韵文，第一要能感受这个不匮，不尽。

二

我认识的一位美籍学者，写过一篇论文，从“诗”这个字的原始形体来理解“诗”的原本的字义和由此而获得的种种推论，很有创见，予人以不少启牖。我自己在早也想过这类问题，我开始时是注意《石鼓》中“弓（引，控）弦以寺”的“寺”，这个“寺”显然含有“持、侍、待”一类的意义，亦即是这些字的“母体”始文。于是我悟到“诗者，持也”这条古训，非常要紧，后人按儒家“思无邪”的教条硬把这个“持”解成了“持人之性情”（使不放荡泛滥而归于“正”），显然是书生迂腐之论。“寺”本来就是“持”（从“寸”，已经有一只“手”了，又加“提手”，是后起的孳［孶］生字体），其字形构造是手持一种乐器（“土”，不是“之”字㞢的变形，是“鼓”字那个“土”，㞢，是乐器或乐器的标志装饰部分）。先民的诗，是口唱的，而与此器乐相关联。“持”有“持续”一义，也有“相持不下”一义。这就是诗的本质中早已含有不尽、不匮的“因素”在，而且尤要者，使我们同时悟知：我们的诗，讲究“引而不发，跃如也”的精神意趣。请注意：“引而不发”，正是《石鼓》的那句“控弦以寺”的绝好的注脚。

于是，我们必须知道，讲鉴赏，讲不匮、不尽，还有一个“引而不发”的民族诗学观的根源在。“含不尽之意，见于言外”，正是“引而不发”的艺术效果与美学境界。

我们评论某一作品，遇见好的作家，高明的文笔，常常说它写人写境，音容笑貌，意态神情，无不“跃然纸上”。这“跃然”怎么讲？你自然可以解成“写活了，好像要从纸上跳出来”的意思；其实那跃然也就是“引而不发，跃如也”的“跃如”。从常理而讲，引的目的是发，引不过是发的准备和过程。但从诗理而言，艺术的意趣神韵，全在于引而不发——发了，大不过是“一箭中的”，中的之后，也就没的可看，——没有可以值得期待瞻望的了，所以意趣已尽，仅馀索然之境了。这就是诗忌尽，忌索然兴尽的道理。

比如，读李太白送孟襄阳绝句云：“故人西辞黄鹤楼，烟花三月下扬州；孤帆远影碧空尽，唯见长江天际流。”一字不言惜别，不言伤怀，而伤怀惜别之情悠悠无尽，随水长东。此盖深得跃如之妙，而能含不尽之意见于言外者。至于温飞卿小令写闺人念远盼归，写道是：“梳洗罢，独倚望江楼。过尽千帆皆不是，斜晖脉脉水悠悠，——肠断白蘋洲！”这首词精彩之至，笔致简而能曲，健而不粗，堪称高手。可是我少年时听先师顾羡季（随）先生讲论此词，说是飞卿极佳，坏就坏在末一句上，这是因为词调后面非有这个五字句不可，反致败阙；若原只写到“斜晖”一句即可止住，就好极了。这种鉴赏，包括“鉴赏的批评”，使我受益无穷。如今回忆前情，更感到这就是“发”了的缺失。问题尤其在于“肠断”二字，将“跃如”的意趣变为索然了。又比如，李后主写“流水落花春去也，天上人间”，深得有馀不匮之致；而“自是人生长恨水长东”，虽然痛快淋漓，为人称赏，却实实在在地下“流水落花”一等了。同理，“无言独上西楼，月如钩”就是好，就是高；一到“是离愁”云云，就意味减半了。所以顾先生对我说：古之名家，往往是起头好，结尾不逮；若在词人写中调、慢词，就是上片好，过片不逮。先生的这番话，中含至理，是鉴赏学的一支度人的金针。

以上，粗明第一义。

让我们再回到谢家的故事上去。谢玄为什么特赏“杨柳依依”“雨雪霏霏”？虽然他的赏鉴被谢安暂时抑下去了，可是丝毫不等于说它的重要性减低了，一点儿也不是。相反，这四句诗成为千古名句，正由谢玄第一个拈出。晋贤在我们文艺史上所以极为重要，是因为他们具有新眼光、新理论。他们的“品藻”，包括看人，看文，都与前一时代不同了。以前论人，注重品德、志行、器局、才性等等，如今（晋）则特重神韵了。推人及文，以人拟文，是我们的鉴赏学上的一大特点。因此，赏文如赏人，也就特重神采风韵。杨柳的躯干如何，枝柯如何，这些具体的细节在神韵观的面前都得一律“靠后”了，而它与其他树大有不同者，端在风韵独绝。而三百篇时代的诗人，则早已“抓住”了这个特殊要点，并且用“依依”这个叠词来传达了它的那种个性鲜明的神韵。“霏霏”的道理，大致相通，无待逐一词费。令人惊讶的是谢玄的审美之眼，一下子看中了这四句，而以之涵盖风雅的高处。谢玄这一抉示，对后世影响无比巨大，可以说是我国鉴赏史上的最为关键的一大发明，也可说是一大创造。

说到这里，聪明之士马上会悟到“谢家雅集咏雪”，为什么以道韫的“未若柳絮因风起”压倒谢朗的“空中撒盐差可拟”。试想，以撒盐拟雪，略无意味可云，而柳絮因风是何韵致！所以我说，谢家的这两个故事，说尽了吾华诗歌审美的核心与魂魄。

谢玄之例，有两个问题要关心鉴赏的人思索：一个是中华民族怎样创造出像“依依”“霏霏”这样的词语的语文问题，一个是这民族如何观察事物——“仰观宇宙之大，俯察品类之盛”——而把握其神髓（而不是皮相）的问题。

前一问题，我用自己的表述方式来说明，就是：这种语文本身不是别的，即是诗的语文。对此问题，有几多学者作出了何等的研究，愧无所知。我个人则以为这是鉴赏中国韵文的带有根本性的一个绝大的课题。比如，专家们应当替我们解说，“依依”在何种其他民族的语文中能找到相对应的、相近似的“译词”？如果根本没有——需用一大堆话来勉强“释义”，那是另一回事，不许相混——那又表明了什么缘由或学理？杜子美说：“风吹客衣日杲杲，树搅离思（sì）花冥冥。”那“杲杲”，还可以训为“明也”；但要问：“冥冥”又是什么？而且，这“杲杲”“冥冥”，毕竟是在传达了诗人的一种什么情愫？暮雨的潇潇，炊烟的冉冉，秋风的瑟瑟，芳草的萋萋……你译成“外语”时都是怎么“解决”的？倘能于此有所体会，则对晋人欣赏《诗经》佳句的道理，思过半矣。——当然，因晋人之例而先举了叠词，还有联绵词，同样重要：春寒是料峭，夏木曰扶疏，秋色为斓斑，朔风称凛冽……要问：这是不是“诗的民族”所创造的语言？是不是奇迹？把它看得等闲了？君特未之思耳。

当然，在语文背后，还有一个更根本的道理，即观察万物而首重神髓的问题，这才是吾华韵文的灵魂。这首先涉及人，因人而及物。一个人，出现在你面前，你先看他的什么？一般人必曰：眉、眼、头、脚……但鉴赏家则先要看他的神。这神，或谓之“神理”“神明”“神锋”“神采”……也是从晋人特别重视与标举起来。看人不是看他（她）的描眉画鬓，而是看那俗话说的“神气儿”。曹雪芹写宝玉，只一句要紧的话，说是“神采飘逸”；写探春，要紧二句只是“顾盼神飞”“文采精华”。东坡居士在《念奴娇》中写公瑾与小乔，也只说是“雄姿英发”，就是说他二人在年貌最好的生命阶段所显示出来的“神明特胜”。

神是生气永存的不朽表现，韵是素养超然的自然流露。二者合在一起，构成人的最高风范。这种对人的审美观念，推移到高级文学——韵文中去，就形成了我们的鉴赏者的头等重要的标准。

至此，可以领会，那“依依”，不是别的，正是杨柳之神，杨柳之韵。在诗人看来，柳之与人，其致一也。正因如此，后来便又发生了以禅论诗的重要理论。

三

以禅讲诗，代表者是宋贤严沧浪，此固人人尽晓。晚唐已有司空表圣提出“韵外之致，味外之旨”，似已开其先河。但实际上这个源头还要追溯到那以前很长的时间上去——我的意思也还是六朝时代。试看初祖达摩来到东土，时当齐梁之际，便可消息。

借禅讲诗，以禅喻诗，只是一种方便法门，而不是认诗即禅。但禅是怎么一回事？非但一般人不能理解，即学者亦很少内行，是以近人笺注《沧浪诗话》，大抵是说了许多不相干的俗义，愈讲愈离。然而倘若以其难讲而回避不谈，那将是一种极不科学的态度，是掩耳盗铃式的“精神”。因为不知道禅与我国文学艺术的关系，而讲韵文的鉴赏，就好比讲中国文化而忘掉了老庄思想一样。

诗并不即是禅，但有其一点相通之处，故此可以借之为喻。讲中国文学艺术而涉及禅学的问题，与宗教信仰、与唯心主义等等哲学问题，毫不相干，而只是一种东方文化中所独具的“传达”“领会”的奇特方式。这种方式，无以名之，——也许可以杜撰一个“超高级传达交流方式”。诗人（韵文作家）有了感受，要想将它传达于他人（读者），非常困难，用一般方法，结果必致“走样子”，差之毫厘，失之千里，大非诗人原意。怎么办？于是而有见于禅家的传达方式，用最直截了当的办法达到使之领会的效果。诗与禅的关系，主要在此。

原来，从根本上说，禅家和诗家是“对立”的：禅家也要传达的，却把语言授受视为一种障碍，妨害人去最直接地接触那所追求的对象本身，所以反对“语障”，主张“不立言说”。在这点上道家初无二致，也是主张“得意忘言”，视言辞为“糟粕”[1]。他们的共同认识是，把握那一事物之真，须是最亲切的直接感受（心得领悟），语言不但无法传达，而且制造隔阂，轮扁、庖丁的比喻，都是如此。诗家却离了语言就无所施为了，这是他们最大不同之点。但诗人的目的，却也有将他所感受的事物之真，设法传达于人的愿望，于是在传达真谛上他们有了共同之点，于是禅家的精神也就必然影响及于诗家。何况，像“依

[1] 庄子认为，精微的道理，包括各种技艺的高级心得体会，并不是语文所能表达的，所以古人留在纸上的文字，实际上是一种糟粕——最粗最失精彩的部分。这与现今使用的“糟粕”（指文学中应该分析批判扬弃的有害成分）不可相混。

依”“霏霏”的表现法，本来就具有遗貌取神的内核在，与禅理是相通的，这就是诗与禅能够结合讲论的主要原因。

禅家与道家各自有其个性，道家主虚静无为，禅家却是积极精进，特立独行，反对教条，毁弃像偶。“丈夫自有冲天志，不向如来行处行”，这是何等的“独立自主”的骇俗惊世的精神意气！这种向上的精神意气，从何而来，六朝士大夫品论人物，已经有了这一审美概念。那用词便是“儁”——俊、骏，一也。比如高僧支道林（常与王右军论辩哲理，《兰亭序》其实就是因此而发的，余有专考），喜欢养马，人们评论他，说你一个修道之人，却来养马，这事“不韵”。他答曰：贫僧爱其神骏！这一则故事，异常重要，与文学艺术，也息息相关，最是需要涵泳体味。

魏晋人讲文学，提出了一个崭新的审美认识和鉴赏准则，其言曰“遒”。曹丕在《与吴质书》中说：“公幹有逸气，但未遒耳。”须知这个“遒”，已与神骏大有关系，唐初人对王右军书法，特标曰“遒媚”；《世说》中论人论文，则每言“遒举”“遒上”，这种重要的审美认识的发展，久被忽视或误释，你在一般辞书上连这“词条”也是寻不见的[1]。但这却正是禅家精神的重要一环，所谓“透网金鳞”“鸢飞鱼跃”的无限活力和志气。这与世俗误会的“虚无”“消极”“恬

[1] 关于“遒”的理解，可参看拙著《说遒媚》，载《美术史论丛》。

退”“枯寂”等等适相违反[1]。这也就是老杜赞人曰“清新庾开府，俊逸鲍参军”的那个“俊”。如唐代的杜牧之、宋时的李清照，其笔下都有俊逸之气，正东坡所谓“英发”之致是矣。

禅家为了破除传达的障碍，反言障，反理障，反意障。这对韵语文学也是极有影响的美学问题。南宋四大家之一的杨诚斋，诗论甚伟，他就明白提出：作诗必先去辞，去意，然后方才有真诗在。这在世俗常理听来，皆属怪论。不知他正是为了破除一般的（非诗的）“推理性”“逻辑性”“议论性”等等之类的东西。这些东西即使在高手笔下也是能写得成功的，但毕竟是不得列于最上乘的诗句或韵语。

清代曹雪芹这位大诗人，借小说的形式也曾涉及诗的鉴赏这门学问与艺术，他让书中人表示最为重视王摩诘的五言律，并特举了“大漠孤烟直，长河落日圆”“日落江湖白，潮来天地青”二例，对“直”“圆”与“白”“青”的诗法与诗境作了评论，就极是值得我们参会。试看这四个用字，中有何“意”？中有何“理”？又有什么“修辞技巧”藏在后面？这些一般庸常之辈所讲求的，他都没有，可是诗境极高，魅力很大。道理安在？我的解答：这就是以禅喻诗的理论之所以可信，可贵，因为王维正是破除了“意障”“理障”以及“语言障”而直截了当地把握那种情景的神髓的高级手段。假使不谙此理，只向“炼字”“遣辞”上去寻找奥妙，就永远不能超升到一个高层诗境去了，鉴

[1] 禅家既然言行极其独特，难为世人理解，所以遭受的误会与歪曲最大。有一种假禅僧，专门以妄语惑人，其方式多是故弄玄虚，或编造诡辩式言词（如“打是不打，不打是打”之类无理取闹），或装出一副神秘的假面孔，低眉顺眼，双手合十，说些什么“弱水三千，只取一勺”“有如三宝”等等胡言混话。高鹗伪补《红楼梦》中，即以此欺人，因为有的人不知禅为何事，竟对此大为赞赏，说这是“曹雪芹最精彩的文笔”，可知讨论这种事，是很困难的。

赏之道，难处在此。

一般人对王维的诗，能看到讲到他的“佛家影响”，却不能解释一个“佛门信士”怎么又会写出“风劲角弓鸣，将军猎渭城。草枯鹰眼疾，雪尽马蹄轻”来？这，就又要记取我上文所举示的那个禅家并不同于一味“空寂”的寻常僧侣，而是极重神骏的“进取”之士。没有那种精神意度，如何能写出那种“昂昂若千里之驹”的俊句？而且，一个“疾”，一个“轻”，也仍然是那个直抉神髓的手眼。

这个道理若粗得明了，那么到词论家王国维提出“隔”与“不隔”的真意旨，就不待烦言而自解。王国维未必是有意识地以禅讲词；发人深省的则是那“不隔”恰恰就是我所谓“最直截”的同一意义。王氏此论，暗合禅理，这现象极值得鉴赏理论家思索。

当然，王先生此论的基本精神是非常高明的，因为懂得词曲这个“范畴”也要涉及禅理的人是不多的。但王先生也有偏颇之处，即强调“不隔”以致连“代字”也明白反对。这是他看不到“代字”乃是吾国语文本身特点、音律文学的严格审美要求所产生的奇妙的文学现象。“落日”“馀晖”“残阳”“斜曛”“晚照”都是“代字”的“派生物”，难道只许留它一个而禁废其馀？须知那不但是音律要求的变换法则，也是意味境界各异的传达妙法。周美成《解语花》写上元佳节，用了一个“桂华流瓦”，王先生也表反对，而不思“桂华”所引起的丰富的艺术联想及章法脉络的作用：没有“桂华”，下面“耿心（耿）素娥”便失其精彩之大半，而再下文之“满路飘香麝”也就减却辉映过脉之美了。这句词，如改“月光流瓦”，“代字”是没有了，可是那神韵风采，又往哪里去找寻呢（因为王先生自己也承认此句境界极妙呀）？

由此说明，艺术之事未可只知其一，不知其二；但此处若以“不隔”之说而为禅理说诗之一助，则正宜温习，未可轻易视之。

鉴赏学者还有一个课题应尽先研讨，即司空表圣的《二十四诗品》。现有论著，大抵以为这是以道家思想解诗的范例。我则以为这二十四章“四言诗”中充满了禅家的质素与气息。

一般人把它划归道家，大约是看到它第一篇就说“超以象外，得其环中”，“环中”一词即出《庄子·齐物论》“枢始得其环中，以应无穷”。又见第二篇即标“冲淡”，等等，遂有此论。不知佛义初入中土，许多名词概念不见于本邦语文传统，势不得不求借于老庄之言。禅宗原是“华夏化”了的一支独特的佛门宗派，本来也吸取了道家的有用的精义，其辞偶合，原不足异。但终究不能认禅即道，那分别还是很大的。司空图的许多要紧的句子，都是禅悦，而非道玄。试看他所举之品虽然多至二十有四，而其以景喻象、以境写神的许多句子，却有一个共同的特点，即生机流动，气韵高明，总是说其间有一种精神实在，非常鲜明，但又不容人“拿”来把握。所谓“采采流水，蓬蓬远春；窈窕深谷，时见美人。碧桃满树，风日水滨；……乘之愈往，识之愈真：如将不尽，与古为新”。他引的戴叔伦的话“诗家之景，如蓝田日暖，良玉生烟，可望而不可置于眉睫之前也”，他所谓“生气远出，不著死灰”，都最是要紧语、第一义。

唐人所达到的这种审美高度与鉴赏标准，直到宋人梅尧臣的“状难写之景，如在目前；含不尽之意，见于言外”，严沧浪的“言有尽而意无穷”，都在一步一步地更趋明白。

由此可知，中国古代诗人韵文家的感受与传达，是一个特色很强的精神活动，其所传达的，是神明，是神韵，是神采，不但写人，写景写境，也是如此。这种神，或飘逸，或遒举，即使在风格澄澹的王右丞、韦苏州，也照样内有遒举之神明在——这是司空图在《与李生论诗书》中说的。

明乎此，则中国韵文讲究神、韵、味、景、象、境，以至多层次的味外象外之传达与欣赏，皆可推知那是想要表达什么道理了。

四

我在上文特意使用“传达”一词，而不用“描写”“形容”“修饰”“刻画”这类现代流行词语，这需要略加解说。我认为，这是鉴赏中国韵文的一个最重要的问题。什么是传达？比如，现代的“传达室”“传达文件”为常见的语词，意思是“照样转递”。这种“传达”，包括拍电报、电视传真等等，都是“照样”：照样是不许“走样”的。我们的诗，是一种高级传达，又“照样”，又不是“复印件”，可以“变样”，“变样”是为了“更好地照样”。诗人咏士，主观上都是要照样传达的，但这里边的问题变得复杂起来：第一，诗人并不产生“摄影作品”，他传达的是包含着他的感受的景境，甚至有时是他再创造了的景境，所以并不“照样”。第二，他与禅家又不同，禅家主张破除言障，不立文字，“不著一字，尽得风流”（司空图《二十四诗品·含蓄》)，因而有时只用手指，只用杖示。诗人则是命定的“文字行”，离了语言，他就如同孙大圣无棒弄了。他也明知语文的能力极有限度，很难尽传他的感受与创造，可是他又只好勉为其难，在无奈何中觅取“办法”——这就是诗人的艺术本领，也就是鉴赏者的心目所注的目标。

王国维论词，提出写境与造境，有我之境与无我之境。其实，并没有这样的鸿沟天堑。“大漠孤烟直，长河落日圆”，写乎，造乎？有我乎？无我乎？漠何以识其“大”？河何以知其“长”？烟何以辨其“孤”？日何以审其“落”？倘使无“我”，谁所论耶？老杜说“漠漠水田飞白鹭，阴阴夏木啭黄鹂”，也像是写无我之境了，可是鹭何来漠漠之怀，鹂安得阴阴之意？这十四个字，还是诗人的感受与创造，而想要传达于我们的一种境界与神韵罢了。

但是，于此便发生了文采的这一重要鉴赏问题。

一般说法，以为语文是文学的手段与工具。这种认识，至少在我国的情况来说，是一种很肤浅片面的认识。在我们这里，语文本身便是一种高级艺术品，一种审美对象，它具有“本体性”。或者批判家总要给考究铸词炼字的作者扣上一个“形式主义”的帽子，就是不大懂得我们的语言文字的极大的特点与特色，而易与别的语文相提并论了。况且，没有内容只有“形式”的作品本来也没有人真拿它当值得评量的东西。词要铸，字要炼，这是什么意思？这不是玩笑，这告诉人艺术家的“汗流浃背”的苦功夫才能得来的语文造诣，像打铁炼钢的工人和技师一样呢！怎么要受你的轻视和“批判”？

在我们，离开内容而单纯“玩弄”文字的，不敢说绝无，但是很少。晋人提出一个“情生文，文生情”的多层次创作辩证认识，其实也还有一个“境生词，词生境”的同样的多层次创作实际。这是局外人所不能理会的，因为他不会吟诗填词，没有实践的心得。

人有神采，所以文也有文采，我们总是把艺术品和一个活生生的人来一样看待，一样要求：有血，有肉，有骨，有气……还有神采，有韵致。没有文采的诗词，也不会真是最好的作品。

文采不是雕绘、堆砌、涂饰的“外面加工”的意思，一点儿也不是。这是一种素养和造诣所焕发出来的光彩。

文采是不是等于字面华丽？当然不是。陶渊明最不华丽，但他有他的文采，“孟夏草木长，绕屋树扶疏”，“平畴交远风，良苗亦怀新”，这是他特有的文采。

摛文摅藻，比喻其笔下的纷纶葱茜的色彩和生机，虽人工，却堪匹天巧。刘彦和说“云霞雕色，有逾画工之妙；草木贲华，无待锦匠之奇”，不喻世（其）意者以为他是纯重天然，而轻视人巧；其实正好相反：他是说动植万品，“无识（没有意识、知觉、感情）之物”，尚且“郁然有彩”，何况人是“有心之器”，岂不更应文采过之吗[1]？

曹子桓已然提出了一个“诗赋欲丽”的纲领。唐贤也说：“清词丽句必为邻。”连司空图那样“玄谈”的诗论家，竟然也列“绮丽”于二十四品之中，但“雕绘满眼”，已为六朝之诟病；李太白直言不讳地

[1] 《文心雕龙》的总宗旨是讲求为文之法，故末后有专著标曰《总术》，其义可知。而论者往往误会了《原道》所说的“自然之道也”一句，以为那是主张文学要“纯任自然”，不劳人巧作为，云云。不知这正与刘氏原意相悖。所谓“自然之道也”，是强调指明宇宙万物无不自具文采，何况于人？所以作文要有足以与天工比美的人巧。他的原话十分明白，不宜错说。

宣称“自从建安来，绮丽不足珍”。……这么一来，“绮丽”到底是好是坏？就又成了鉴赏领域中的一则悬案。

其实这个老难题孔子早就有评论了，说是质若胜文，则野；文若胜质，则史，所以最好的是“文质彬彬”。这里没有“偏袒”。徒质则野，这个问题很少人正面提出讨论，不知何故？煞是可异。圣人之言，也未必尽“圣”，但无论如何可以证明儒门大师也毫无轻文之意。野是不文明、无文化的表现，高级艺术不会以此为理想标准。那么文与质的关系是不必词费的了。可是，我们的文之本身便具有美的本体性，这一点总未被儒家和道家承认。佛门则以“待（绮）语”为戒（所以有的词人自称其作品为“语业〔孽〕”）；我看这倒是能从反面看出佛门却能真识语文之美，所以才需要“戒”它，眼光是高明的。我们常常为文采之美的巨大魅力所迷住，但是不敢公然“坦白”，因为怕犯“形式主义”“纯艺术主义”的错误。这样，真正能直言无讳地为我们赏析文采之美的文章也就难得一见，有之，也是蜻蜓点水，再不然，也要赶紧缀上一串周旋的门面话。这样，我们的韵文就剩了一些几句话可以“总结”的抽象概念，一点“道理”式的教条。其影响所被，自然是会使很多的“文字行”的人不知文采为何物，造成艺术本领的枯萎和退化。

唐人所谓“自从建安来，绮丽不足珍”的见解，也从反面说明了一个重要的文学史的问题：先秦两汉，文人与文学，是另一类型；从曹氏父子出现，加上邺中七子这些才人，这才开始有了“文采风流”这种类型的文人与文学。这一点极为要紧。只看见“绮丽”，与涂脂抹粉的外饰等量齐观，所失不小，——也无法解释我们文学史的发展，特别是无法解释从六朝小赋到晚唐诗，到宋词元曲的向风流文采这个“方向”发展的脉络因由。

丽，不是“华丽”“秾丽”“艳丽”的俗义，是指高度艺术美的文学语言，它不一定即是穿红挂绿、插金戴银。评赏李后主的词，不是说他是“乱头粗服”的美人，是“丽质天成”，不假修饰吗？古人看美人，有一种“天生丽质”。这丽是什么？我们又说“风和日丽”，那太阳并不“漂亮”“标致”。司空图在二十四品中竟也标出“绮丽”一品，你看他说些什么？——

> 神存富贵，始轻黄金。浓尽必枯，浅（淡）者屡深。雾馀水畔，红杏在林。月明华屋，画桥碧阴。金尊酒满，伴客弹琴。取之自足，良殚美襟。

你不一定完全赞成他老先生的这种美学观，但既为鉴赏者，你必须思索一下：唐代理论家、实践家的心目中，绮丽的涵容原来是那样子的。

“雾馀水畔，红杏在林”，前一句也与丽有关系？殊费揣摩。后一句，使我们联想丛生，比如老杜写出了“林花着雨胭脂湿”，写出了“晓看红湿处，花重锦官城”，自然够个“丽”字了。温飞卿的词，“池上海棠梨，雨晴红满枝”，更是丽意满纸。但一究其实，诗人词人毕竟使用了多少“华丽字面”“粉饰功夫”？太白赞不绝声的“解道澄江净如练，令人长忆谢玄晖”，多么值得鉴赏者掂它的斤两！但一究实际，令太白心服口服的谢玄晖，只是“馀霞散成绮，澄江净如练”十个字，也何尝描眉画鬓？可这才真够得上“清词丽句必为邻”呢！

谢玄晖的名句，也“进入”了宋词人王安石的《桂枝香》里，他道是：“千里澄江似练，翠峰如簇”。他写那“天气初肃”的“故国晚秋”，却用一个“背西风酒旗斜矗”，这是何等的风神意味！这写秋几乎与辛稼轩之写春有异曲同工之感——辛曰：“春已归来：看美人头上，袅袅春幡！”这就是文采，也就是境界，也就是神韵。所以要讲鉴赏中国的诗词，非从一个综合整体——语文运用之美、传达手法之超、心灵体会之到、艺术造诣之高，这样一个综合美、整体感来认识不可。分开讲说，无非为了方便而已。对我们自己的汉字语文的极大的特点特色认识不足，对它在诗词韵文学中所起的巨大作用估计不够，是鉴赏的一大损失。境界、神态、风采、韵致的来源，相当的一部分即是这个独特语文的声容意味和组织联结的效果，而这一点向来缺少充分的研究和介绍[1]。

五

曲之与词，原本无别。对旋律歌谱而言，曰词（古曰“曲子词”，即后世所谓“唱词儿”），其后成为文体专名，致有宋词元曲之分。大晏《浣溪沙》云“一曲新词酒一杯”，并非二事可知。曲词本起民间，

[1] 可参看拙著《诗词赏会》中多处涉及此义的文章。

不免俚俗，有极下劣者，诗人文士，对它却也十分喜爱，填以新词，提高了规格，使之风雅化与严肃化，可谓之“认真对待”，不再是谐谑凑趣、侑酒寻欢的“下等”的东西。从黄山谷词集里还可以寻见那种市俗曲词，品味不高。所以词人有的将自己的作品特标为“乐府雅词”，不是无缘无故的“自高身价”“脱离群众”。

这种升格运动，残唐五代时期已然完成。也许由于那时的政局动乱，多有末世离乱之思、亡国之恨的缘故，词曲里也就扩大了思想内容，受到了重视和评价，其间也有“诗教”的观念左右评坛，也有赏音（者？）的同情与叹惜。李后主，冯延巳，虽然风格大异，地位不同，却历来获得评者的青睐。

但是唱曲子填词，毕竟与作诗有同有异。专业内行，讲究曲子的，自有其“当行本色”，是笑话那种“传统诗家”的。女词人李易安就笑话以诗充词的“外行”词人。“着腔子（曲调）唱好诗”是可笑的事。可知赏词之事又加复杂了许多。

宋朝的一则文坛佳话，说是晏殊得了“无可奈何花落去”一句，怎么也想不出好对白（句）来，后来朋友给对上了，道是：“何不曰似曾相识燕归来？”晏公大为击赏，十分得意，除了作成的《浣溪沙》名篇之外，还为这一联又作成了七律。于是评者遂谓此十四字入词绝妙，入诗便不相宜云。这种意见，顾随先生与人说词即不以为然。我也觉得，入诗未尝不可，未必不佳。但是前人的感觉何以发生？其中也定有缘故。至少，我们可以由此体会读者对诗词的“体性”有不同的认识，对它们的鉴赏要求有不同的标准。大概说来，诗在词面前总显得有些“道貌岸然”“正襟危坐”，典重沉郁有馀，风流情致不逮；诗是“老古板儿”气质多，而词则有异，即使是抒写沉忧深恨的，读来也觉轻快得多，比较活泼，比较逋（峬）峭跌宕，没有沉闷的压力感。“诗教”气味更是不见了。敦礼教，厚风俗，明鉴戒，这些意思，不必在唱曲时念念不忘，可以“自由”地言志抒情了。词把诗人的思路大大地解放了一步，传达表现的本领和才华又获得了更多更新的发挥馀地。

曲之于词，仿佛再加一次“放松”以至“放纵”。它允许在音律的抑扬顿挫的“空隙”中楔进衬字，使笔致加倍活泼流动，因而表现能力也显得更为增强了。曲又打破一味雅词的观念，“胆敢”大量运用俗语成语，杂入于词藻典故之间，不但能使之相与协调，而且造成了异样新颖精彩的艺术境界。它比词，更多了一层情趣，特别是这个“趣”字的神理，在曲里发挥得达到了高度。平仄韵的通押法则的恢弘（宏），使它更加轻松愉快，流丽条畅。这真是一个雅俗共赏、能博得广众喜爱而又不流于“风斯下矣”的新型文体与文格。

精严无比的词曲音律，对于那些倚声制曲家来说，一点儿也没曾形成“枷锁”“桎梏”，相反，这种音律的规定使他们对语文的运用更加因难见巧，自律生新。他们对文字的形、音、义以及它们的千变万化的艺术联系与连锁作用，都“吃”得透极了，运用达到了出神入化的地步。“嬉笑怒骂，皆成文章”，也只有曲子才真能当得起这句话。

这就需要鉴赏者从更丰富的角度和层次来着眼和用心。自然，词曲的真佳处，当其成功而感人，仍然是万变不离一个“诗”（广义）的体性和风神韵致，鉴赏其他的方面，总不能忘记了这个根本课题。东坡说柳词高处不减唐人，正是此意。

六

赋的质性，与诗词曲原不同科。赋是铺叙[1]，诗是涵咏（泳），甚异其趣。汉赋，讲求浩瀚壮丽，罗列名物以为能，包举万象以为备，以致招来“类书”的讥评。但到曹丕，已经提出“诗赋欲丽”，似乎他认为二者也有共通之点了。稍后陆士衡方才指明两者之大别是：“诗缘情而绮靡，赋体物而浏亮。”成为千古名言。赋到六朝，并未衰退，实有进展。只要看看曹丕论文，品次七子，以为王粲、徐幹可相俦匹，皆善辞赋，所举王作《初征》《登楼》《槐赋》《征思》，徐作《玄猿》《漏卮》《圆扇》《桔橘赋》，人各四例，皆赋也。这事态可思。再如《世说》中诸例亦耐人寻味，一是人问顾长康作《筝赋》，自视较嵇叔夜《琴赋》如何？顾以为胜嵇。二是庾仲初，作《扬都赋》成，庾亮溢美，说是足与《两京》《三都》相埒，以致“洛阳纸贵”，谢太傅予以批贬，说怎能那么捧他，那实际是叠床架屋，事事摹仿，又跟不上前人耳。三是庾子嵩作《意赋》之问答十则，也大可注意。

---

[1] 赋的另一义是徒诵而不歌，即没有音乐伴奏的诵诗方式。“歌”“赋”相为对待而言。但于本文关系不切，故不必详及。

至此，已经可以看到，那时期以赋观才，定人身价，仍是主要风尚。再则赋以“咏物”为题，遍及动植器皿，又进而将“物”的范围拓展到抽象的感情、精神活动方面。《意赋》既尔，江郎的《别赋》《恨赋》更无烦解说了。连陶渊明也作《闲情赋》，成为“谈柄”。其源头还是在建安那个“不足珍”的时期，应玚有《正情赋》，实开其端。曹子建的《洛神赋》，尤为划时代、开纪元的名作，从此，赋才一步一步摆脱开“类书”“罗列”的模式，而与抒情诗分源而汇流。这是一个极大的创造，极巨大的变革。六朝小赋，其文辞意境之美，达到了后世复乎不可企及的高度。我喜欢举谢庄的《月赋》为例，清人许梿收入《六朝文絜》时评语甚精。此赋很小，名为赋月，但主旨是“怨遥伤远，一篇关目”。许先生说：“数语无一字说月，却无一字非月。清空澈骨，穆然可怀。”“笔能赴情，文自情生，于文正不必苦炼，而冲淡之味，耐人咀嚼。”“以二歌总结全局，与怨遥伤远相应。深情婉致，有味外味。”请看，这是“赋”吗？这是十足道地合乎二十四诗品的抒情诗啊！

许梿说“于文不必苦炼”，这话在他来说，未为不可，因为他造诣高深；对今人来说，却要分别而论。试看赋中诸句：

陈王初丧应、刘，端忧多暇；绿苔生阁，芳尘凝榭……

他一开头便使用十八个字两句话，写尽了曹子建失掉两位知音文侣的感伤寂寞的心境。苔之绿，尘之芳，下字且不须多论，只看他一个“生阁”，一个“凝榭”，难道没有炼字的功夫，会写得出？至于菊而“散芳”，雁而“流哀”，这种高级艺术化了的语言，我们读时，更要问自己一声：“若是叫我写，作为考卷，我写得出吗？”——

若夫气霁地表，云敛天末；洞庭始波，木叶微脱。菊散芳于山椒，雁流哀于江濑……

列宿掩缛，长河韬映；柔祇雪凝，圆灵水镜；连观（去声，楼观）霜缟，周除（庭除）冰净……

若乃凉夜自凄，风篁成韵；亲懿莫从，羁孤递进。聆皋禽之夕闻，听朔管之秋引……

你读读那声韵之醉人，那词句之美妙，这是何等高级的艺术创造！于此而钝觉，于此而漠然，于此而更生“超越前人”的高论，以为这并无价值，不是就很难讨论鉴赏的事情了吗？

因谢庄写出“绿苔生阁，芳尘凝榭”，又使我联想到秦观的“碧水惊秋，黄云凝暮”的这种字法与句法。“惊秋”的“惊”，“凝暮”的“凝”，都怎么讲？怎样译成“忠实”的“白话”？你去解一解，试一试。这对鉴赏异常之重要。汉字的“词性”，是很难用西方语文“语法”概念来生搬硬套的。汉语文还有一个独特的“组联法”，每个字都具有神奇的魔术力量，不需任何“介词”“连词”，径与他字“挂钩”和“结合”。这两点常被忽视，置而不论，使鉴赏者失却很多灵智的契合。

唐代第一首（最早期的）五律名篇："云露出海曙，梅柳渡江春。"动词在第三字。王维的"日落江湖白，潮来天地青"，你可以认为动词在第二字上。可是"大漠孤烟直，长河落日圆"，哪个字是"动"词？"渭北春天树，江东日暮云""乱山残雪夜，孤烛异乡人"，哪个是"动"字？曲家马致远的《天净沙》："枯藤老树昏鸦，小桥流水人家，古道西风瘦马……"句法也正在唐人的伯仲之间。这还不足为奇，最奇的是"鸡声茅店月，人迹板桥霜"这种句法与"语法"，索性连一个"形容词"也无有了，遑论动词？那么，我国诗人如何运用我国语文的独特神奇的本领，岂能不构成鉴赏学中的一项主要项目呢？

评家常说诗人语妙，当然，最根本的还是灵台智府，体会之妙。譬如说一个美好动人的曲调歌音，词人说它"向来惊动画梁尘"，诗人说它"头白周郎吹笛罢，湖云不敢贴船飞"。你自然可以认为这是"修辞格"，是"比喻法"，毫不足奇；可是你也要想：譬喻不从体会而来，又来自哪里？要写一个声音，竟能体会它的艺术力量能把画梁上的栖尘惊动飞扬，竟使湖上的轻云高翔而不敢贴近奏乐擫笛的游船画舫，这是何等的心灵智慧才能够领略到而且说得出的？怎么可以事事习惯于用一个现成的名目和庸常的概念去对待文学艺术？

上举许梿先生因评《月赋》，说了两句话，他由谢庄这等高手而悟到"写神则生，写貌则死"。回到梅尧臣"状难写之景，如在目前"上来，就恍然于他这"如在目前"，也就是那事物的神采韵致，这是难写的，然而竟能使读者如见其人，呼之欲出。我们的汉语文又是一种高级先进的语文，它最能"状难写之景"，也最能"含不尽之意"。

七

这篇序文中引及古人不多，而司空表圣和温飞卿，都是山西的地灵人杰。这部鉴赏大辞典的编印，出在山西，也非偶然之事，使我倍觉欣喜。我因此才不揣浅陋，为之弁言。虽然都还是老生之常谈，但因各篇赏会的文字都是分散的，不大可能就这些问题为之评介。我在此总括地申说梗概，无非抛引之诚，扪叩之见，涓滴之微，亦溟澥所不弃，则不胜幸甚。

刘彦和之论《楚辞》，说是“故才高者菀其鸿裁，中巧者猎其艳辞，吟讽者衔其山川，童蒙者拾其香草”。你看这还不是我们的最古的“接受美学”的评论者吗？鸿裁诚不易言，但只要不仅仅满足于猎艳辞、拾香草，也就是鉴赏的高流了。我这拙序，只能就自己所能达到的限度粗陈所会，童蒙之讥，识愧而已。

末后，我还想提一下音律鉴赏的问题。这在从前，只要是“知识分子”，起码知道四声平仄，也不会在使用时弄出大错。今天却成了一个极大的难题。报章杂志，各类文章报道，又很爱用个七字句作题目形成风气；可是一读之下，一百例中大约幸运可遇一二合律的，其馀者都一点儿也不懂得自己语文中这个关系韵文美（其实也包括散文美）的重要的道理，弄得颠三倒四，读起来真使具有“音乐耳”的人别扭万分。这现象十分严重，也莫知其所以致此之故。平仄都不通晓，而来讲韵文的鉴赏，这是个很大的文化异象，甚至可以说是一种可忧的异象。揆其原因，中青年语文教师不懂了，怎么让他教下一代？况且现行语文教育也根本无人重视这样的异象问题。谨在此呼吁，这并不是“无关宏旨”的“薄物细故”，这反映了当代语文教学上的一个缺陷面，是要逐步匡救才行的。因此我深盼像本辞典这样的型巨而价重的鸿编，也能在这方面起到一些有益的作用。

戊辰中秋写记于北京东城之茂庭

（北岳文艺出版社1989年版）

宋代词人李清照[1]

刘瑞莲同志因为她研究李清照的专著即将付梓，前来索撰序言，辞而不获。自问于易安居士不曾多下功夫，所识甚浅，实不足以当此委嘱之重。其时复值年底诸务蝟（猬）集，文债如山，思绪也很难集中于一题一义。不得已，姑以芜词，聊报雅命。

这部书，是论述李易安的一种评传性质的著作，亦即有别于一般选注读本的那种介绍。所以尽管李易安是以词名家的，我却首先想到她的"全人"的问题。换句话说，我觉得我们于千载之下来看李易安，是不能仅仅从"词人"这一个角度来着眼的。我的感觉是，她是一位女豪杰女英雄，而不是"才女"一词所能包括。

让我举一个例来打比方。

[1] 《李清照新论》序。

比如，宋代知名的女词人之中，还有一个朱淑贞，她的《断肠》名句，也是感人甚深的，并且早就与易安齐名并举。但无论如何，总不会使我认为她具有英杰的气质与风调。这样，就看出李易安虽然同是女流，却与寻常一般的女性有些不同之处。我以为她的这个特点，反映到她的词曲诗文中去，才显示出那种令人瞩目的特色。一般女性的特征，特别是中国古代的妇女，似乎是以柔弱婉顺为主。因此具有卓荦英多之气质的女性，就格外可贵。

我说的卓荦英多之气，绝不等同于粗豪野鄙的“男气”，也不指男性的“生理特征”——如果是那样的女性，我是不会觉得她很美的。反过来说，男子就一定具有卓荦英多之气吗？可不见得。猥猥琐琐、庸庸碌碌，满脑是名利酒肉和更低级的东西，恐怕倒是为数正多呢！自然，这类人有时也会附庸风雅，冒充作家。那是另一回事。从诗词史上看，我特别感受深的是曹子建、鲍照、王勃、杜牧之、范石湖……诸位大手笔，他们都特有英气拂人眉宇。这都是男子。别的优长之处虽多而英气不足的，那就多得是了。由此可见，女子而具有英气，那又当是多少倍的可珍可贵呢？

古往今来，崇重女性人才的，莫过于曹雪芹。我的感觉非常强烈的一点，是他笔下传写的女流中，具有此种气质的女子，特受雪芹的赏识与敬重，其例难以枚举，就中凤姐、湘云、探春、尤三姐、晴雯等，尤为特立独出。秦可卿托梦于凤姐，说了一句非常要紧的话，代表着雪芹的独特的妇女观与女性人格审美概念——“婶子你是脂粉队里的英雄！”我要说，这是读懂《石头记》的一把钥匙。

这和理解李易安，有什么交涉？如不理解这一面，则李易安之所以为李易安者，将“失其泰半”矣。

既然如此，即又可知，研究李易安，不仅仅是一个诗词文学史上的课题，实际是中华民族文化史上的一个重大的课题。此义甚长，我在这篇序言里，不能也不容“全面系统”地论述：一是体例所限，二是牵涉甚广，非数语可尽。所以只能说到这里为止。

易安居士将她的词集取名为“漱玉”，由此也可以窥见她的为人与志节，盖“漱玉”者，自当是从“枕流漱石”这一典故而来，却特易“石”为“玉”。这说明了她的高洁之心怀、美好的情性。中华文化自远古以来最重琼玉，用高级的审美观来体察到玉的特殊美点：既极温润，又最坚致；既有文采，又有灵性（古人分别玉之与石，玉为灵，石则顽，此其大异也）。具此四德，所以玉是易安的理想，也是自励。漱玉之人，安肯与污秽粪土为伍乎？可惜后世考古只认青铜彩陶之类，久不识玉在中国文化史上的重大意义与作用了，也无人加以认真研究，几为绝学，“漱玉”之名，自然等闲视之了。

我与瑞莲同志并不曾就此一义作过任何交谈或商讨。我只是陈述一己之见、中怀藏之已久的一种认识。迨我看到她的稿子，见那第一章题目就是“盐絮家风”，就感到大为高兴，再看还有“生当作人杰”与“此花不与群花比”两章，我于是欣然自信大约我们之间的看法（至少是在这一点上），是不至于“大相径庭”的了。

“盐絮家风”这个题目谈得极好！我十分欣赏。为什么？这个题目，恰好说明了，最晚到晋朝王谢二族，已经出现了这种卓荦英多的诗人型的女性了，谢道韫正是那个时代的一个绝好的代表人物！

倘若曹雪芹当日不是要传写他亲见亲闻的闺情，而是立意拟写古来的女子的话，那么我敢说：谢道韫、李清照，都会收入他那“薄命司”里去。

像易安居士这样的扫眉才子，自幼在“盐絮家风”的培养中得到了中华民族的高级文化素养的宝贵条件，她需要的不是物质享用，而是高层次的文化生活。这是我们民族文化史上的一个特别有意味的篇章。这种类型的东方式的高级文化女性，除了曹雪芹用“小说”的形式“开辟鸿濛”地首树“义”帜之外，恕我孤陋，不知可有哪部文化史著作里曾有专门论述？连雪芹的那等高层次哲理思维的伟大著作，也还被世俗之眼当作只是什么“爱情悲剧”来看待呢！所以讨论李易安的事，在我看来，实在含义至为深厚，至为发人深省。

瑞莲同志以一位女学者，来研究李易安这位女英豪，这也是极有意味的佳话。我与几位女士说过：“曹雪芹为他书中的女子，一生呕心沥血；而后世的女子，可为什么不该为雪芹多做点儿工作？”我又说：雪芹在书中的“女儿天国”中写下一副对联，道是：

幽微灵秀地

无可奈何天

脂砚斋当下即批云：

女儿之心

女儿之境

可知脂砚（拙见此人是一位女性）最能理解《石头记》的笔法与用意。须眉浊物来研究女性，是不能透辟中肯的。我借此意，来说明瑞莲同志这部著作的特点与特殊意义，倒也不为生拉硬扯吧。

瑞莲同志爱好古典文学，多年来，执教人民大学，课馀一力专研李清照这位女文化高人的生平、时代、创作……她的功力甚为深厚。而今删繁就简，表述为六章三篇之数。读者于此，足窥易安的一生与文学的足迹。洵为近年来难得的一部佳构。

李易安的悲剧，感人至深，但它的中心究竟是在何处？读了瑞莲同志这本书的人，都不能自已地要思索这个问题。她的这部书，将大大有助于我们探讨中华文化史上的很多令人赞叹、令人嗟惜、令人痛心、令人感奋的巨大课题。

这样的书，需要学术上与文艺上的双重功力，缺一不可。我以为撰者在这方面融会得也很见匠心。愿她继此之后，更有新著，多作贡献，嘉惠士林与青年学子。

与瑞莲同志相识，还是一九五二年在成都四川大学的事，那时我们只有三十多岁。如今同在北京多年了，不想又因翰墨之缘，而留此痕迹，这自然是在川大时所不能逆料的。成都自古文风很盛，我在那里所遇所识的女学者、女诗人就比别处为多。因撰此序，我也衷心祝愿天公抖擞，不拘一格，多降英才——远者如道韫、易安，近者如瑞莲同志，则区区贡愚之意，也就得到欣慰了。

戊辰冬月寒宵走笔

（山西人民出版社1990年版）

谈唐诗史上的“三李”[1]

在我们中华的文学史上，数人齐名并称，其例举之不尽，这是什么道理？你可以说成是一种“传统”，一种“风气”，然而仔细想来，此一现象之“背后”，也隐含着一种中华独立的文化意义。在西方，似乎没听见有过“三沙二但”之类的提法（沙是莎士比亚，但是但丁）。我们则不同于西方，“三曹”“两司马”“三张”“二陆”……那是自古以来脍炙文坛，蜚声腾美，光焰不磨。何也何也？我自然不一定能够作出解释，但是觉得至少有一点比较明显：我们中华几千年的文化长河——这一条灿烂的天汉银河中，出现了数不清的大星巨耀，璧合而珠联，彩骖而辉俪，令人翘首云霄，时深景慕。源远流长，积累丰厚，相提并论者遂多。这恐怕是不能否认的一个缘由。

[1] 《三李诗鉴赏辞典》序言。

“三曹”“二陆”这种例子自有特点，因为它们是乔梓棠棣，一姓同时。说到我们此刻的本题“三李”，性质却又各异。太白、长吉、玉谿生，三人的关系与那并不相同，而且时间上也不相连属，他们的风格更是绝不相同。那么，是什么把他们三个“拉”在一起的呢？

唐代诗史上不提“三王”“三杜”，却标“三李”，确实令人感到别有意味可寻。

太白与长吉、玉谿，时间上大约相去有百年之久；前一位是“大西北”的人，后二位是中州才士。他们真是秦楚自分，古今有别。假如只因都是姓李，就把他们三个拉在一起，那只能是一桩笑话，庄严璀璨的中华唐代诗史上，是不会出现这等笑话的。

那么，这里必然另有一条“纽带”将“三李”联在一处，标作同流。

这个纽带是什么？要想鉴赏“三李”之诗，这当然是需要我们思索的头一个问题。

如依拙见而言，“三李”之并称，是因为他们是有唐一代诗人中最突出的“纯诗人型”的作手。

所谓纯诗人型，自然是一个相对于“杂诗人型”而撰出来的名词，它怎么讲？我们可以打个比方：例如李后主、纳兰容若，他们未必一生没写过一句诗、一篇散文，写出来的也未必就全不“及格”，但是文学史上公认，他们这样的，是纯词人，他们纯以词见长，以词见称，而不是以诗以文。道理就是如此。太白、长吉、玉谿，必然也能文能赋，但没有人以文赋家见许。他们一非官僚，二非经师，三非学者……只单单是个诗人。在我们中华文化传统上，能做官僚经师学者的，也没有一点儿诗不会作的，但他们纵然作得好，也只能是“杂诗人型”的作者，难与“三李”这样的相比而论。

纯诗人型的作手，不是凭学问来作诗，凭“理论”来作诗，凭“主张”来作诗。他们凭的是诗人之眼、诗人之心、诗人之笔来写诗。他们凭的是才。

似乎“才”是个旧名词，即传统用语。在我们这里，不必说诗的领域，就连论史，也要讲才，比如刘知几，就讲才、学、识，而以才列于首位。才的事情，内容丰富得很，并非换用一下“天赋”“天才”就算说明了的小问题。才的表现呈为千变万化的奇姿异彩，但只有它与纯诗人型的诗人结合时，方产生头流诗家作手。“三李”者，即是这一行列中的出类拔萃之人。

“三山半落青天外”，他们像三座天外奇峰，在唐诗的莽莽群山中挺峙，光景特异，佼然不群。

我们传统上常用的词语，以才为领字的，有才情、才思、才华、才调、才气。如今就拿我们自己的民族审美概念术语来看“三李”，他们在“才”的共同点之下，又各有特点个性。依我看来，太白是才气，长吉是才思，玉谿是才情加才调。其间当然互有“串联”，但大体而观其表现，可以如此区别。

太白的才气，常常使人感到一种惊奇和震慑。他的这种才气是不可学也不必学的。没有那种极高的天赋，硬要强学，定会学成一副空架子滥调，浑身是毛病，令人不可向迩。赏他的诗，一种“气势”向你“扑”来，如万里之长川，千仞之瀑布，令你无可“阻挡”和“招架”。他的思想与艺术的力量，使你不能另有选择，只有“接受”。他的才气，就具有这样的神力。

欣赏太白诗的，感到他不是靠含蓄回复，而是靠一气倾泻来写其胸怀。他的惜别诗、怀古诗，都是如此。他简直“铺天盖地”“一空万古”地向你倾注喷薄。他可以说“尽头语”，不留“有馀不尽之音”，却同样使你震荡五内、不能自已。过去常说他是仙才，我看应该也是神力。只是仙，可以超妙，却不一定有此夺人魄的神力。

初学者，常常喜欢他那最浅的一面，比如“千里江陵一日还”“疑是银河落九天”之类，觉得流畅飞扬，以为上品。需更提醒一下：太白自有另一面，不容忽视。“浮云游子意，落日故人情”，可是只凭“气势”的人所能写得出的？潇洒不同于浮薄，深厚不一定凝滞。单线路、单层次的头脑和心灵，最容易只知其一不知其二。比如你若只看到他的“兰陵美酒郁金香，玉碗盛来琥珀光”，大概又认为这是“豪放”之笔，但当你再看下面是“但使主人能醉客，不知何处是他乡”，则太白这位流浪者借酒消愁，别有深怀的气度，才使你憬然而醒悟。他的笔不都是“放闸之水，燃信之炮”。“人烟寒橘柚，秋色老梧桐。谁念北楼上，临风怀谢公。”这，才是太白胸襟深处的声音，也是他高超的笔调——换言之，这才是太白的真本色。

从鉴赏这一特定的角度来讲，我以为“三李”之中以太白最不容易为一般初学者领会其真际，所以在此多说了几句。至于长吉与玉谿，我倒觉得比较“好办”——不是说他们“简单容易”，而是说他们特色鲜明，历来论析赏会的，也多能道着他们的“要害”，不难披卷而得。

太白的诗，不由苦思和“数易其稿”“涂改殆不可辨识”而得，杜少陵说他“斗酒诗百篇”，“敏捷诗千首，飘零酒一杯”，可见其“挥毫落纸如云烟”的捷才了。长吉则虽非相反，却成对比。他是呕心沥血，拿精神性命来作诗的。他的短寿，和他的苦思冥索以觅奇句奇境，未必毫无关系。然而说也奇怪，虽然长吉作诗“锦囊”贮宝，与百篇千首的太白不同，可他的风格却全然来自太白。他不多写律绝，而特擅歌行，你看他那气势、格调，包括书生不得志的感慨，八荒万古的艺术想象力，无不与太白有千丝万缕的联系。但他的独立价值却是自辟鸿濛、别有天地，与太白混淆不得。古今诗人，尽管体性不同，几乎少有不为他的奇情异彩所“震”住的。有的还要仿效几首。顺便一提：《红楼梦》作者曹雪芹本是一位诗人，诗有奇气，为朋辈所折服，就屡次称他是“诗追昌谷”。这是真正的“纯诗人”，真正的奇才。读他的诗，也不要忘记杜少陵称许太白的“清新俊逸”四个大字，特别是一个“俊”字。你读长吉的马诗，就应该体会得出。

太白、长吉，使你惊喜，使你起舞，使你悲感——但不大使你多生缠绵悱恻、低徊往复、荡气回肠的感受。这就要向玉谿生去寻找。对玉谿诗，无待更作多馀的讲解介绍。他的才情笔致，风调襟怀，无一不使人意降心折。他博得了古今学诗爱诗者的倾倒与爱慕，其影响所被，虽不敢与李杜相抗衡，但拿长吉作比，那是小邦与大国之别了。慕而效之者多，以至宋初有了“西昆体”名目，这是最好的例证。

玉谿诗不逞才、不使气，也不追求诙奇幽幻的想象之境。他凭的是人间清词丽句——这丽，不是涂饰华丽艳丽的俗义。他凭的是情深笔妙。一般多为他的“无题”七律诗所惊动、所陶醉，那当然是出色当行，千古绝唱，但因此也往往忽略他的诗才在古体与排律上的非同凡响的成就，可惜论者就远不如论“无题”律诗那样多见了。我还认为，玉谿的七言绝句，实在最好，笔之深婉，格之高洁，境之清华，语之韶秀，气之俊爽，韵之绵邈，他人或得有一节之资，断难如他那样，诚为天予众长，汇为一美。值得特别提明的是，这位真正的“纯诗人”，寻找他在诗史上的渊源脉络，如果编列“唐诗谱系”，应当把他列在诗圣杜子美的系下，而不是太白的支裔。这个史的现象可能是出乎一些人的想象之外的，倒是应当引起深思，是一个耐人寻味的文学奥秘。

鉴赏之学，原不等同于一般的文学史的叙列，辞典或百科全书的著录——那是知识性介绍为主，也不同于“文义串讲”“白话翻译”。鉴赏者当然也要弄清作者作品的一切时地、背景、有关情况、文义典故等等之事，但鉴赏不是罗列重复这些，而且也不是近来鉴赏书物里相当流行的一种做法，即名为鉴赏之篇，却看不到鉴赏者的心得体会，特别是艺术的独到之阐发与抉示，往往只写下一些普通文字通用术语，诸如“塑造形象的鲜明生动”“思想性与艺术性的高度统一”等等之类，以为即此可尽鉴赏之能事。其实，这是什么也没有说明，什么也没有领会，什么也没有给读者抉发启示。如果以此等来代替真正的鉴赏，以此来理解和认识“三李”的出群超众，那就无怪乎今天的诗坛上少见“三李”式的大诗人重新显现身手，为中华的诗国领域踵事增华了。

我开头说三李是真正的“纯诗人”，当然是我杜撰的名目。其用意是要说明：在我中华历史上，凡读书人，自唐代以来，几乎无一个不能作诗的，但会写几句诗，并不等于就是诗人。因此，大多数实是“非诗人”，或者最多是“杂诗人”，他们虽然能诗，却够不上真正的诗人。他们并不是以诗人之心眼观物，以诗人之手笔抒怀，而往往是以学问而为诗，以典故文字而为诗，以主张、学说、理论而为诗，以交游应酬而为诗……这样的貌似诗人者，实非诗人。他们有时可以成为“害诗”者。所以我特别标明，像“三李”，才是我们中华民族引为骄傲的纯诗人。对他们的鉴赏，是重要的。

《三李鉴赏辞典》的编纂出版，标志着我国鉴赏学的逐渐提高与普及的可贵的足迹。我是三李诗的爱好者，但缺乏深切的研究；今为辞典撰序，不过粗陈浅见，聊供参采，不当之处必多，尚赖方家惠予匡正，实为幸甚。

己巳中秋佳节一九八九年之九月写讫于北京茂庭

（吉林文史出版社1992年版）

诗词韵语在小说中的意义[1]

诗词韵语，包括“四六文”式的骈句、联语等文体而言（因韵不单指韵脚，也指句中声律），常见于中国古代或近人所作古典风格的小说中，这是在西方小说中并不存在的一种特色。这些韵语之出现于以叙述为主体的小说作品中，其作用或意义何在？是否累赘多余，有“混杂”“失调”之病？在欣赏和研究中国小说时，是不容不细加思索领会的课题。

对此课题如欲有所理解晓悟，只从“体裁”“形式”的观念中去寻求答案是不行的。这必须从中国小说史的脉络和中国韵语本身的性质来索解，方能获得它的真正的意义（作用、价值）之所在。

中国小说的本质是史的一个支流，故有“野史”“稗史”“外

[1] 《中国古典小说卷中诗词鉴赏》代序。

史”“外传（史传）”等别称，即“正史”以外的史书之义。然从形式发展上讲，它除了本身是“叙述体”之外，还接受了佛门宣讲的巨大影响，即僧人自早是以讲说佛经故事为形式而宣扬教义的办法，而那是以叙说与韵语（偈颂）相间、交织而进行的，古称“转变”（今通称“变文”），“转”本义即是“唱经”的意思（也称“转读”）。因此民间说书艺术就借鉴参采了变文的优点，也以叙说与韵语相间而组成之。后世统以“小说”为名的通俗文学，所以有“平话”与“词话”之两大派系，亦由于此：前者是纯叙述体为主，后者则叙、韵交织，亦即“说唱文学”的名目之所指了。

平话，后来写作“评”，流变为“说评书”的“评”。疑心古时“平”本含有不夹以转唱的意思。而“词话”的“词”，实际也是广义的韵语的一种代词。

“说唱”形式所以盛行，是由于这能避免只说只唱的单一感，而起到变换、调剂、丰富的作用，给听众以更多的美学享受。这就是它最大的优点，亦即其独特的艺术价值。近世与现世小说，则因受了西方小说的观念与形态的影响，逐渐变为纯叙述体，完全抛弃了早先的传统民族特点。

“转”“唱”部分，本来是为了“听”众而设计的，而不像后世是单为了“看”小说那样，因而它的内容（或“性质”）也与后世不能全同，比如有的唱的部分乃是一种“重述”，即以韵语再一次撮叙方才讲过的那段情节。但印刷术发达之后，“听”说唱必然逐步分出一大支是“看”说唱，于是那韵语部分内容与性质也就向适合“看”的方面发展起来。“重述”“撮叙”日益减少了，诗词韵语的“本等”日益彰显了，即：抒情是它的本色，于是叙述部分过后，随即加上了抒情的部分——慨叹、赞美、讽刺、警戒、评议……便是很多小说中韵语部分的内容了。

这种抒情的“唱”的遗痕或变相，也可分为两类：一类如《三国演义》，其大多数诗句咏叹，“后人有诗叹曰……”，等等，是采自前人的现成篇什。另一类则是出自小说作者本人的同一手笔。

除了咏叹性的诗篇韵语，还有人物出场时对他（她）的形貌风度等等总括题咏的，或战斗场面的写照的，都能使景象气氛精神倍出，给单纯叙述增添了神采。再如《西游记》，相间的韵语骈文特多，尤其是在一段精彩的故事（“七十二难”之一难）结束后，师徒一行重新上路，于是夹以一篇，常常是远远望见一座山林，一个去处，景色如何，吉凶待晓……立刻将读者引入新的想象，将“取经”的路程进展，时空的推迁，巧妙地显示于字里行间，取得了极大的艺术效果。这就绝非“白话”“讲说”所能比拟，更难代替。

另一类就是作者代书中人物安排的“作品”了。这类尤以“佳人才子”派的唱和题咏等为特多。正如曹雪芹所说，当时流行的俗套小说，甚至本无故事情节可言可观，而只是为了先作了几首“艳诗”而后才编造小说的。这类除极少数高手而外，价值大抵是不大的。

这一类中，应该特别提出《石头记》，曹雪芹为人物代拟的那些诗、词、曲、谜语、酒令……不但文学价值高，每篇切合每人身份、性情、口吻，而且没有一篇不是有着超出字面意义的深层意思，又兼具为后文伏线的巧妙作用的。因此，这种诗词韵语就更是全书的一个有机组成部分，其性质不但与“说书人”的咏叹是绝不相同，而且与“佳人才子”书里的“淫诗艳赋”更是不可相提并论了。

还有一种非文人作品，如说书艺人开篇时常念一首《西江月》或“四句提纲”（绝句诗）等形式，本来是“序引”“总括”的意思，但后来也有很多小说每回回首或回中都有诗词，只是一种“引用”的点缀，往往世态人情，悲欢哀乐，无所不可，而与本回情节却无必要的联系了。这种，或出于艺人，或出于下层文士之手，文学水平不一定十分高明，但常常别具风格意味，反映当时政治明暗，社会情状，人际关系，道德风尚……虽然可省可删，不妨害正文的完整，但亦仍有其独特的地位，未可尽贬。

总起来看，诗词韵语与中国小说的渊源关系非常久远深切，是我们民族文艺的重要特色。性质不一，内涵丰富，作用多般，具有美学价值，是西方小说所没有的宝贵成分。近现代的小说作者因为本身对民族文学体裁形式不熟悉了，对诗词韵语的写作甚至是不懂了，以致完全仿效西方纯叙述体而丢弃了自己的民族传统特点特色，这确实是一个值得研究讨论的重要问题。

一九九三年五月

（华文出版社1993年版）

赏析与赏会[1]

以“赏析”来说，此语大约源于陶渊明的“奇文共欣赏，疑义相与析”。析是剖析，解决疑难时必须用它。现今“分析”一词用得最多，一涉及文学艺术，好像总是这样“分析”，那样“分析”，离它不得。“析”用得太厉害了，容易落于支离破碎之地。而且惯于分析的，往往忘记了别的，误以为分析是唯一的“科学方法”了。这都会发生毛病。若从此义而言，则我换用一个“会”字便又不止是避复的事了。况且，诗是一切，特别是我们中华的诗，老是靠“析”，恐怕不宜，只看陶渊明那两句话本来也不是指诗而言的。

我觉得陶公的另外两句话倒是更为重要，那就是：“好读书，不求甚解，每有会意，便欣然忘食！”因此用“赏会”二字，于义似乎

[1] 本书（原名《诗词赏会》）的初版自序。

为胜。

同是这位陶公，他懂得赏奇，更知道析疑，怎么他又会“不求甚解”了呢？可见这句话不是他要提倡“似懂非懂、马马虎虎”就行了，否则他又怎能会其意旨呢？可知他那句话自是另有针对，因不满于某些时弊而发的。“甚”者，过了头，近乎穿凿了，所以不大赞成。

这个“会意”（六朝人士也说作“会心”），我以为对于涉猎文学艺术的人，最是要紧不过。

何谓之“会”？聚合为会。那些作者以彼之情思要来“会”我辈读者，是一层会。我辈读者以吾等之情思去“会”彼古代作者，又是一层会。二会交逢，才完成了欣赏这一“文艺活动过程”。

古人有一句话，叫作“诗无达诂”。在我想来，这说的大约就是“会”的问题了。

为什么诗就没有“达诂”呢？并不是往时诗人都说话不够清楚，或故意捉迷藏；那是因为当日艺术表现的社会条件（包括政治原因）的不便与表达方式的不同等等缘由而造成的。这是一层。我们对那些诗人表现表达的事物内容，感情状况，语文笔法……有知有不知，知又有深有浅，有透有隔……这又是一层。有此两层缘故，当然就好像诗无达诂了。浅者昧其深，隘者失其广，自然也形成了“仁智”之分。所以，这个“会”字实在要紧。

我们常说体会、领会，对于学诗（本文的诗指广义的诗，包括词曲）的人来说，应当特别注意，要讲究这个“会”。这和“知识”不是无关，却又不是“知识”所能尽其能事。光有“知识”，不一定能“会”。

当你能“赏”其佳致（赏有识拔之意），能“会”其意趣，必然内心得到一种非常的美的享受，或者说快乐。陶公两次用的那个“欣”字，从何而来？不正是从这种享受和快乐而生的吗？

在讲诗时，古人又有一句话，说是要“以意逆志”。这又是何意呢？我想这也正是指我们读者要用自己的领悟去“逆”（追溯、迎接）那诗人的本怀。可见古人懂得，这种彼此交会才是文学艺术能够成立的关键的一环。高明的文艺大师们所做的，是“彼方”的那“一半”工作，剩下来的还有另“一半”是要读者去“补足”的——这就是“以意逆志”的道理。没有意逆，也就没有赏会之可言。

即此可知，赏会实在是我们应当学习去做的一种重要工作。读者并不是一个简单的被动的接受者，他也得主动和“能动”，他与作者“合作”得越好，才越能收赏会之功。

不言而喻，诗词的讲解赏会，各人各异，不能强同，因为这其间许多因素都有关系（比如因年龄、因学识、因文化素养、因人生阅历、因个人写作体验等会千差百别）。我这些个人之浅见，必然有所失误，甚至违离了原作的本旨，遮掩了名篇的光辉。还有一句古语，道是“可意会不可言传”。我的“意”纵使“会”得完全是了，还有一个“言传”的问题在。诗词这种高级艺术品，确实有些事情是不能只靠“言”来传达的。比起诗人的情思意致来，我们在讲说中所用的这种“言”，总是显得粗俗乏味得很。如不承认这里存在的一层障隔，那也无从真正懂得诗词的精微超妙之所在。言所不逮之恨，在晋朝大文学家陆机作《文赋》时就已经深致其叹慨了。我们这些平常人，自然更难言必逮意。

诗词的魅力[1]

诗词的魅力，在于它本身具有的唱叹之音（所谓一唱三叹），能使人有涵泳之趣，所以说它是馀味不尽，馀韵无穷，馀香满口。可是这只靠讲解是领略不到的，所以难就难在这里。俗话说“知其当然而不知其所以然”，说诗讲词，充其量也还只不过是帮助读诗词的人明白一些“所以然”而已。至于那个真正的“然”，仍然要靠自得。由此可知，所能讲说的，到底是那些粗的，是痕迹，其精微之质，却是语言文字讲解所难及。这一点儿也不是弄什么“玄虚”。但求讲得不致太浅陋，太令人索然兴尽，就算不错的了。古人说，硬作诗，不自量，是“诗痴”，会藏拙的人就是不肯轻易言诗。故而讲诗也往往是一种“献丑了”的事情。

---

[1] 本书（原名《诗词赏会》）的初版卷尾馀谈。

但是人是有怪脾气的，比如喜欢读诗词的，自己读了，所会不知是否，总想与作者“交换意见”，无奈已不可得，于是转而向别的读者寻求印证，希望验一验自己的心得较别人究竟如何。这种情况，与初学者只是寻找一位“辅导教师”的并不一样。他的要求更“高级”，更严格了。由此又可知，尝试讲诗词的人，至少要“照顾”两种不同的读者的需要，这或许也可以借用“雅俗共赏”这句话来比喻这个道理。

总之，写这种文章，其难实在不止一端。

诗词名作佳篇，才是欣赏的对象，这原不待言。但是好的讲解文章，也能成为我们欣赏的对象。换言之，好的讲解文章不仅仅是辅助人的一种“工具”，其本身也是一种艺术品，本身具有“文学存在”的价值。我提这一点，也是使读者理会到，大家对这种文章的要求标准大不单一，是难得很的一种“文体”呢！

笺诗，注诗，解诗，说诗，评诗，向来有这么五种“办法”。笺和注有区分，前者侧重作者作品背景事迹，后者侧重词意典实。解和说也不尽同，前者多是“论”的性质，提出见解，而并非助人赏会之义，后者方是本书本文所涉的这一种性质的著作。比方对于《毛诗》，自古及今，不止千万家为“三百篇”的本旨提出种种说法和解释，但那与欣赏可说毫不相干。而要提欣赏，你却不能连本旨本意都弄它不清，就来谈什么“欣赏”。那只能是一场笑话。由此又可见，要谈欣赏，须是将笺、注、解、评的事情都基本上做过了，这才谈得上“欣赏” 二字。其难又可想见矣。

但是欣赏之文，中间奈难详详细细、逐一罗列出一切笺、注、解、评之内容——那样真是“将成何文字”！这就需要读者自己也去“补”

做一些工作才行。由此义而言，我也希望本书的读者不仅仅是个被动的接受者，也是一位主动和能动的互助者。艺术的事，永远是作者和读者“合作”的事，绝无例外。现在应当是作者、讲者、读者的“三合作”。

但不管怎样，从读者来说，见了别人文章中说出了自己未能领会到的，就非常高兴，是一种欣喜。见了那文章中说出了自己仿佛感受到但是不会表达出来的——替自己表达出来了，就更觉高兴，是又一种欣喜。两种欣喜，是读者的希望，是讲说诗词的文章的水平标志。

诗人是多情善感者，无情而钝觉的人，大约不去作诗，作出来也不会是诗。即此可知，真能赏诗的，也必须是多情善感之人。然而仅仅多情善感，又不一定就成为诗人。诗人还要加上一层“怪”。他看事情，与世俗的情理标准不尽相同，有些“傻气”，有点“呆”性，有些“痴”想。总之，世俗人往往不理解他，目之为“怪物”，说他是“疯子”，如此等等。我总记得有一大厚册外国出版的英文诗选，卷端的序文开头就说：“A poet in history is a star. A poet in the next room is a laughter.”意思是说：提起历史上的一位诗人，那照例是位“明星”人物，可是你要说起“隔壁住着的是诗人呢”，那是个笑柄罢了。可见“诗人”在现实中是个揶揄奚落的称号，是会引起一般人“哗然大笑”的。在世俗人看来，他荒唐可笑，不切实际，不识事理，不通世故，不近人情，不辨香臭……是非利害，常常颠倒。《红楼梦》中的贾宝玉，被人目为“疯疯傻傻”，有“痴狂病”，时发“呆性”，连傅秋芳家的两个婆子，也议论宝玉说：“……果然竟有些呆气。他自己烫了，倒问人疼不疼，这可不是个呆子！？”“……千真万真的有些呆气：大雨淋的水鸡似的，他反告诉别人：‘下雨了，快避雨去罢！’你说可笑不可笑？时常没人在跟前，就自哭自笑的。看见燕子，就和燕子说话；河里看见了鱼，就和鱼说话。见了星星月亮，不是长吁短叹，就是咕咕哝哝的……”婆子世俗之见，殊不知这却正是对于诗人的一个最好的“写照”和“评价”。宝玉不为人理解，只因他的质性是诗人的质性，他是真正的诗人型人物。他病起之后，见了杏花，因已凋零，为之伤感；因杏而及人，又为邢岫烟而感叹；恰值雀儿飞来乱啼，他又为雀儿“设身处地”，代它寻绎出无限的思绪来。这种“与花鸟共忧乐”的质性，正是曹雪芹在写一个独出特异的幼少诗人的特写和妙笔。读我国传统诗词，如不理解这一道理，自然也很难说到什么欣赏（至于也读不懂《红楼梦》，那正是必然的结果）。

贾宝玉很器重香菱，因她肯下苦功用苦心学诗。他说了一句话：“诗原从胡说来。”这听起来很不美妙，岂不是贬诗为“胡说”？太觉孟浪粗鲁了。但他的原意是在强调那一与世俗有异的“诗理”。宋代严沧浪说的诗有“别学”“别趣”的那个“别”，亦即针对世俗一般“常理”而言。诗人固然可以愁风怨雨，但也可以眠云揽月。他能见一叶而惊秋，也能思千载而下泪。形形色色，总是他们的“痴”情“呆”性的表现。要讲欣赏，这一“方面”才是探本寻源的端头。忽略了这些民族诗歌传统上的事实，单讲一首诗的思想如何，艺术如何，终究缺少了一些什么，把诗都讲得和“论文”一个样，岂不可惜。

唐代有位诗人，作诗作出了“禹力不到处，河声流向西”[1]，自己异常得意。有一个轻薄子，偏偏故意在他面前走过，口中吟道：“禹力不到处，河声流向东！”吟后疾驰而去。那诗人得意只在一个“西”字，如今听人吟成“流向东”，害得他从后面拼命追上来，大喊纠正：“不是流向‘东’，是流向‘西’！西！”大家传为笑柄。

你看，这“笑柄”应当怎样对待才好呢？

一九八五年，岁不尽二晶

寒宵再记

[1] 我国古史上发生过特大洪水，大禹疏导九河，百川东归大海，万民方得陆居之乐。这两句诗却说，大禹治水时力所未及之处，水不东注，竟向西流。在立意和想象上，都令人耳目一新，故为奇句。

附录

《丛碧词》跋

《丛碧词》于兹凡三制版，余尝论之。佳章具在，狂言奚玷，遂重言焉。嗟夫！文章之事，贵乎真知；仁智之判，习于所见。积毁不忧损其质，过誉讵能增其价。倘其不然，则誉之仅足形其丑，毁之适以激其光耳。是以来谤能惭，遭奖以信，惭信之际，良不易言，此则自受者而言之。若夫报誉致毁不称其文，饰辞过情别有所以；见判不切夫仁智，语同莫出乎真知，是则，于作者之业无关，唯评者之心自用，既非文事所可不论。清河述堂先生之说词有言曰：“冯正中、李后主于词高处只是写而不作，珠玉、六一间有作，而脍炙人口之什亦多是写。自此而下，大抵作多而写少，甚或只作而不写。”谅哉！其言顾亦岂直一曲词为然者哉！《丛碧词》之佳处有目斯见，无俟宣扬。然而，果何以佳？曰：吾亦只见其写而不作而已矣。其小令，不待言；其中调，能写而不作矣；其长调，亦能不作而写。是固，非多人所能为，实亦非多人所肯为耳。间有作处，终能转作为写，不落作道，则人虽欲为而莫能为者矣。吾是以多。《丛碧词》或曰作写，恒言二文连举，奚以别乎？曰统言写作，犹谓撰述，固是一词，自当无别。今既析二，其言辨异其用，是故不同。不见乎？雅言言作画，言写山，言写水乎，而不言写画，不言作山作水乎？夫画可作，山若水莫得而作也。不见乎？雅言言作诗，言写景，言写情乎，而不言写诗，不言作景作情乎？夫诗可作，情与景莫得而作也。是以所得而作之者，画也，诗也，山水情景唯当写之而已矣。凡古文章，足以动人于千载下，莫不尔也。丛碧为词，时则清词之绪耳，独能写而不屑作，吾以是多之。至其天赋之厚重、深至、贞诚、挚切，尤异乎尖新、儇薄、傅粉、铄光之趣。夫是，又岂狂言所能誉毁者哉！敏庵敬跋。

（1949年后铅印本）

《张伯驹先生词集》序

我少于伯驹先生者二十岁，彼此的身世、经历又绝无共同之点，而他不见弃，许为忘年交，原因固然并非一端，但倚声论曲，是其主要的友谊基础。《丛碧词》先有木刻本，后来增订排印，我曾撰跋，见于卷末，种种情事，今不重云。再后又有《春游词》《丛碧词话》，先生独以序言见嘱。那时是没有人肯给作序、跋的，我不自揆，一一应先生之命，但亦不敢径署真名，一次是署名“寿康”，一次是署名“李渔邨”，都是别号。再后，他多次将历年新得之长短句，或单阕，或众篇，或成册，陆续见贻，皆其手稿或手写本。这样叙来，可知我对先生的词，因缘不浅。今又重为其总集作序，岂谓忝居知者，实亦谊所不容辞，情所不能已。因略陈鄙见，以俟世之读先生词者。

词为何物？文之一体也，看不起的人贬为“小道”，正统士夫视为“侧艳”。为什么？盖其本名“曲子词”，用今天的话来说，即是为曲谱所“配”的“唱词儿”；按谱制辞，所以叫作“填词”。词曲一名，合言可以无别，析言方离而二之：曲是乐声，词则文字。至于元世，又以“曲”专指其一代之文体，其实一也。既知此义，可见词曲起源，本由民间俗唱，其词佳者固多，亦不免俚鄙粗秽。后来又有专业的乐工为之制词，浮藻有加，而俗套浸盛，品亦不崇。再后来，到了文士诗人的笔下，这些人尊前花畔，借它抒写情怀，寄托抱负，于是词才成为具有文采、品格、风调、境界的重要文学作品。我们今日所说的词，一般是指此而言。

骚人墨客将词的规格大大提高了，然而同时也就带来了他们的“习气”。他们喜欢“雅”，喜欢“藻饰”——这并非绝对的“坏”因素，但一旦失之太过，词就从人民大众的活的音乐文学变成了另一种雕文绘句的笔墨文学。它的缺陷，不一而足。词的末流，是专门玩弄字眼，尖新纤巧，轻薄无聊，炫卖小聪明、小才气，以能招引世俗人的耳目为能事。词至于此，品斯下矣，也就走上了歧路和末路。文家雅士的词，还有一个常见病症：饾饤堆垛，矫揉造作。盖按谱填词，难同任笔随心，自为格局；加以才力不副，遂尔砌辞藻、堆典故，高者也只能打磨圆润，掩去琢痕。再不然，填塞学问语、议论语、无病呻吟语、盘空硬语、豪言壮语……以充篇幅。不知词者见之，以为词矣词矣，而难悟这都不是真正的词人之词。

我素重伯驹先生的词，原因也不是单一的。我从小酷嗜曲词，十三四岁自学写作，所见古今长短句，留心玩索，对学人之词、哲人之词、文家之词、杂流之词，其上品也只生敬仰心，而少爱惜情。顾独好词人之词。读书燕园时，居未名湖畔，先生之展春园，近在溪西，偶结词社，以会文流，我以少年后生，叨在末座。社中多七八十高年耆宿名家，声价矜重。但在我看来，唯有伯驹先生词，方是词人之词也。尔时年少，不谙世故，以所感如实语人。复能直言指其得失。先生乃若稼轩之奇岳珂，遂极相重，引以为知音。而众老先生闻之，颇讶狂言，不无讥议。但我自信论道论艺，对事而非对人，绝无扬张抑李之心，所见如彼，何须以他人之所议而易我心之所降乎。

然欲识先生之词，宜先识先生其人。词如其人，信而可征。我重先生，并不因为他是盛名的贵公子，富饶的收藏家，等等。一见之下，即觉其与世俗不同：无俗容，无俗礼，讷讷如不能言，一切皆出以自然真率。其人重情，以艺术为性命。伉爽而无粗豪气，儒雅而无头巾气。当其以为可行，不顾世人非笑。不常见其手执卷册，而腹笥渊然，经史子集，皆有心得，然于词绝少掉书袋。即此数端，虽不足以尽其为人，也可略觇风度了。因此之故，他作词，绝不小巧尖新，浮艳藻绘；绝不逞才使气，叫嚣喧呼；绝不饾饤堆砌，造作矫揉。性情重而气质厚。品所以居上，非可假借者也，余以是重其人，爱其词。

伯驹先生的词，风致高而不俗、气味醇而不薄之外，更得一“整”字。何谓整？本是人工填作也，而竟似天成；非无一二草率也，然终无败笔。此盖天赋与功力，至厚至深，故非扭捏堆垛、败阙百出者之所能望其万一。如以古人为比，则李后主、晏小山、柳三变、秦少游，以及清代之成容若，庶乎近之。这种比拟，是论人之气质，词之风调，而不涉乎其人的身份经历之异同。就中小晏一家，前人谓其虽为贵公子而有三痴焉，语绝可思。我以为如伯驹先生者，亦曾为公子，亦正有数痴，或不止三焉。有此数痴，方得为真词人，而所作方是真正词人之词。古往今来，倚声填句者岂止万千，而词人之词屈指可数。以是义而衡量先生之词，然后可以不必寻章而摘句矣。

我为《丛碧词》作跋，时年二十馀，翩翩绿鬓少年人也；及今重为此序，皤然揽镜不自识其谁何；而先生谢世，墓草离离，昔时言笑，皆成词林掌故，闻者已稀。灯下走笔，曷胜闻笛之感。而序之不能成文，无以发先生词之光耀，复何待云。文章赏析，事最精微，自陆士衡早有笔所难宣之叹，况不学如余，无能为役，故乃粗陈浅绪，以见交期；或所未知，或难笔逮，宁从阙略，较胜支离。先生若在，当一笑颔之。谨序。

甲子正月下浣　周汝昌拜书

于北京东城脂雪轩

（《张伯驹词集》，中华书局1985年版）

《夕秀词》序

我自十五岁知有长短句之体，酷爱之，自此锐意为倚声之学，了无师承，擿埴而已。少年意气，苦慕两宋词人，而以为如梦窗者，方谓惊才绝艳，芳蠋车尘，断非常流可望者矣。于是窃讶后世无梦窗，而吾乡陋壤，并词人亦未能多觏，何有于梦窗哉。童子之心，以此为大恨事。及抗战胜利，余出幽室而重睹晴云，自郊垌而移巢阛市，以未达而立之龄，寄栖于津海关之卑位，乃得词友寇子。揽其文采，味其宫商，叹曰，津门非无词人，后世非无梦窗，吾特未之知耳。由是缔交，忽忽四十馀载，虽历劫罹忧，未尝不以楮墨相煦沫也。余性疏僻，凡为韵语，信笔随音，顷刻而就，即以一纸写寄吟俦，数日后即不复省记。而寇子恒于数十年后诵我旧句，一字不失，使我触焉以惊，恍然而如梦寤。寇子之不轻视拙作，由是可以知矣。今年秋，忽奉其平生所为词，裒成卷帙，贻札索为一序。余受而读之，不禁百端交集，万感中来。余何以序寇子，序又何足以为寇子重哉。嗟，嗟，是可愧也。余素不喜阿俗谀人，且自谓手低而眼高，当吾意者，非若士衡之所谓中原有菽也。独于寇子词，许为梦窗复出，千百年来不见此惊才绝艳矣，而今乃见之。且此才艳，实出我三津七十二沽间，岂非奇迹，岂非异数乎。然寇子者，默默少为人知，郁郁无以展其才抱者，以至于垂垂老矣，嗟，嗟，岂不又可诧可痛者哉。余为序文，素不喜摘句以概全，然独见寇子之句，直以蛾眉未有人妒为恨，则令人惊心而动魄，虽石破天惊，讵足为喻。余举此句，正以见寇子之词心才笔，志洁言馨，实过古之骚人，而当世谁复识此意者。是以余序寇子，而悲慨之怀，不能自已也。若其謦策之文，谐美之调，在在皆然，虽累万牍，翻类琐琐，而益不足以见寇子之真际矣，余故不复以详陈罗列为事，有识者展其集，于周子之言，当不河汉，而深叹息焉。戊辰冬至前夕，乡愚弟周汝昌谨书于燕市之东城，时年七十又一。

序毕而意有未尽，复题三首：

举世何人解梦窗，三津才艳压三江。
家风顾曲须凭信，心折莱公是我邦。

风调平生自不群，独于文采总推君。
而今一序真难称，仙乐人间几度闻。

扫地斯文彼一时，后来谁唱柳郎词。

令威莫化千年鹤，剧恐民言也不知。

弟周汝昌拜稿

（黄山书社2009年版）

《晚听斋诗稿》序

羲元学友寄来了他历年所积吟草，谓将付之梓，嘱我为序。受而读之，果然不能已于言，觉得要说的话虽是羲元所引发，亦异乎一时即兴之狂言，更非酬酢泛常之套语。试为羲元诗集引端抽绪，也可资同道者浚发交流，存思赏会，遂为之序。

我素曰论中华之诗，喜欢采取庚青韵中的四个字，来统帅，来品评。哪四个字？曰灵，曰情，曰生，曰声。以此四准而绳古今篇什，得其全备者，谓之上品；不及四而得二三者，可居次品。四者俱无，谓之非品，即不复列于品，已经不能以诗论了，又何品之可言。而我索之于羲元《晚听稿》，乃喜其四者备，而品次可以权衡矣。

何谓灵？天地间一种最可宝贵的气质，不知何名，吾中华则名之曰灵。大家都说人类之异于禽兽，在于有智能思，能感能言。此固然矣。但我中华有言：人为万物之灵。愚以为此灵者，高于智者甚多甚多。如以西文表之，智是Intelligence，而中华之谓灵不止于此也。智者可成为思想家，穷究玄理，可以为科学家，声光化电，月异而日新；然而并不是灵。灵唯诗人艺家有之。灵异于实物实事之理，非智所能统包。故有词语曰“空灵”。灵必秀发颖异，故恒言又每闻“灵”“秀”二字相联。盖头脑心灵为二者分举，本不混同也。

晋代大画家实兼文学家顾虎头，三绝中痴绝居一。夫痴者智之反也，然而虎头创一词曰“通灵”。他自谓他的画已然通灵了（见《晋书》）。而曹子雪芹承用之，谓自己原为一石，得娲炼而通灵了。故贾宝玉代表着中华人品的最高级境界——灵品。故贾宝玉即是吾中华之大诗人、大艺术家的最光彩夺目的仪型。唐少年王勃作《滕王阁序》，能道得物华天宝、人杰地灵，隐然早有深契于心者矣。

我观羲元：其为人秉赋——灵型佳士也；其诗句间皆有灵气氤氲往复，举凡尘俗鄙浊，格格不能混入笔端。何以如此？则灵气之所为主宰也。

羲元有五绝一篇，自谓戏笔，其句云：“三十而不立，四十惑更多；五十人生始，六十奈情何！”我看了，深为感动，以为并非戏笔，沉痛之言也。或以为此乃有意与孔圣唱对台戏，有意翻案文章耳。余曰：倘如此解，则俗极亦浅极。盖孔子乃哲人，他自述人生阅历，修养体会，亦非狂语惑人；而诗人与哲人之间却有根本差异，而决不同于有意反对之俗义也。羲元之笔，一针见血，年六十矣，而无奈于一情字何。是真千古诗人艺家的本质与天性。人以为贾宝玉于每一女儿皆滥用情，岂其然耶？独不见他见了燕子就和燕子说话，水里见了鱼儿就和鱼儿说话乎？其为花为木，对虫对鱼，莫非如此。必有如是博大之情，方能为千红一哭，而与万艳同悲也。何滥之云哉！

以此观其诗稿，乃晓其情至处，正与宝玉型——即灵型人物为一丘之貉。

情犹较易明者，无烦词费。又何谓之生？昔五柳先生作赋，尝曰“木欣欣以向荣”；作诗，尝曰“平畴交远风，良苗亦怀新”，曰“孟夏草木长，绕屋树扶疏”。少陵叟律句则曰“欣欣物自私”，“花柳各无私”。凡类此者，皆是一片生机、生意、生趣——即天地之大美而物灵之至情也。大慈大悲，愿一切物各遂其生，仁人志士，亦总不能与此愿相违逆。情痴情种，揆其本怀最深处，仍不逾此，非有他也。是故既灵复情之诗人，莫不以写此深衷为主旨。国计民生，风和日丽，溪声月色，万紫千红，列举可以百端，而生之美是其一切之核心与神髓。为写生机，诗人以文藻，画家以丹青；形貌似别，其致一也。

画家以临摹之课为基本功，乃所以求古人之技与法，而专名其即事实践曰写生。含义最深。吾家茂叔先生，不以诗画名世，而庭草不除，传为佳话，盖深识生机生趣之至理者。故南渡词人周密，独号“草窗”，可谓家声未坠。

此生，诗艺中似奥隐而又鲜明。排比字句，枯寂板僵，有理致而无生机，循逻辑以宣训诫，种种索然之辞，遂去诗日远，全归死句。观羲元题画诸篇以相证，我自以持此拙论为不谬。质之高明，当有印可。

第四举声，又何义也？声者声容气味，不可缺一。汉字文学，无拘诗文骈散，总是音律撑拄其间。音节之美，悦心动性。声音之道，感人深矣，如是如是。吾华音韵之学，盛兴于六朝，大成于隋唐，故诗文之美，造乎巅峰。沿至明清，凡操笔之士，未有不谙平仄者。北语无入声，而通人亦不差池。家君为末科秀才，其业师亦燕南赵北之人也，然我少时留心以习察，家君之于平仄，包括入声，决无一字失误。则当时教之此道，必有良法，而非一凭死记。大约此音乐之道，必亦与灵有其关联。近者汉字音律文学，日益就荒，报刊喜以七字为标题，仿诗句也，比比皆是，而百例中偶有一二合律，其馀皆参差乖舛，读之令人难堪。而邻邦犹不至此也。乃知即高等学府中先生学生，昧于声学，已非一日。中华诗词，寻其本质，皆乐府辞也；其戏曲歌唱，亦必按字行腔，决不可背之定律也。西洋语文并无四声，故可随意制谱，抑扬亢坠，了不伤于词意，聆之无别。乃近世华人以西法以谱汉辞曲。于是紊乱败癚，民族文化，一大厄也。诗家而不识四声平仄，而冀其所作声容气味，可以赏心悦意，讵可得乎？

是以羲元以此编见示，我即以鄙意私订之庚青韵四字准则以求之。然后喜而序之曰："羲元之诗，是真诗人之诗，以其灵情生声，一一具在矣。"

羲元何以名其斋曰"晚听"？自云酷爱玉谿诗与雪芹书，故取"秋阴不散霜飞晚，留得枯荷听雨声"句中二字，以为之榜也。闻之大喜。我二人有同嗜者如此，又念枯荷之语，雪芹独引作残荷，则又何也？或谓偶然记错了耳？我曰："恐未必然。盖雪芹不喜那个枯字，有意地易而去之。何以不喜枯字？即以其与生违逆，不忍令黛玉口中出此亢生之语也。"质之羲元，当复抚掌称快。而拙序亦可以无曳白之讥乎。

时在癸酉新秋，暑气未尽，信笔书之。时年七五

（广陵古籍刻印社1994年版）

《险梦诗痕》序

吾友寇子梦碧以长短句不朽于沽上，而五七言非所致力也。晚识寒碧，乃独苦抛心力于此，近日抄成《险梦诗痕》一卷，持示而索为序言。洵所谓虚声谬采，误以我为能知诗者，实滋愧焉。辞而不获，聊供常言，以当引玉。

窃以为中华之诗，曰才曰学曰格曰品曰胆，皆是也，而莫要于文采。少陵月旦，唯咏曹氏，许之为文采风流，则此四字之斤两可知矣。然而何谓文采？非雕绘涂饰之工，绮丽香艳之句，即为文采。文采者，中华汉字语文最极独特之美者是也，常人不能赏音，异邦更难知味。故为至难亦至贵之文境也。然则如何克擅文采之美？盖尝思之，人之秉赋，有智有慧，智者推理思维之能力，慧者哲理思维之特长，具此能此长者可为科学家思想家，而未必即能为诗人。诗人者，智若慧而外，又有第二性，即吾中华命之曰灵性者是。此灵者，非智可代。亦非慧能尽，而迥异于聪明颖悟之俗义者也。唯具此灵性，而后始克成为诗人。今之常言，不知诗艺之事每以“思想感情”概其内涵者，不知诗之命脉不独在此，而更具精微神妙也。余观寒碧诗，具见其智、慧、灵，三者备而后文采出焉。其诗境磊落英多，豪宕奇逸，而其卷中有句云“恢宏荒远复缠绵”，则不啻自道其所至也。大抵龚定盦箫剑之义，寒碧踵武，而奇险恣肆则远过之。曰豪，非粗野也；曰奇，非刁钻也，胸次豪情奇气，有者不乏其人，而未必即能于此文采中见。是以豪，奇不难有，难有仍在文采，非至慧至灵者不能也。卷中奇句甚多，无烦胪列。余尤赏其“一线黄流穿古梦，九州红雨乱斜阳”“情销数点寒鸦外，笛听千山暮雨中”“虚室徘徊无赖月，大宵驰骋可怜虫”及“风向残花闲作力，一湾野水寂无人”诸联，奇宕而不诡，清新以有味，见深致矣。寒碧方逾而立之年，诗已如此，异日更读其奇情壮采、俊逸老成之篇，当又有出我意外境界，而沽上诗坛有此才彦，为不寂寞矣。天下之能知诗者若中原之有菽，亦必有揽斯文而许余之非诬者。虽然，余序寒碧诗，实又未能尽其全美；举一反三，是亦序引之本义乎。

甲戌清和月于石梦轩

（《中华诗词》1996年第3期）

《健行斋诗词》序

希泌学长先生以其诗词集见示，并以序言见委。受而读之，击节赏音，时有慨慷之想。余与先生同在全国政协者多历年所，每每邻席联镳，聆其玉屑清言，而未知其能诗也。余维先生为印泉公之哲嗣，而太炎先生之高足也，家学名师，兼富并美，则出其馀绪以为韵语，固当有过人者，岂凡响哉。先生履迹遍天下，周海宇，则又古之所谓读万卷书行万里路者，其有异于书室几案之间，花月闲情之际，尤所昭然可鉴。盖此即中华之诗心诗髓之所在矣。余最喜其前卷题咏滇缅诸作，山川风色，人杰地灵，史迹民情，无不具焉，而音调铿锵，复兼沉雄与轩爽之致。更加运化典籍，引喻故实，字字精洽，而渊厚之气为其主宰，无纤毫轻俗庸陋之习厕于笔端。此亦先生之品格在焉。余不学而爱诗，平生所至之地皆有忘年诗友倡（唱）和之乐，然不善于以文论诗，盖诗者，非口舌笔墨所能宣者也。夫序亦文而已，又何能以文而发明是集之擅场，不获已，爰以芜辞，略申所见，则亦大者识其大而浅者窥其浅而已，又不足为先生诗境增重而扬辉，览者当能鉴之。中国之诗，吾华汉字语文之特异音律文学也，古今读书人，未有不习诗亦即未有不知四声平仄之理者，倘无四声平仄，不唯尽失汉字之大美，即汉语亦不复存在，遑论汉诗？此理至显。然时至今世，几乎绝大多数人已不知平仄为何义，报章文苑，犹喜以七字句仿诗句为标题，而一审其音，百例中偶有一二合律者，其馀大抵平仄音声颠倒错乱者。余每兴叹，中国人于自己祖语祖文之茫昧一至于此，岂不令人惊异？是可忧也，非细故末节也。然识者出而提撕警觉者亦不可逢——尤可异矣。余因序先生诗词集，牵连书此，谅不以题外枝言而斥之，幸甚幸甚。余目坏至不能书字，复值小恙，丛脞中以应雅嘱，实未尽所欲陈者，倘有机缘，以俟他日续言，未为不可。是为序。

戊寅中和节后沽上周汝昌拜撰

（北京图书馆出版社1998年版）

《千秋一寸心》初版自序

中国的诗（包括词、曲），特色至极突出，读来是一种享受，讲来却十分困难。正因难讲，更需知难而“进”，努力创造讲诗说诗的新形式、新体例。

中国诗的“源头”有两大端：一是中华民族的“诗性”与“诗心”，二是汉字语文的“诗境”与“诗音”。不懂这两大端，就不懂中国诗的特色——极独特的“美学特征”。

何谓民族的诗性诗心？比如看见一轮皓月当空，一种人想的是广寒宫殿、神女嫦娥、桂花玉兔……；另一种人想的则是一个冰冷的死星球，要想知道的是它的物质结构、矿水资源、开发利用……这前一种人是中华诗人，那后一种人是一般科学家。此二者谁是谁非，孰优孰劣？不是评判你短我长的问题，只是指明两者之间的差异是何等的巨大！

又何谓语文的诗境诗音？汉字单音丰蕴，每个字构造包涵了形、音、义三个因子，加上几千或上万年的历史文化的浸润生发，结果是每个字都是一个“境界”，一个“文化信息库”“文艺联想典”！而其音律，四声平仄，抑扬顿挫，音乐性极强，节奏性特美，而无论四言、五言、七言或“长短句”（词曲句法），主体组构都是以每二字为一个“音组”，以平仄（一阴一阳之道）交互轮换组联而成——乃是世间上千种语文的惟一的一种“诗的语文”，无与伦比！

对此，皆须寻索、领会、认识。

正因如此，讲中国诗，不知其极大的民族特点特色，而用外来（不同民族、语言、文化）的文学、理论、观念、标准来“分析”“解释”，于是中国之诗，所存几稀矣。

讲中国诗，不是什么“形象鲜明”“语言生动”等等这一套常见词汇与概念所能从事的，需要中华传统大文化的“功底”，也需要中华独擅讲说（传道授业）的民族方式、风格。多年来文学界的理论家、批评家、鉴赏家，大抵过于倾心于西方的一切潮流、名色，而对上述问题多半是漠然无动于衷。这种情况使大部头的诗词鉴赏书籍（尽管作出了可观的贡献）失却了中国说诗谈艺的宝贵传统与瑰奇光彩。

读诗说诗，要懂字音字义，要懂格律音节，要懂文化典故，要懂历史环境，更要懂中华民族的诗性、诗心、诗境、诗音。

至于“诗无达诂”，要在彼此会心，古今契意——已不再是“知识性”层次的事情了。

古人说的“可意会而不可言传”，并非故弄玄虚，宣传神秘；讲说诗的精微神妙之处确有此种感觉——因为以通常的语文、日用的词汇，来说诗赏句，那种“不够用”“无法表述”“难以传达”的惆怅之感，是必然会发生，而又“无可奈何”的。

这就是本书题名为“千秋一寸心”的缘由，谨祈读者鉴之。

己卯清和之月

（华艺出版社2000年版）

《千秋一寸心》新版自序

中华民族是一个诗的民族。诗在我们的文化上是“无所不在”的——不是指诗的格律形式，而是说她的质素和境界以及表现手法。例如，一部《红楼梦》在体裁上是章回小说，然而作者雪芹却是以诗的心灵和笔法而写成的。再如，京剧的剧本、表演、音乐、服装……无一不是用“诗”的“办法”来进行的。其馀可以类推，不待烦言而自明。

至于表现为有正式规格形式的诗，则是用汉语文字写成的，古称“篇什”。传统诗手法贵乎简捷而含蓄，不喜欢“大嚼无复馀味”，讲究回味无穷，馀音不尽——有待吟诵、涵泳、感受、领会。她不是一切摆在“字面”上，或如吃糖，入口就是一个“甜”，甜外也就再没有很多别的了。中华诗不是那样的“食品”。

因此，好诗也不一定入目便“令人喝彩、叫绝”，而需要讲解。白居易的诗以“老妪都解”而自负和知名，但这听起来似乎“群众化”“通俗化”，是好事；实则问题很多，讲中华诗是不宜采用这种主张和“原则”的。例如，他有一首七律写道：“……周公恐惧流言日，王莽谦恭未篡时：向使当初身便死，一生真伪复谁知。”这说得很明白好懂，然而这实质是“议论”，与“诗”的质素并无多大干涉——不过是借用了简单的格律形式罢了。同样是不尚艰深晦涩的陆游诗，就比白居易手法高明。他有一首七绝，却是这样写的：“纷纷红紫已成尘，布谷声中夏令新。夹路桑麻行不尽，始知身是太平人！”我小时候读了，异常地喜爱，觉得写“太平景象”多么意到、笔到而又简明畅快。后来，方悟自己太幼稚可笑了！陆诗是尖锐而又沉痛地讽刺南宋小朝廷，不思收拾旧山河，雪家国之大耻奇辱，而一味安逸享乐，把人民麻醉得全忘了中原故土，误以为身在幸福之中，追随了醉生梦死之辈！

当然，诗有各式各样奇情异彩，焉能如同日常白话。诗（包括词曲……）有时是要讲一讲的，讲讲可以帮助理解，启发意趣，交流情感，不妨就说是一种“诗的网络”，让我们共同欣赏这些佳句名篇吧。

其实所谓“诗的网络”，也不过还是人的心灵的网络：诗者（通称诗人）的心，讲者的心，读者的心，此“三心”的交感互通，构成了中华诗道的“千秋一寸心”。中华诗的特色，源于中华汉字本身的极大特点：四声平仄、音义对仗，历史文化典故的奇妙作用与运用……这些，却被所谓的“文学改良”给“改”掉了，即取消了。于是剩下的就是我此刻写的这种乏味的白话文了。拿这种取消了“诗”的质素的“白话文”来讲诗，这事本身就富有讽刺意味。可是我们又有什么办法呢？

本书讲诗考虑用什么样的“白话文”来“进行”呢？煞费苦心，万不得已，我还是没有完全遵从那种主张，不想全用“白话文”。半文半白，或为识者讥为不古不今，不伦不类——不足为训，然而终于这么做了，请读者多多见谅。姑且如此读读吧。

中华诗，讲究有性灵，有神韵，有境界；假如没有这种特色，就不会成为好诗——甚至够不上真诗。而这种特色，单靠讲解又是不够的。讲解是语言文字，它无法传达“意思”“道理”“评论”“说明”等等以外的精确含义，所以还需要读诗者自身的领悟和感受。所谓“可意会不可言传”者，不是故弄玄虚，实在是真有此事、此理、此境的。问题也许会落到：究竟什么是性灵？什么是神韵？又什么是境界……

简而言之，粗陈大概，可以这么回答：性灵是灵心慧性，能在世俗通常的“哲思逻辑”“人生观”“世界观”以及对万事万物的“价值观”之“外”，另具一种高层次的精神感受领悟能力，能说出常人所不能、不会表达的目境和心境——诗的境界，即精神活动感受领悟的高低深浅的“层次”，不是“环境”“境遇”的那个“境”，也不是等同于“景色”的实境。

神，是精神之不灭而长存的“力量”和“状态”。韵，是悠扬缥缈而绵绵不尽的“音声”之魂——它能“绕梁三日”，“袅袅不绝”，总在耳际、心际萦回往复。大约人类以语言文字而创造的艺术作品中，当以本身具有特定诗质而产生了上述诸般魅力的汉字语文为之最。

中华诗与中华汉字特点是不可分割的，而汉字联绵词语是具有独特音律美和节奏美的。不懂这些，以为“大白话”排成“分行”的句子也会具有音乐美的说法是否真理？我自愧体会不到，不敢妄加评议，所以本书选入的诗篇，也都注意到音乐美。

我们的文学理论传统上有两句话，值得深思：一曰“辞，达而已矣”，一曰“诗无达诂”。辞，是言辞、文辞，最要紧的是要能“达”，达，即把意思表达清楚明白，要把意旨说“透”了，全部传达于听者受者。而诗呢，却没有可以真够个“达”的讲解可以奉为“极则”的。那么，诗是否根本不要“达”？或不可“达”呢？这就十分耐人寻味了。然而这一点正是诗与文的不同之处。

诗，不是不要“达”，而是如何“达”、“达”得更深婉有味的问题。“单层直线逻辑”的思维方式是读不懂真正的诗的。因此，“文章千古事，得失寸心知”。文有“文心”，诗有“诗心”，二者又各自有得有失，得失之间，如何权衡评论？都须那个“寸心”。只是这个“寸心”，一半要有天赋，一半兼有文化学养，培养自己的高层次接受能力和批评能力。

诗须有“境”，此境似画非画，似梦非梦，似音乐而有文字，似“电影”而无“银幕”。

境，不是一个“意思”，一个“论点”；它从现实而生，却已超越了“实境”。它似有“象”而实无“象”可求，自古就无法形容它、“界定”它。不得已者，有的说是“空灵”。然而什么是“空灵”？不拘执，不死板，不迂腐，不庸俗，不一般，不“八股”……倒还是有句大俗话可以借用：“活灵活现！”读诗，要有诗的心活、笔活。宋代诗人杨诚斋（万里）喜欢讲诗有“活法”。他看中了一个“活”字，用它来代表诗的生命本质。

还有一个繁体字在讲读诗词时所发生的“额外”而无聊的麻烦，今不在此多论。只记得当年听到传达周总理的一句话：简化汉字的方案，并不是为整理研究古典文学而设的。本书个别地方必须以繁代简的地方，就不再一一交代了。

在这小序里，特别提出这几点，只是为了提醒读者在这几个方面多多留意一下，或许对赏会古人佳作有些帮助。谢谢读者的耐心和体谅的情怀。

丙戌端午节后榴光照眼之窗下

（中华书局2006年版）

编后记

我在兄弟姐妹中行四，上有一兄两姊，下有一弟。五人中，以我跟随在父亲身边的日月最长，场合最多。一九八〇年父亲得到胡耀邦的特殊关怀，我得以从宝鸡调回北京做他的工作助手，至今已经三十多年。我回京时年方三十出头，如今已然是近七旬之人了。因此之故，我对父亲的一切都比别人更为熟悉，了解与理解得更为全面。从生活到性情，从工作到娱乐，从山南海北开会到海外讲学，我都身临其境，那是说之不完、写之不尽的。

如今只说父亲平生最为爱好的精神生活和研究的主题。从这两方面来看，可以说，父亲的为人、气质与“诗”是离不开的。与父亲交往的朋友，包括年辈比他更高的，主动来访来谈的，多数是诗人词客。父亲的文章作品最受欢迎的是他的讲诗论词。据多数读者反映，说周先生的讲论诗词与众不同，你掩上他的姓名，只要读上几句话之后，即能判断这是他的文章；然后再看作品署名，果然不差！再有一种情况则是研究论文，它与散文随笔尽管体裁不同，也时常发生类似的情况。如梁归智教授每每谈到父亲的红学文章时，总是首先指出父亲对诗词古典文化的深厚造诣，使他对曹雪芹其人其文都有比别家更有自己特别的赏会之处。一句话，大家认为父亲有诗人的性格与气质，所以他撰写的学术文章与纯粹论学的正规论文也不尽同，总能体现出他那与众不同的诗人的风格笔调，所以谈起来较胜一筹。

这一切，我本来不能尽知。等到我来到父亲身边相助工作日久，发现在他的大量存稿中，以诗词的数量之大最使我惊奇不已。因此，我早就有意分出一部分时间，在将父亲自己写作的诗词编集之外，还要更加用心把他的讲诗论词的学术文稿搜集整理，相信同样有其与众不同的特点特色。

如今，由博集天卷鼎力相助，将这些文章分为上下二册合集出版，实在是一件大好事，父亲有知定会颔首拍掌，衷心期待读者的批评与指正。

周伦玲